1%의 어떤것 1

1%의 어떤 것

현고운 장편소설

CONTENTS

BOOK 1

* 다시 쓰는 '1%의 어떤 것' ‖ 007
* 프롤로그 ‖ 013

1. 게임 상대는? ― 버릇없는 손자 녀석 ‖ 027
2. 각상막하 ― 드디어 임자 만나다! ‖ 055
3. 매치포인트 ― 게임이 시작되었다 ‖ 079
4. 운명은 무슨 ― 확실히 우연이다, 절대로 ‖ 099
5. 문제적 남자 ― 이러는 건 반칙인데요 ‖ 125
6. 거래는 공평하게 ― 진지한 교제의 시작 ‖ 149
7. 그들의 첫날 ― 달라도 이렇게 다를까 ‖ 179
8. 소나기 ― Close your eyes and I'll kiss you ‖ 201
9. 불공정한 ― 원래 연애는 그런 거야 ‖ 229
10. 사업적 관계 ― 그러니까, 나한테 반하지 마요 ‖ 253
11. 영웅처럼 ― 지구라도 구해야 하는 걸까? ‖ 277
12. 선물의 또 다른 의미 ― 기억이 추억으로 채워지는 ‖ 301
13. 또 다른 만남 ― 인연이 다시 스치다 ‖ 331
14. 오빠와 그가 만났을 때 ― 세상의 남자는 다 애들 같다 ‖ 351
15. 어땠을까 ― 남들처럼, 조금 더 평범하게 ‖ 373
16. 같은 공간 ― 여기 있어. 우리 집에, 내 옆에 ‖ 389

BOOK 2

17. 지금 갈까? — 난 당신이 필요해 ‖ 007
18. 질투라는 건 — 한 번도 느껴보지 못한 의외의 감정 ‖ 033
19. 뜻밖의 약혼 — 당신 아프게 할 일 없어 ‖ 063
20. 법적 파트너 — 도장까지 쾅쾅 찍은 사이 ‖ 083
21. 흔들리지 않게 — 그 남자는 이미 선택했어요 ‖ 107
22. 99개의 단점 — 그럼에도 불구하고 끌리는 이유는? ‖ 129
23. 그녀의 부재 — 심장이 사라질 것 같은 ‖ 147
24. 빚을 갚는 방법 — 조금씩, 천천히, 끝까지 ‖ 173
25. 지나가다 — 그날처럼, 그리고 오늘처럼 ‖ 197
26. 후회 — 남들처럼 연애할걸 ‖ 225
27. 변하지 마요 — 이 여자, 놓치지 마 ‖ 249
28. 이별 — 좋은 여자 만나지 마요 ‖ 267
29. 거짓말 — 시간이 약이 될까요? ‖ 283
30. 기다리는 — 참 거지 같은 일이에요 ‖ 305
31. 꿈이 아니라서 — 나직하게, 사랑해 ‖ 331
32. 1%의 어떤 것 — 나를 완벽하게 하는 사람 ‖ 361

* 에필로그 ‖ 381
* 작가 후기 ‖ 411

다시 쓰는 '1%의 어떤 것'

별것 아닌 특별함,
그 특별함으로 빛나는 오글거리는 연애 이야기

떠든아이
이재인
김다현

1. 인연은 따로 있다.

사람들은 그렇게 이야기한다. 인연은 따로 있다고. 오늘 횡단보도에서 무심코 마주 스쳤던 그 사람이 어쩌면 내 평생의 짝일 수도 있다. 〈첨밀밀〉의 장만옥과 여명이 그랬듯이. 아무리 지금 바로 옆에 좋은 사람이 있어도 평생을 함께할 파트너는 지구 반대편에서 지금 태어났을 수도 있다.

그 1%의 인연만큼은 제아무리 노력해도 가끔은 내 뜻대로, 내 의지대로 안 될 때가 있다. 미친 듯이 사랑해도 엇갈릴 때가 있고, 평생에 다시 보고 싶지 않은 인간이 딱 내 짝일 때가 있다. 인연은 따로 있으니까.

도대체 내 인연은 태어나기나 했을까 싶어 하느님을 원망하는 삐뚤어진 사람에게도 분명 인연은 있다. 그 인연이 운명으로 변하는 건 아마도 노력이 있어야 할 것이다. 사랑만으로 가능한 노력.

2. 연애는 당당하다.

사랑하는 데 재벌은 무슨. 신분 차이가 별건가? 동화책《신데렐라》의 스토리에서 결혼 반대는 없었다. 동화책 어디에도 왕자 앞에서 힘없이 고개 숙이고 아쉬운 변명을 해대는 신데렐라는 없었다. 신데렐라는 그저 '네가 알아서 날 찾아와.' 하고, 구두 하나 달랑 던져두고 사라졌을 뿐. 오히려 몸이 단 사람은 잘난 왕자님이었다. 뭐, 좀 더 적극적으로 신데렐라가 이름까지 밝혀주셨으면 더 나았겠지만, 요정에게 신세 진 신데렐라 입장에서는 그만하면 충분히 당당했다.

잘난 남자 앞에서 비굴한 여자 주인공은 이제는 그만 사양하고 싶다. 사랑한다면서 눈물까지 흘리며 헤어지는 사랑도 그만 보고 싶다.

연애와 사랑은 언제나 정직하고, 당당해야 한다. 재벌 후계자라고 해서, 당당하지 못할 게 뭐란 말인가. 사랑하는데, 사랑하는 것만으로도 그들은 충분히 잘났다.

3. 가끔 오그라들고 싶다.

가끔은 온몸에 소름이 돋을 정도로 단 게 땡길 때가 있다. 또 나 연애 세포를 자극하는, 온몸이 오그라들 것 같은 남의 연애를 지켜보고 싶을 때가 있다. 가끔은 히죽 웃으면서, 때때로 그들을 응원하면서, 가슴 두근거리면서, 심장이 쿵쾅대면서 그런 대리 만족을 느끼고 싶을 때가 있다. 아무런 걱정 없이 순수하게 그냥 사랑 하나로 충분하고, 세상에 사랑만으로 충만한 그런 느낌을 갖고 싶을 때가 있다.

나의 사랑이나 남의 사랑이나, 모두 진심으로 응원하고 싶다. 그래서 그들과 함께 나도 행복해지고 싶다.

4. 특별하지만, 평범하다.

엉뚱한 친절과 정신 나간 선행. 남들에게는 이해할 수 없는 일이지만 세상에는 그렇게 살아가는 사람들이 있다. 약하고 아픈 것, 힘들고 어려운 것에 기꺼이 자기 힘을 보태주는 사람. 그리고 그게 특별하다 생각하지 않는 사람들. 그런 특별함의 진심을 알아주는 사람들이 있었으면 한다.

특별히 예쁘거나, 특출 나게 부자이거나, 그렇게 타고나거나 주어지는 것들이 아니라, 스스로 나누어주고 베풀어야만 가능한 것들.

누구보다 아름다웠던 오드리 헵번의 마지막 말, '한 손은 너 자신을 돕는 손이고, 다른 한 손은 남을 돕는 손이다.'처럼, 누군가의 1%가 세상을 변하게 한다.

프롤로그

'성공은 99%의 노력과 1%의 영감으로 이루어진다.'

에디슨 그 친구는 99%가 엄청 중요하다고 생각하고 한 말이겠지만, 내 칠십 인생 경험으로는 번득이는 하나의 영감이 아흔아홉의 노력보다 우선할 때가 있다. 아무리 노력해도 그 마지막 1%만은 내 힘으로 이룰 수 없는 일이고, 그 1%가 때로는 99%를 변하게도 할 수 있으며, 내 인생을 완전히 다른 길로 안내할 수도 있다. 마지막 1%가 없이는 전체가, 때로는 인생이 완성되지 않는다.

내게 있어 그 1%는 세월이 주는 경험일 수도 있고, 태어날 때부터 타고난 팔자일 수도 있으며, 아주 우연한 행운일 수도 있다.

그리고 그건…… 저 높은 곳의 어떤 분이 정해놓은…… 어쩔 수 없는 운명일 수도 있다.

― 《성현 그룹 이규철 회장의 비망록》 중에서 ―

11월, 늦은 가을 하늘은 눈부시게 청명했고, 어느새 다 떨어진 나뭇잎들이 아이들의 발밑에서 '사각' 소리를 내고 있었다.

다현은 20명의 똘망한 눈초리들이 쌕쌕거리는 호흡을 내뱉으며 자신을 바라보는 모습을 뿌듯한 표정으로 바라보았다. 자그마한 산등성인데도 아이들에게는 제법 버거웠나 보다.

아이들은 언제나 천사 같다. 물론 가끔씩 악마 같을 때도 있지만 그건 정말 가끔이고, 그럴 때는 항상 이유가 있다. 그리고 그 이유의 대부분은 어른들이라는 것을 사람들은 자각하지 못하곤 한다.

"이 산에 누가 누가 살고 있지?"

"김경은이요!"

초등학교 3학년이라서 가능한 경은의 엉뚱한 대답에, 아이들의 키득거리는 웃음이 산 안에서 퍼져나갔다.

차가운 산 공기만큼 맑은 소리들.

다현도 아이들과 함께 미소 지었다.

"경은이는 산이 아니라, 저 밑 집에 살잖아. 산에 살고 있는 동물 아는 사람?"

다현의 질문에 아이들은 자신들이 알고 있는 모든 이름들을 다 툴러댔다. 고양이, 강아지부터 시작해서 다람쥐, 꿩, 멧돼지, 참새, 종달새, 까치 등등 코끼리와 사자 빼고 웬만한 동물들은 다 나온 듯했다.

초등학교 3학년들은 생각보다 박식하고, 생각처럼 엉뚱하고,

또 생각만큼 딱 10살 아이들이다. 다현은 미리 준비한 겨울 먹이를 조금씩 아이들에게 나눠주었다.

학교 뒤, 나지막한 산에는 밤나무와 상수리나무가 울창했다. 가을이 되면 도토리가 제법 굴러다녔지만, 단풍이 절정을 겪고 나면 도토리도 사람들의 손에서 찾아보기 힘든 귀한 열매가 될 것이다.

아이들은 다현에게서 받은 도토리와 밤, 땅콩을 나무 밑에 조금씩 떨어뜨려주었다. 다현은 이 지구에 사람뿐만 아니라, 여러 생명들이 함께 살아간다는 걸 이 아이들이 조금씩 알아갔으면, 그리고 베풀고 나누면서 같이 살아가는 일들이 얼마나 소중한 것인지 알았으면 좋겠다고 생각했다.

"김경은, 네가 먹으면 어떻게 해. 산에 사는 동물들, 겨울 음식이라니까."

"다람쥐는 10월부터 겨울잠 자는데요? 그러니까 지금 줘도 못 먹어요."

땅콩을 깨물어 먹던 경은이 안경 낀 눈을 동그랗게 뜨고 대답했다.

아이구, 똘똘한 녀석.

"청설모는 안 자. 꿩들도. 꿩은 지난번에 봤지? 걔들도 먹고 살아야지. 겨울을 나는 새들도."

다현의 말에 경은이 고개를 끄덕였다.

겨울을 재촉하는 바람이 나뭇가지를 스치면서 새가 나는 소리가 '푸드득' 하고 요란하게 들렸다. 오늘 산은 뭔가 조용하지가 않다.

서늘한 기운에 다현은 아이들을 챙겼다. 날이 흐려지려나? 하늘이 저렇게 청명한데.

"선생님!"

반에서 키가 작은, 그리고 가장 관찰력이 높은 지영이 손가락으로 산 밑 어딘가를 가리켰다. 지영의 손끝을 따라간 다현의 눈이 놀라움으로 커졌다.

"너희들, 너희들은 여기 있어. 꼼짝 말고. 이 선생님, 아이들 좀 챙겨주세요."

수업 지원을 나온 전담 선생님에게 아이들을 부탁한 다현은 급하게 언덕길을 내려갔다. 습기 먹은 낙엽과 나무뿌리들 때문에 미끄러웠지만, 분명 사람처럼 보이는 어떤 것에 그녀의 마음은 급해지기만 했다.

※※※

산 밑에 부서질 듯 누워 있는 어떤 것은 분명 사람이었다. 허름한 등산복을 입고 배낭을 멘 채 정신을 잃은 할아버지였다. 다현은 조심스럽게 할아버지의 목에 손을 가져갔다.

아, 따뜻한 온기. 그리고 희미하지만 뛰고 있는 맥박.

다행이다.

움찔, 할아버지가 힘겹게 눈썹을 깜빡거렸다.

다현은 얼른 웃옷을 벗어 낯선 할아버지의 몸을 덮었다.

"할아버지, 할아버지, 정신 좀 차려보세요."

"으음……."

그녀의 부름에 할아버지가 낮은 신음으로 대답했다.

비상시에는 뭘 해야 했더라? 아이들에게 내내 가르치던 것들인데. 그래, 나쁜 사람을 만나면 경찰 아저씨를 부르고, 아픈 사람을 위해서는 119를 부르라고 했지.

다현은 놀란 마음을 다잡고 부들거리는 손으로 주머니를 뒤져 핸드폰 버튼을 눌렀다.

규철은 희미한 의식 속에서도 누군가 자신의 손을 꼭 잡고 있다는 것을 깨달았다. 따뜻한 작은 손이 그의 손을 꼭 쥐고, 다른 손으로는 토닥이며 온기를 전하고 있었다.

"괜찮아질 거예요. 걱정 마세요. 잘될 테니까."

나직한 목소리로 중얼거리는 누군가는 작은 손의 주인공인 듯했다.

그에게 잘될 거라, 괜찮아질 거라 말하는 사람은 누구지? 누구일까? 지금껏 그렇게 말해주는 사람은 우리 할멈뿐이었는데. 40년을 함께 산 할멈은 진작에 저세상에 갔는데.

설마, 이제 난 저세상으로 가는 걸까? 하기는 오래도 살았지. 후회나 아쉬움은 별반 없었다.

아, 그 녀석이 있었지. 이재인. 망할 놈의 손자 녀석.

순간 머릿속을 스치는 자신을 꼭 닮은 고집불통 손자 생각에 구철은 슬쩍 미간을 모았다. 그러자 그의 손을 잡고 있던 손에 힘이 더 들어갔다.

"이제 병원 다 왔어요. 힘내셔야 해요."

병원. 병원이라……. 그럼 아직 살아 있다는 건데.

따뜻한 손길이 사라지고 몸이 들려지는 느낌에 규철은 저도 모르게 미간을 모았다. 또 정신이 아득해지고 있었다.

※

얼마나 시간이 지났을까. 잠깐 정신을 잃었던 모양이다.

알싸한 소독약 냄새. 작은 기계음들. 요란한 사람들의 움직임……. 병원 응급실이었다. 확실히 아직까지는 살아 있는 모양이었다. 무슨 일이 벌어진 걸까.

규철은 희미한 머릿속을 정리하기 위해 저도 모르게 인상을 썼다.

오늘은 그를 두고 먼저 간 할멈의 생일이었다. 그녀의 무덤에 대고 먼저 간 원망을 한참 한 후까지는 기억이 난다. 아마 막걸리도 한 잔 마셨지. 그리고 산 중턱을 잘 타고 내려왔었는데……. 그때 누군가 짱짱한 목소리로 그의 생각을 방해했다.

"보호자분."

"네. 제가 이분 보호자인데요."

"원무과에 가서서 접수하고 오세요. 일단 CT부터 찍어야 하니까."

간호사인 모양이구나. 그런데 보호자라니. 할멈이 먼저 간 후 그는 보호자가 있어본 적이 없었다. 누구지? 그러고 보니 아까부터 내내 누군가 그의 곁에 있었다.

규철은 어렵게 눈꺼풀을 들어 올렸다. 흐릿한 시야가 점점 또렷해졌다. 확실히 병원이었다. 그리고 그의 옆에는 분명 보호자가 있었다.

머리를 질끈 묶은 똘망하게 생긴 어린 아가씨였다. 갓 스무 살이나 됐으려나? 그런데 오늘 처음 본 게 분명한 저 아가씨가 내 보호자라고?

그녀는 주삿바늘이 꽂힌 그의 손을 조심스럽게 물티슈로 닦아내며, 걱정 어린 표정으로 나직하게 한숨을 내쉬었다.

규철은 있는 힘을 끌어모아 손을 움직였다.

"어, 할아버지. 정신이 드세요?"

"그런 거 같네."

규철이 정신을 차리자마자 의사들이 재빨리 달려와 이것저것 질문을 퍼붓기 시작했다.

"환자분? 올해가 몇 년도지요?"

"올해가……."

"제 손가락 보이세요?"

'난 넘어진 거지 눈을 다친 게 아니야.' 하고 소리를 지르고 싶었지만 여기는 병원이었고, 그는 어쨌거나 환자였다.

규철은 투덜투덜거리면서도 새파랗게 어린 의사의 당연한 질문에 꼬박꼬박 대답을 했다. 하지만 마지막으로 이름을 물어오자 그는 '끙' 하고 한숨을 삼켰다. '이규철'이라고 했다간 어디선가 상주해 있던 기자들이 귀신처럼 냄새를 맡을 수도 있다. 그렇게 되면 내일 아침 주식시장은 아주 볼 만하리라.

규철이 이름을 말하는 것을 머뭇거리자 의사는 심각한 표정으로 다시 그를 바라보았다.

어쩐다, 이제?

―――❖―――

다행히 경미한 뇌출혈이라고 판명된 할아버지는 생각보다 완고했다.

이름이 '이개똥'이라고 했던가. 벌게진 얼굴로 눈도 못 마주치고 더듬더듬 이름을 입에 담는 할아버지를 보고 그 희한한 이름에 웃음을 터뜨리는 사람은 아무도 없었다. 예전에는 그랬었다지. 오래 살라고 험한 이름을 막 붙였다고.

할아버지는 끝끝내 병원도 의사도 필요 없다고 주장하며 의사와 다현의 만류에도 불구하고 퇴원을 강력하게 요구했다. 아마도 돈 때문이리라.

비틀거리면서도 굳이 병원을 나선 할아버지는 찬 공기를 마시며 쿨럭거렸다.

"이제 좀 살 것 같네."

"치료 받으셔야 해요. 아무리 경미한 뇌출혈이라도 언제 후유증이 올지 모른대요."

걱정 가득한 목소리에 규철은 다시 그의 보호자를 자청했던 어린 아가씨에게 시선을 돌렸다. 아직 이름도 모르지만 곧 알게 될 것이다. 병원을 나선 후에 가장 먼저 할 일은 그의 보호자에 대해 알아보는 일이 될 것이다. 병원 어딘가에 이 눈이 커다란 어린 아가씨의 흔적이 남아 있을 것이 분명했다.

"다니던 병원이 있어. 거기 가서 치료 받을 거야."

"정말이요?"

다현의 질문에 할아버지는 고개를 끄덕였고, 그제야 그녀의 얼굴이 조금 펴졌다.

"가족분들에게 연락이라도 하셔야죠. 걱정하실 텐데."

"가족이라고? 뭐, 전화나 받으려나."

꽤 오래전에 나온 낡은 핸드폰을 꺼내 든 규철은 흘긋 다현을 바라보며 재인에게 전화를 걸었다. 하지만 예상대로 핸드폰 속에서는 쌀쌀맞게 '고객이 전화를 받을 수 없다.'는 기계음이 나올 뿐이었다. 그럼 그렇지. 이놈의 자식. 내가 이 망할 손주 녀석 때문에 눈도 제대로 감지 못했다는 것을 알고나 있을지 모르겠다.

"안 받아요?"

"다 내가 애들 교육을 잘못 시켜서 그렇지. 있으나 마나 한 불효막심한 것들. 지들이 혼자 큰 줄 알고. 내가 벌어준 재산이나 야금야금 빼내서 쓰는 놈들. 훙."

고약한 손주들이네.

혼잣말처럼 중얼거리다 집안일이 조금 남부끄러웠던지 고개를 돌린 할아버지는 주머니에서 꼬깃꼬깃한 지폐와 잔돈을 꺼내 그녀에게 내밀었다.

"미안하네. 내가 지금 가지고 있는 돈이 이것뿐이라. 나머지는 다음에 꼭……."

"병원비, 얼마 안 나왔어요. 걱정 안 하셔도 돼요."

다현은 얼른 고개를 흔들었다. 아마도 이분의 전 재산일지도 모른다. 이 돈을 어찌 받는단 말인가.

그녀의 사양에 할아버지가 물끄러미 그녀를 바라보았다.

"오늘은 고맙고, 신세 져서 미안하네."

"아뇨. 제가 도와드릴 수 있어서 다행이었어요."

정말 괜찮다는 듯한 다현의 미소에 할아버지는 다급히 가방을 뒤적였다.

"이거, 우리 할멈 건데. 이거라도……."

할아버지의 손에는 제법 튼실하고 커 보이는 사과 하나가 들려 있었다. 너무 소박한 인사라고 생각했는지 할아버지의 얼굴이 약간 붉어졌다. 가까이에서 본 할아버지의 눈빛은 어쩐지 강인해 보였다.

"할머니 걸 저 주시면 어떡해요? 할머니한테 혼나요, 할아버지."

"아니야. 생명의 은인인데. 이깟 사과가 중요한가? 내가 이 신세를 어떻게 갚나."

"그럼 사양 안 하고 잘 먹겠습니다. 저 사과 좋아하거든요."

공손하게 사과를 손에 쥔 그녀는 방긋 웃으며 할아버지의 얼굴을 똑바로 마주 보았다.

다현의 맑은 눈과 할아버지의 깊은 눈이 서로의 눈에서 이해와 아량, 그리고 말로 표현할 수 없는 어떤 것을 발견했다.

그녀가 살짝 고개를 숙이며 미소 지었고, 할아버지 역시 따뜻하게 미소를 되돌렸다. 아주 짧은 시간이었지만 낯선 두 사람의 진심이 서로 통한 것이다.

"이름은 어찌 되나? 어디서 뭘 하는 분인지 은인 이름은 알고 있어야 할 거 같아서."

"은인은요. 김다현이라고 합니다. 학교 선생님이에요."

"아…… 선생님."

다현의 대답에 규철은 들리지 않게 그녀의 이름을 되뇌며 고개를 끄덕였다.

다현은 손을 들어 택시를 잡았다.

"댁이 어디신지는 몰라도 지하철역까지라도 타고 가세요. 그리고, 내일 꼭 병원 들르시구요."

"어-니. 안 그래도 돼."

"가까운 지하철역까지 부탁드릴게요."

할아버지의 거절에도 불구하고 다현은 택시 기사에게 만 원짜리를 건네며 당부했다.

"절대 중간에서 내리시면 안 돼요. 그럼 저, 화낼 거예요."

규철은 고개를 끄덕였고, 택시가 출발했다. 떠나는 차의 뒷모습을 보면서 다현도 나직이 안도의 한숨을 내쉬었다.

별일 없어야 할 텐데. 그대로 보내드린 게 영 마음이 불편했지만 할아버지의 고집을 꺾을 수는 없는 노릇이었다.

걱정을 한 호흡 남기고 허름한 옷차림의 할아버지와 헤어진 그날은 오후 햇살이 눈부신 11월의 늦은 가을날이었다.

1. 게임 상대는?
― 버릇없는 손자 녀석

정갈하고 간소한 한옥 거실에서 짙은 눈빛이 인상적인 짧은 반백 머리의 노인과 깔끔하게 정장을 차려입은 아주 선한 인상의, 조금은 우직해 보이는 마흔 전후의 사내가 아침으로 나온 죽을 먹어가며 조용히 담소를 나누고 있었다.

"굳이 그렇게까지 하셔야겠습니까, 회장님?"

"당연하지. 강 부장도 알다시피 그 녀석에겐 내가 돌려줄 빚이 있어."

"그럼 이번에는 회장님에게 승산이 있다고 믿으십니까?"

"그럼 자네는 그 녀석 편에 서겠다는 이야기인가?"

회장의 추궁에 강 부장은 시선을 돌리고 입을 꾹 다물었다.

회장의 비서가 된 지 벌써 10년째. 그리고 SH 호텔로 발령난 지 3년째. 이 까다롭고 엄격한 회장의 승부욕은 타의 추종을 불허한다. 그런 그보다 한 수 위에 있는 사람이 이규철 회장의 손자인 이재인이라고 생각하는 강 부장이다.

"이봐, 일이 어떻게 되든 자네만은 끝까지 내 편을 들어주어야지."

"제가 모시는 상관께서 항상 이기는 사람 편을 들라 하셨습니다."

참으로 인정머리 없는 대답에 회장의 눈썹이 올라갔다. 아무리 내가 키운 심복이지만 너무 솔직하다. 그리고 날카롭다.

"그러니까 자네는 내가 질 거 같다?"

"만만치 않은 상대입니다. 그리고 한 번은 회장님이 뒤통수를 맞으셨구요."

심기가 잔뜩 상한 회장의 추궁에 강 부장은 하고 싶은 말을 빙 돌려 말했다.

이구철 회장과 이재인 본부장. 할아버지와 손자의 관계. 그리고 그에게는 전 상관과 지금 상관. 어쩌다 이 성질 더럽고 고집 세고 승부욕 강한 두 사람 사이에 착하디착하게 산 그가 끼어 있단 말인가. 전생에 그렇게 큰 죄를 지은 건가? 박복해도 이렇게 박복할 수가 없다.

강 부장은 새어 나오는 한숨을 꾹꾹 눌러 참았다.

"그러니까 이번엔 그 빚을 갚아야지. 난 한 번도 빚을 잊은 적이 없어."

규철은 그때 일을 생각하면 아직도 약이 바짝 올랐다.

회장의 약 오른 표정과 상관없이 그의 비서였던 강 부장은 앞으로의 일이 아주 걱정스러운 눈치였다.

"반격이 만만치 않을 겁니다. 각오는 돼 있으십니까?"

"이번엔 절대 지지 않을 걸세. 내가 이기게 돼 있어."

"저도 회장님이 무얼 하셨는지 압니다. 그래도 이번 일은 너무 강하게 밀어붙이신 겁니다. 우리 본부장님 성격에……."

이재인 본부장의 반응이 훤히 눈에 보이는 강 부장은 눈을 질끈 감았다.

"너무 겁먹지 마. 자네 본부장이 내 손자니까. 내 핏줄이야. 난 그 녀석도 나도 잘 알고 있어. 이번만큼은 절대 지지 않아. 그러니까 자네도 내 편에 서는 게 유리할 게야."

회장은 장담을 하면서도 은근히 그의 수족 같았던 옛 비서가 자신의 편을 들지 않으면 어쩌나 싶은 표정이었다.

그 기대 만만한 표정에 강 부장은 이번만큼은 깊은 한숨을 잔뜩 내뱉었다.

"저도 그러고 싶은데, 어째 이번만큼은……."

"내가 이긴다니까 그러네."

"제발 그러십시오. 아니면 제가 힘듭니다."

그는 진지하게, 걱정스러운 표정으로 부탁했다. 아니, 사정했다. 마음 같아서는 제발 본사 말고, 호텔 빼고, 다른 곳으로 좌천이라도 시켜달라고 애원이라도 하고 싶었지만 말한다고 다 들어줄 사람들도 아니었다.

성현 그룹이라는 이름에 무슨 마가 낀 게 분명하다. 대학교수, 문화 재단 관장, 변호사 등…… 꽤 다채로운 능력을 가지고 다양한 분야에서 실력을 발휘하고 있는 이 씨 집안 사람들은 인간적으로 제법 좋은 평가를 받고 있었다.

그런데 희한하게도 성현 그룹에 들어와 있는 사람들은 어째다 지랄 같은지. 특히나 저 이규철 회장과 그 손자는 구제 불능일 정도였다. 그리고 박복하디박복한 그는 지랄 같은 그 두 남자를 상대하고 있는 중이었다.

※※※

다현은 엄마와 마주하고 찻잔을 들었다. 모처럼 느긋해야 할 토요일 아침부터 그녀는 엄마의 잔소리를 끊임없이 듣고 있었다.

이럴 줄 알았으면 진주에 내려올 생각하지 말고 현진이와 영화라도 한 편 볼 것을. 괜히 착한 딸 흉내 내다 이렇게 되었다. 하지만 언제 들어도 들을 얘기였다. 천천히, 느긋하게……. 그래, 듣자. 어차피 다 듣고 그녀가 고개를 끄덕여야 끝날 문제였다.

다현은 아예 마음을 다잡고 편안한 마음으로 몸에 좋다는 차를 홀짝였다.

"다다야, 정말 괜찮은 자리야."

다현의 생각을 알 리 없는 엄마는 그저 딸내미를 구슬릴 속셈으로 소파 끝에 엉덩이를 걸친 채 거의 다현과 무릎을 맞대고 있었다.

"이만한 사람 또 없단다. 착하댄다."

"엄마 저번에도 그만한 사람 없다고 그랬어."

다현은 엄마의 설득에 익숙해진 듯 싱글거리며 찻잔을 들었다. 정말 괜찮은 자리에 결혼 안 한 남자가 왜 이렇게 많은 걸까. 벌써 올해만 몇 번째 선 자리인지. 26살에 소개팅도 아니고 부모님들이 다 알고 집안 얘기도 시시콜콜 다 해야 하는 맞선이라니. 학교 가서는 차마 얘기도 못 한다.

게다가 이번에는 착하기까지 하단다. 그건 이 바닥 용어로 외모는 포기하란 소리였다. 아마 내 소개도 분명 착한 선생님이라고 했을 것이 분명하고, 그렇다면 그건 더없이 공평한 일일 테니 일단은 2시간 동안 말이라도 잘 통했으면 좋겠다. 둘 중에 한 사람이 열 받거나 조는 일은 없도록 말이다.

"한의사라니까."

"지난번에도 한의사였지. 침 전문 한의사. 이번에는 또 뭐래?"

당연히 한의사일 것이다. 한의사여야만 대를 이어 가업을 이을 수 있을 테니까. 다현은 앞으로도 오랫동안 계속될 엄마의 구구절절한 이야기를 새겨듣기 전에 작게 숨을 들이켰다. 집안 구석구석 배어 있는 희미한 약초 냄새가 그녀의 마음을 편하게 해주었다.

다현네는 벌써 3대째 이곳 진주에서 한의원을 운영하고 있었다. 시내 중심가도 아니고 외곽에 위치한 골짜기임에도 불구하고 입소문을 타고 이곳을 찾아오는 단골손님만으로도 다현의 아버지는 하루 종일 바빴다.

고등학교 때 내내 고민했었다. 지금은 교수님 따라 미국에서 공부 중인, 그녀보다 6살이나 나이가 많은 서현 오빠는 아이러니하게도 현대 의학 추종자인지라 진작에 엄마의 기대를 무시하고 외과 의사의 삶을 선택했다. 오빠의 배신 이후 엄마는 은근히 집안을 이어갈 한의사의 꿈을 그녀에게 품었지만 유감스럽게도 어깨너머로 본 한의사라는 직업은 그녀의 적성에는 맞지 않았다. 덕분에 엄마의 희망은 이제 한의사 사위 또는 며느리로 귀결되고 있는 중이었다.

"추나요법의 대가란다."

"이제 겨우 달랑 의대 졸업한 의사 선생님이 어떻게 하면 금방 대가가 되는데. 사기꾼 아니야?"

엄마의 열렬한 칭찬에 다현은 슬쩍 딴전을 피웠다. 수십 번의 경험 끝에 그녀는 엄마가 몸이 달 때까지 기다려야 유리하다는 걸 이미 파악하고 있었다. 그녀가 이렇게 딴소리를 한 번 하고 나면 엄마는 더더욱 이 남자가 욕심나리라. 혹여라도 딸내미가 이 조건 좋은 남자를 차버릴까 봐 더 열심히, 더 장황하게 이야기할 것이다.

마시지도 않은 엄마의 찻잔은 식어가고 있었다. 십전대보탕은 귀한 건데 말이다.

"아니. 그 방면에 특별한 소질이 있대. 이제 집도 장만하고 병원도 곧 차린다더라."

"그래? 근데 그런 사람이 여태 연애도 안 하고 뭐 하고 있었대? 신기하네, 그거."

"공부하느라 바빠 그랬다잖니."

엄마가 보지도 못한 사람의 역성을 들고 나서자 다현은 피식하고 웃음을 삼켰다.

무슨 말도 안 되는. 아무리 바빠도 좋은 사람이 있으면 할 건 다 하고 살게 되어 있다. 그건 서현 오빠를 보면 알 수 있다. 밤새기를 퐁당퐁당해도 오빠에게는 끊임없이 여자 친구가 있었고, 오빠는 쉬지 않고 연애를 했다. 그건 다현도 알고 있고 엄마도 알고 있는 일이었다.

"알았어, 엄마. 시간 내볼게."

"정말이지?"

"어. 근데 한의사 사위가 그렇게 탐나?"

"아니. 내 딸이랑 같이 살 수 있는 시간과 공간이 욕심나는 거지. 도시라면 같은 아파트 단지에라도 살 수 있겠지만. 안 그럼 너희가 여기까지 내려오겠어?"

다현은 엄마의 대답에 고개를 끄덕였다.

역시 우리 엄마. 우문현답이시다.

가족이 가족으로 모여 살 수 있는 시간은 너무 짧다. 서현 오빠까지 바다 건너 미국으로 건너가는 바람에 집안은 더 썰렁해졌고, 정말 이대로 그녀가 결혼이라도 덜컥 하게 되면 정말로 두 분만 남게 될지도 모를 일이었다.

다현이 한의사와 결혼해서 이곳 진주 어딘가에서 가업을 잇게 되면 가족이 함께할 수 있는 시간이 조금 더 많아지겠지. 원대하지만 소박한 엄마의 마음이 또 한 번 이해가 간다.

하지만 세상이 원하는 대로, 뜻하는 대로 움직이겠는가. 안 그래도 어려운 남녀 사이에 더 복잡한 ― 결혼이라는 평생이 걸려 있는 ― 일이라면 더더욱 그럴 것이다.

아무리 엄마가 한의사 사위를 희망한다 해도 남자들에게 다현의 매력이 꽝일 수도 있는 거고, 그 남자가 좋다 해도 다현이 사양하고 싶은 경우도 있을 것이다. 남자와 여자가 만나는 건 부모의 의지나 주변의 여건만으로 되는 일이 아니지 않은가. 하지만 엄마는 이런 경우의 수는 전혀 생각하지 않고 있는 모양이다. 아니면 몇 번이고 만나다 보면 개중에 하나는 얻어 걸릴 겻이라고 확신하는 중인지도 모르겠다.

정말 이러다 결혼이라도 하게 되면 그거야말로 큰일이지만 그건 또 그때 가서 생각하면 되겠지. 미리부터 걱정하지 말자. 아마도 추나요법의 대가인 한의사 선생님이 평범하기 그지없는 김다현을 싫다고 해주시겠지.

―⋙◈⋘―

유경은 고개를 푹 숙인 채 저 고약한 본부장이 냉정한 음성으로 조용한 윽박을 지르기 전에 이 사무실을 나갈 수만 있다면 무슨 짓이라도 하리라 생각했다.

27살에 처음 만난 본부장은 한마디로 결혼 적령기 여성이 꿈꿀 수 있는 모든 것을 갖추고 있었다.

선량해 보이는 외모에 깍듯한 매너, 집안과 상관없이 인정받고 있는 능력. 그 모두가 TV 드라마에 나오는 남자 주인공 같았다. 서른의 그가 결혼을 안 했다는 게 운명처럼 느껴졌고, 그가 미혼이라는 사실에 감사했다. 그리고 그의 비서로 지낸 지 2년이 지난 지금도 그가 아직까지 미혼이란 사실에 그녀는 마음속 깊이 감사한다.

'세상의 불쌍한 여자 하나 구제한 거라고. 저런 인간이랑 결혼해봤자 그게 바로 지옥일 거야. 될 수 있으면 저런 사람은 결혼 안 하는 게 도와주는 거라고. 그렇고말고.'

그녀는 속으로 중얼거렸다. 이제는 그녀도 충분히 알고 있다. 저 본부장이 아직도 결혼하지 않은 이유를. 저 불같은 성격과 얼음 같은 심장을 감당해낼 여자가 없는 것이리라.

"저…… 본부장님, 전화……."

유경은 누구보다 본부장 성질을 잘 알고 있기 때문에 이 상황에서 전화 얘기를 꺼냈다가는 틀림없이 날벼락을 맞을 거란 사실을 충분히 알고 있었다. 하지만 이 전화는 핫라인으로 유경도 어쩔 수가 없는 일이었다. 그대로 벼락을 맞는 수밖에는 방법이 없었다.

"한유경 씨, 머리 나쁩니까? 전화 연결하지 말라고 한 거 같은데.'

예상했던 대로 역시나다. 저 성질은 죽어야 고쳐질 거야.

"김 변호사님이에요. 블랙 콜로 왔습니다."

성현 그룹 회장실과 직통으로 연결된 까만색 전화기, 일명 '핫 라인'이라 지칭되는 블랙 콜. 사적인 전화 통화에는 절대 사용할 수 없을 뿐만 아니라 회장실과 사장실, 호텔 본부장만이 통화할 수 있다. 보통은 직접 받는 게 관례인 반면에 이재인 본부장은 항상 유경을 통해 전화를 받고 있었다.

"변호사가 건방지게 감히 콜을 해?"

재인이 투덜거리자 유경이 기겁을 하고 수화기를 가리며 얼굴을 찡그렸다. 다 들리겠다. 아마 다 들렸겠지.

"이재인입니다······. 네······. 아니, 지금 바쁜데요······. 오늘? 알았어. 아니, 내가 그리로 가지. 응."

존댓말로 시작했다 반말로 끝나는 건 또 뭐야. 전화 받는 매너까지 꽝이네. 아무튼 오늘 점심은 해방이다.

※

다현은 엄마의 간곡한 부탁과 은근한 협박을 들어주기로 했다. 아니, 당연히 그래야 했다. 지난주, 엄마의 흐뭇한 얼굴을 생각해내고 다현은 피식, 낮은 웃음을 삼켰다.

아마 저 멀리 진주에 있는 엄마가 지금 더 설레고 있을지도 모를 일이었다. 오늘 선본 후기 보고가 조금이라도 늦는다면 내일이라도 날을 잡으실지 모르겠다.

호텔은 28층짜리, 우리나라 최고급의 현대식 건물이었다. 들려오는 명성만큼이나 웅장하고 화려한 곳이었다.

"괜찮은데."

다현은 고개를 젖히고 SH 호텔을 바라보았다. 얘기는 많이 들어봤지만 SH 호텔은 처음이었다.

으흠, 좋아.

덥지도 않고 춥지도 않은 쾌적하고 산뜻한 실내였다. 그녀가 어정쩡하게 서 있자 잘 차려입은 남자가 다가왔다.

"어디를 찾으시는데요? 데스크는 저쪽입니다만."

다현은 자신을 안내하는 사람을 흘끗 바라보았다. 제법 큰 키에 단정한 용모를 한 남자가 그녀를 향해 미소 짓고 있었다. 다현도 약간 고개를 숙이며 미소를 되돌려 주었다.

"예? 아, 아니에요. 커피숍으로 갈 거예요."

"저쪽입니다."

그 직원은 고개를 약간 숙이며 라운지 왼쪽을 가리켰다. 넓은 로비 끝에 사람들이 출입하는 게 보였다.

'직원 교육을 잘 시켰군. 친절하네.'

"고맙습니다."

그녀가 싱긋 웃으며 인사하자 재인도 가볍게 고개를 숙이는 걸로 인사를 대신했다.

'흠, 선보러 왔군.'

급하게 걸음을 옮기는 여자에게서 은은한 향기가 스치듯 묻어 나왔다.

옷깃만 스쳐도 인연이라고, 모래가 손끝에서 빠져나가는 것처럼 그렇게 순식간에 마주친 사람이라도 언제 어떤 상황에서 서로 다른 모습으로 만나게 될지는 아무도 모르는 일이다.

누군지 전혀 알 수 없는, 지금 당신 곁을 지나는 그 사람이 앞으로 어느 날, 어떤 의미를 갖고 다가서는 존재가 될지는 누구도 모르는 일이다.

※

SH 로고가 확실하게 붙어 있는 변호사 사무실의 로비를 지나자 데스크 직원이 바로 재인을 알아보고 얼른 출입문을 열어주었다. 고개만 까딱 인사한 재인은 곧바로 복도 끝에 있는 사무실로 향했다. 그리고 '김형준 변호사'라는 작은 안내판이 붙은 다소 무거워 보이는 오크 색 문을 곧장 열었다.

"이재인 본부장님, 몸소 여기까지 다 오시고……. 앉으세요."

"집어치워."

지나치게 정중한 태도에 재인이 인상을 북 긋고 소리를 질렀지만 형준의 얼굴에는 웃음이 가득했다.

형준은 어려서부터 재인과 함께 지낸 사이였다. 그리고 재인을 이해하고 참아주는 몇 안 되는 사람 중에 하나이기도 했다.

"난 공적인 업무를 수행하고 있다고."

"무슨 일인데 네가 블랙 콜까지 이용한 거니?"

"변호사 주제에 건방지게?"

"그러니까. 변호사께서 왜 건방지게 호텔 본부장을 불러들인 거야?"

형준이 장난스럽게 대꾸하자 재인 역시 입가에 미소를 지으며 다시 물었다.

"회장님이 유언장을 수정하셨어."

"뭐?"

예상하지 못한 형준의 대답에 재인의 눈썹이 올라갔다. 그의 눈동자는 더욱 짙어졌다.

"지난달 내내 작업했어."

"고생은 했겠네. 근데 나는 왜 부른 거야? 어차피 비공개일 텐데."

"너랑 관계가 있거든. 회장님이 너한테는 꼭 공개하라고 지시하셨어."

재인의 눈썹이 다시 올라갔다. 하지만 표정만큼은 무심하고 덤덤했다.

그런 친구를 바라보며 형준은 마음속으로 고개를 끄덕였다. 그 또한 알고 있다. 이재인의 목표가 단순한 경영 세습이 아니란 걸. 재인은 왕위를 이어받듯 그룹을 넘겨받는 걸 원하는 사람이 아니었다. 하지만 차라리 그랬으면 일이 훨씬 더 쉽지 않을까 하고 형준은 생각했다.

"사삼스럽게 내 이름이 유언장 안에 있다고는 하지 마라."

3년 전, 이규철 회장이 의도적으로 처음 공개한 유언장에서 그는 재인의 이름을 누락시켰다. 모두들 그 사실에 놀라워했지만 정작 재인만은 꿈쩍도 하지 않았다.

재인은 이미 돌아가신 선친과 외가 쪽에서 물려받은 지분만으로도 대주주였다. 할아버지인 이규철 회장의 직계 상속자로서 우산 따위 없어도 충분했지만 주위 사람들은 그 의외의 사실에 일부는 당혹스러워했고, 일부는 흥분했다.

이 회장이 재인을 후계자로 학습시킨 건 누구나 다 아는 사실이었다. 그런 재인이 상속에서 빠짐으로 해서 한동안 그룹은 권력의 암투 시장으로 변해버렸다. 물론 지금이야 워낙 이 회장의 입김이 크게 작용하고 있는지라 아무도 내색은 못 하고 있지만 모두들 손익 계산을 하느라 머리를 굴리고 있다는 건 누구나 아는 사실이었다.

"네 말대로 그런 건 아니야."

"그럼 바뀐 게 없는데 뭐가 나랑 관계있다는 거지?"

"음……."

형준이 약간 머뭇거렸다. 어떻게 시작을 해야 이 고집 센 친구의 마음을 움직일 수 있을까. 형준에게는 지금의 재인을 상대하는 일이 법과 경험으로 무장한 깐깐하고 노련한 판사를 상대하는 것보다 훨씬 더 곤혹스러운 일이었다.

"뜸 들이지 마. 무슨 말을 해도 안 놀랄 테니까."

여전히 무심한 얼굴로 찻잔을 집어 든 성미 급한 그의 오랜 친구가 부드럽게 재촉했다.

'우리 할아버지는 진작에 날 한 번 놀라게 했다구. 이제 뭘 해도 더는 안 놀라. 다시는 그 양반 손에 내 인생을 맡기지 않아.'

재인의 얼굴은 그렇게 말하고 있었다. 재인은 그의 할아버지에게 기대하는 것이 없었다.

"음…… 이재인, 너한테 조건이 붙어 있어."

"뭐야, 그게? 조건 붙여 나한테 상속하신다는 거야?"

믿을 수 없다는 듯 재인의 눈썹이 올라갔다.

"아니, 그게 아니라 너한테 상속 안 하시고, 음……."

"빨리 말해. 그 조건이라는 거, 진절머리 나니까. 옛날에도 그러셨어."

"음…… 본론만 말하면 네 와이프 말이야……."

'와이프'라는 이야기에 찻잔을 입에 가져가던 재인이 무슨 소리냐는 듯 다시 고개를 들었다. 지금 재인이 제대로 화를 내고 있다는 건 그의 새까매진 눈빛만으로도 충분히 알 수 있었다.

형준은 저도 모르게 침을 꿀꺽 삼켰다. 거의 모든 걸 다 알고 있는 친구임에도 불구하고 이 녀석의 이런 표정은 가끔씩 사람을 주눅 들게 한다. 성질을 터뜨려 소리라도 지르면 나을 테지간 이재인이 정말 화가 났을 때는 그야말로 쨍쨍한 얼음이 되곤 한다. 그리고 그 얼음은 자신이 받은 만큼 돌려주었을 때야 제 표정이 드러난다.

"그러니까 네 아내 될 사람한테 상속하시겠대. 네 와이프한테 상속하시는 대신에 처분권과 이사회 발언권은 이재인, 너한테 넘어가는 거구. 물론 네가 그 여자분과 결혼했을 경우에만 그렇고······."

다가올 폭풍을 누구보다 잘 알고 있기에 형준은 빠른 어조로 사정을 이야기했다. 재인이 끼어들 참을 주지 않을 속셈이었다. 재인이 화를 내기 시작하면 이야기를 전부 다 마무리 짓지 못하리라.

형준이 무슨 말인가 계속하려 하자 재인이 소리를 버럭 질러댔다. 하여튼 빠른 녀석이었다.

"그게 무슨 소리야? 할아버지가 지금 나랑 결혼할 여자를 정하셨다는 거야?"

"바로 그거야."

재인이 단박에 요점을 파악할 것도 알고 있었던 형준은 그저 고개를 끄덕여 사실을 확인해줄 따름이었다. 이재인의 장점 중에 하나가 머리가 좋다는 것 아닌가. 그것도 지나치게 말이다. 이만큼 이야기했는데 못 알아들을 리가 없었다.

"정말 바뀐 게 없군."

얼굴색이 변할 정도로 소리를 질렀던 재인은 이제 쓴웃음을 지었다.

"웃을 일이 아니야. 아무리 네가 관심 없다 그래도 이건 심각한 일이라구."

"그만하고 밥이나 먹으러 가자. 배고파."

재인이 찻잔에 조금 남아 있던 커피를 단번에 들이켜고 일어나자 형준이 얼른 그를 붙잡았다.

"이재인! 나 지금 농담하는 거 아니야. 이건 진짜 회장님 유언장 내용이라구."

"알아. 네가 이런 일로 장난하는 거 아니라는 거. 나도 지금 장난하는 거 아니야. 그때도 그랬고 지금도 난 할아버지 재산에 관심 없어."

재인은 예의 그 무심한 표정을 한 채 또 다른 의미를 전하는 강렬한 눈빛으로 형준을 바라보았다.

"너, 이게 무슨 뜻인 줄 알아? 지금 네가 가지고 있는 지분에 회장님 지분까지 있으면 이사회를 완전히 장악할 수 있어."

"할 수 없잖아. 할아버지가 그렇게 결정하셨다면 그렇게 할 수밖에."

가장 현실적인 발언에도 재인이 끄떡도 하지 않자 형준은 한숨을 쉬었다. 하긴 성현 그룹에 욕심이 있었으면 처음부터 회장님과 싸우지도 않았을 것이고 회사를 뛰쳐나오지도 않았을 녀석이었다.

"그럼 그 여자가 누군지 궁금하지도 않아?"

"안 궁금해. 누군지 말하지 않아도 아니까. 너도 잘 알고 있겠지만 이런 일 처음 있는 일이 아니야. 유언장이라는 거 처음 공개하셨을 때도 이러셨어."

재인이 딱 잘라 말했다. 틀림없이 또 어느 그룹 딸이겠지. 손녀딸이든지. 그게 누군지 그는 정말 궁금하지 않았다. 아마 전자 회사 아니면 유통 회사일 것이다.

"주희 아니야."

"알아. 지금은 한주 화학의 한주희보다 좋은 조건이 훨씬 많을 테니까. 할아버지는 정말 멀쩡하시구나."

냉정한 재인의 답변에 형준은 혀를 찼다. 본인은 인정하고 싶지 않겠지만 저 지독할 정도로 계산적인 측면은 정말이지 회장님과 많이 닮았다.

"뭐가 됐든 어차피 난 관심 없어. 그 재산 다 내놓으신대도 난 상관없는 일이야. 난 지금도 충분해. 내 힘으로 일어설 수 있다구. 난 손해 볼 게 없어."

"그 여자, 나도 너도 모르는 사람이야. 아마 다른 사람들도 모를 거야. 넌 그 재산 욕심 안 나겠지만 그 여자는 안 그럴 거라구."

"그래서?"

재인은 전혀 상관없다는 표정으로 형준을 바라보았다. 그러고는 의자 위에서 완전히 몸을 떼고 일어서자 형준이 붙들고 나섰다.

"다 듣고 가라구. 아직 중요한 얘기는 하지도 않았어."

"나랑 관계없다는 거 그냥 해본 말 아니야."

재인은 정말 아무렇지도 않은 표정이었다. 하지만 형준은 아니었다. 재인이 문제의 상속녀가 누구인지는 알아야 했다. 그리고 상속녀의 남편이 될 자격을 가진 사람이 이재인 혼자가 아니라는 것도.

"3년 전에 난 네 선택이 옳다고 생각했어. 그렇지만…… 이번은……."

형준은 얼굴을 찡그렸다. 그리고 재인에게 무언가 작은 소리로 속삭였다.

이제 재인이 결정할 일이다.

이재인의 얼굴이 순식간에 굳어졌다. 그리고 전혀 그답지 않게 평정심을 잃은 듯한 단어들이 그의 입에서 쏟아져 나왔다.

"제길, 제기랄!"

겨울에서 봄으로 가는 계절의 시간은 느릿하지만 꽤 빠르게 지나갔다. 사람들이 눈치채지 못하게 나무에 연한 초록 물이 오르고 바람에서 차가운 기색이 걷혀졌다.

모처럼 훈훈하고 날 좋은 이른 봄 날씨에도 불구하고 인천으로 향하는 내내 재인의 표정은 잔뜩 흐림이었다. 그리고 차

안은 다시 겨울이었다.

  표정은 그대로인 채 험한 욕 한마디 입에 담지 않고 저렇게 차가운 냉기를 마구 뿜어낼 수 있는 재주에 형준은 저도 모르게 긴장해야 했다.

  "이번 유언장, 내가 그런 거 아니거든."

  "당연하지. 할아버지 고집을 누가 꺾는다고."

  재인 쪽으로는 고개도 돌리지 않은 형준의 무심한 불평에 재인이 차가운 목소리로 투덜거렸다.

  한쪽 눈썹이 스윽 올라가는 모습이 꽤나 멋있다. 왜 이 녀석은 이렇게 툴툴거려도 폼이 나는 걸까.

  반듯한 이마, 날카로운 콧날에서 턱 선까지, 남자가 봐도 옆모습은 진짜 예술이었다. 화만 내지 않으면 말이다.

  "그럼 화 좀 그만 내지. 무서워 죽겠다."

  "화내는 거 아니거든."

  "화내고 있어, 너."

  농담인 듯 진담인 듯 중얼거리는 형준의 지적에 재인이 할 수 없이 인상을 풀었다.

  "도대체 어떤 여자길래 회장님이 넘어가셨을까?"

  할아버지는 절대 호락호락한 인물이 아니었다. 돈에 대해서는 더더욱 그렇다. 그럼에도 불구하고 당신 재산을 몽땅 퍼준다는 게 도무지 이해가 되지 않았다.

  "아마 꼬리 아홉 달린 여우일 거야. 그렇지 않으면 우리 대장이 이럴 리가 없어."

"또 아냐? 천하절색 양귀비일지."

"그래서 나라가 망했어. 그 여자 땜에."

무시무시한 눈초리와 살벌한 어조에 형준이 이번에도 찔끔했다. 하여튼 살벌한 자식. 농담으로 말했으면 웃으면서 농담으로 받아주면 될 일이구만. 지 성질에서 한 치라도 어긋나면 저렇게 버럭질이다.

그나저나 어떤 여우 같은 양귀비인지는 몰라도 왠지 불쌍해지고 있었다. 이재인이 순진한 여선생님을 한입에 삼켜버릴지도 모를 일이었다. 형준은 그렇게 생각했다. 그때는 말이다.

※※※

지난주 날 좋은 토요일 오후에 만난, 벌써 3년간 교제해온 여자 친구가 있다는 양다리 한의사를 마마보이로 만들고 나서야 엄마는 그 남자를 포기했다.

아무리 조건이 좋아도 엄마 치맛자락에 매달리는 남자를 사위로 맞기는 싫으셨던 모양이다. 그리고 엄마는 또 열심히 참한 남자를 찾고 계신 중이다.

엄마에게는 미안하지만 이제 겨우 26살인 다현에겐 결혼하는 일보다 더 급한 문제가 얼마든지 있었다. 지금 핸드폰 속에서 멋지게 라이브와 댄스를 해내고 있는 지수가 그녀에게는 더 중요하고 큰일이었다.

다현은 핸드폰 속의 지수를 바라보며 흐뭇한 미소를 지어 보였다. 한눈에 봐도 관절이 삐걱거릴 것 같은 댄스를 능숙하게 해내고 라이브도 제법이었다.

지수가 12살이었을 때부터 봐왔으니, 벌써 6년째다. 빼빼 마르고 수줍던 아이는 어느새 자신의 꿈을 향해, 열심히 그리고 한눈팔지 않고 뛰어가고 있었다. 옆에서 발목만 잡는 소속사만 없었으면 진작에 정상에 올랐을 텐데. 망할 놈의 기획사 같으니.

춤도 잘 추고 노래도 잘 부르고 얼굴도 잘생긴 지수의 꿈은 가수였다. 아직은 연습생 신분이지만 신인 루키로 제법 유명해진 지 오래인데도 불구하고 그 기획사는 차일피일 미루면서 데뷔시킬 계획이 전혀 없는 듯했다.

이제 18살. 조금 있으면 군대 문제도 닥치게 될 텐데 이놈의 기획사는 10년씩이나 말도 안 되는 계약으로 애 발목을 잡아놓고 아무 일도 하지 않는다.

다현은 아주 작은 목소리로 '망할.' 하고 욕을 하고는 얼른 주위를 둘러보았다. 다행히 운동장에는 아무도 보이지 않았다. 초록 새싹 같은 애들이 욕부터 배워서는 안 되지. 그것도 선생님한테.

지수에게 뭘 해주어야 할까? 로또라도 사야 하는 걸까? 일단 검정고시를 통과해서 수능을 봐야 할 텐데. 대학이라도 가게 되면 군대 문제는 해결될 것이다. 물론 등록금도 만만치 않겠지만 그건 그때 가서 생각할 일이었다.

생각할수록 답답해지는 현실에 다현은 살짝 한숨을 내쉬었다. 분명히 찾아보면 어떤 방법이 있을 텐데. 골똘히 생각에 잠겨 있던 다현은 핸드폰 문자에 고개를 갸웃거렸다.

교감 선생님이 급하게 다현을 찾고 있었다.

뭐지? 애들은 다 집에 보냈는데. 혹시 아직 도착하지 않은 아이가 있는 걸까? 그럼 큰일인데.

교무실로 향하는 다현의 걸음이 급해졌다.

―――※―――

교무실에서 기다리고 있는 건 교감 선생님만이 아니었다. 기분 좋은 오후 햇살이 느릿하게 들어오는 창가에서는 두 남자가 뚫어질 듯 그녀를 주시하고 있었다.

반 걸음 정도 앞서 있는 남자의 눈빛이 잠깐이지만 예리한 칼날처럼 차갑게 빛나는 것은 그저 햇살의 반짝임 때문인 걸까?

애매한 첫인상에도 불구하고 두 남자의 이미지는 '잘생겼다!'였다. 두 사람으로 인해 작은 학교 안에 광채가 도는 느낌이었다. 배우 찜 쪄 먹게 생겼다는 얼굴이 이런 의미였구나. 키도 훤칠하고 몸매도 완벽했다. 혹시 정말 모델들인가? 저 나이에 학부모는 아닐 테고, 삼촌쯤 되려나?

다현은 고개를 갸웃거렸다.

"절 찾으신다구요. 안녕하세요. 제가 3학년 초록반 담임, 김다현입니다."

다현의 인사에 처음 눈이 마주쳤던 키가 약간 더 크고 앞서 있던 남자는 얼굴을 찌푸렸고, 그보다는 선한 눈빛을 가진 남자는 눈빛만큼이나 선량한 미소를 보내왔다.

재미있네. 이 두 사람은 빛과 그림자 같아.

"무슨 일 때문이신지요? 학부모님은 아니신 것 같은데."

"좀 조용한 장소에서 이야기하고 싶은데요. 개인적인 문제거든요."

그 말에 다현은 약간 얼굴을 찌푸렸다.

여기는 초등학교 학생들이 공부하러 다니는 곳이지 이렇게 다 큰 남자들이 개인적인 문제로 조용한 장소를 찾는 곳이 아니다. 다현은 고개를 갸웃거리며 상담실로 그들을 안내했다.

"자, 앉으세요."

"김형준이라고 합니다."

그녀가 의자를 빼며 권하자 선한 눈빛의 남자가 명함을 건네며 먼저 자기소개를 했다.

성현 그룹 법무팀, 변호사 김형준

그녀는 건네받은 명함을 보고 고개를 끄덕였다.

음, 얼굴만 잘생긴 게 아니라 머리도 좋네. 그런데 변호사가 도대체 왜 날 찾아온 거지?

혹시나 우리 반 애들 중 누가 사고를 쳤을까? 그랬으면 진작에 경찰서에서 연락이 왔을 텐데. 아직 3학년짜리 애들이 변호사가 올 만한 사고를 쳤을 리는 없었다.

"무슨 일로 오신 건지요?"

그녀는 의아스러웠지만 내색하지 않고 조심스럽게 물었다.

"혹시 이규철이라는 이름 들어보셨습니까?"

잘생긴 변호사가 점잖게 물어왔다.

이규철이라……. 들어본 적이 없는 이름이다.

"우리 반 애들 중에는 그런 애가 없는데 혹시 다른 반 아닌가요?"

고개를 갸웃거리던 그녀는 아무래도 아니라는 표정을 지으며 대답했다.

"하하……."

한마디 말도 없이 인상만 긋던 남자가 웃음을 터뜨리자 젊은 변호사가 그를 향해 살짝 눈을 흘겼다. 그렇지만 그의 입가에도 옅은 웃음이 새겨져 있었다.

"아, 아니요. 선생님 반 애들 얘기가 아닙니다, 이건."

"그럼요?"

"혹시 성현 그룹이라고 들어보셨나요?"

그건 질문이 아니었다. 그녀가 모르리라 생각하는 건 아닐 테니까. 반도체 분야와 전자 산업 분야에 진출해 있는 그 그룹을 모르는 사람은 없을 것이다.

"네, 물론이요. 그런데요?"

"거기 회장님이 이, '규' 자 '철' 자 쓰십니다."

변호사는 아이에게 이야기하듯 또박또박 말을 이었고, 다현은 고개를 끄덕였다.

"네. 저도 알고 있습니다."

그녀는 당연히 그 사실을 알고 있다. 신문 경제면을 유심히 읽는 사람이 아니더라도 그 정도 유명 인사의 이름 정도는 대부분의 사람들이 알고 있었다.

그런데 왜 이 사람들이 날 찾아온 걸까? 세상 다른 사람들도 다 알고 있는 사실을 이야기하기 위해 굳이 여기까지 그녀를 찾아오진 않았을 텐데. 그럼, 뭐지?

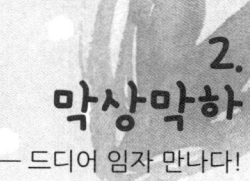

2. 막상막하
— 드디어 임자 만나다!

다현은 아무 말 없이 변호사라는 사람이 무슨 얘기를 할지 기다렸다. 하지만 그 역시 마치 그녀가 무슨 중요한 말이라도 하기를 기다리는 듯한 얼굴로 아무 말도 하지 않고 있었다.
 이 상황은 도대체 뭐지?
 "무슨 일 때문에 절 찾으신 건가요? 그 얘길 해주러 오신 건 아닐 테구."
 "물론 아닙니다. 제가 찾은 이유는……."
 "당신이 어떻게 꼬리를 쳤는지 묻고 싶은 거야."
 여태 인상만 긋고 있던 남자가 험하게 말을 이었다. 예기치 않은 뜻밖의 공격에 그녀는 입을 다물지 못했다. 아마도 '꼬리친 당신'이라는 사람은 그녀를 말하는 듯했다.
 다현의 미간이 모아졌다.
 저 남자는 아무 말 않고 있는 편이 훨씬 더 근사했다. 쓸데없이 입을 열면 저 싸가지 때문에 산통 다 깨겠구나. 확실히 사람은 겉모습만 보고 판단하면 안 되는 거였다.

겨우 입을 다물고 빤히 재인을 바라보던 다현은 입가에 미소를 띤 채 이해한다는 눈빛으로 고개를 끄덕였다.

"그런가요? 알겠어요."

"무슨 뜻이지?"

"당신이 변호사와 함께 다니는 이유 말이에요. 그 고약한 말버릇 때문에 항상 문제가 되겠어요, 그쪽은."

총명한 눈빛에 노기를 담은 채 재인을 똑바로 직시한 젊은 여교사는 형준을 향해 얼굴을 돌렸다.

"변호사님이 말씀하시는 편이 낫겠군요."

"아, 예. 죄송합니다."

형준 역시도 진작부터 먼저 얘기하고 싶었다. 그런데 저 버럭질을 하는 이재인이 시작도 하기 전에 분위기를 망쳐버렸다.

형준은 재인에게 경고의 눈빛을 보낸 후 서둘러 이야기를 시작했다.

"결론만 우선 말씀드리지요. 법률적인 자세한 문제는 나중에 설명드리겠습니다."

"네. 그래서 결론은요?"

생각보다 성급해 보이는 선생님의 질문에 형준이 얼른 말을 이었다. 덩달아 자신도 급해지는 기분이었다.

"결론부터 말하자면, 성현 그룹의 이규철 회장님께서 김다현 씨에게 재산을 상속하셨습니다."

"그럼 그분이 돌아가셨어요?"

그 정도 경제계 거물이 죽었다면 뉴스나 신문에 떠들썩하게 오르내렸을 텐데. 아무리 경제에 어두운 그녀라도 그런 소식을 놓쳤을 리가 없었다.

"안타깝게도 아직 정정하시거든."

"아닙니다. 그게 아니고……."

그녀의 질문에 조금 당황한 형준이었지만 재인이 또 험악한 분위기를 연출할까 봐 재빨리 재인의 말을 자르고 나섰다. 재인은 지금 열 받아서 놓치고 있었지만 이 선생님은 보통의 사람과는 조금 다른 반응을 보이고 있었다.

대부분의 사람들은 유언과 사망의 이야기에서 보통 유언에 관심을 갖기 마련인데 한순간 그녀의 표정에는 놀라움과 더불어 진지한 애도가 섞여 있었다.

"유언장에 선생님 이름을 거론하셨습니다."

"한 재산 챙긴 거지……."

말버릇 고약한 남자가 기회를 놓칠 수 없다는 듯 빈정거리며 중얼거렸다.

아마 이번에도 그녀에게 하는 말이리라. 다현은 입버릇 고약하고 분명 성질도 더러울 것이 빤한 그를 또 한 번 노려보고는 속으로 짧은 한숨을 쉬었다.

돌아가는 사정을 알 것도 같다. 뜬금없는 얘기들 속에서 지금 이게 뭔 말인지 조금은 이해할 수 있을 것도 같다.

"잠깐만요. 이제 무슨 뜻인지 알아듣겠어요. 사람을 잘못 찾아오신 것 같네요."

"네? 김다현 선생님 아니십니까?"

"맞아요. 그렇지만 다른 사람을 찾는 게 확실해요."

"아닙니다. 지금 앞에 계신 분이 이 서류의 김다현 선생님이라면 제 말이 맞습니다."

잠시 당황한 형준은 서류에 올라 있는 그녀의 주민등록번호와 이름을 확인시켜주었다.

다현은 자신의 주민등록번호와 이름을 발견하고 얼굴을 약간 찌푸렸다. 그리고 잠시 생각하는 눈빛으로 그들을 바라봤다. 무언가 달라진 그녀의 분위기에 재인과 형준도 서로 얼굴을 마주 봤다. 뭐지, 저 표정은?

"당신들 누구세요?"

"뭐야, 이제 와서 모른 척하는 거야?"

"아까 말씀드린 것처럼…… 성현 그룹 변호사……."

당황스러운 형준이 다시 본인 소개를 하려 하자, 지금껏 예의 바르던 선생님이 나직하게, 하지만 분명하게 코웃음을 쳤다.

"저기요, 사기를 치려면 제대로 치셔야죠. 제 주민등록번호 어떻게 아셨어요? 그럴 리는 없겠지만 진짜 변호사라고 남의 개인 정보, 이렇게 막 사용하면 안 되지 않아요?"

"그게……."

"보이스피싱도 모자라서…… 이제 막 대놓고 사기를 치네."

형준이 뭐라 더 설명을 하기 전에 그녀는 혼잣말로 중얼거리면서 핸드폰을 손에 들었다. 형준과 재인의 시선이 마주쳤다.

스스로 판단을 끝낸 여선생님에게서 어쩐지 위험한 냄새가 났다.

"뭐 하려는 건데?"

"경찰 부르려구요."

간단한 답변에 기겁을 한 형준이 당황해서 어쩔 줄 몰라 하는 순간, 재인은 재빠르게 다현의 손에서 핸드폰을 빼앗아 들었다.

화면 창에 분명히 써 있는 112.

재인은 인상을 확 쓰며 핸드폰의 전원을 껐다. 안 그래도 복잡한 상황에 경찰까지 엮이게 되면 머리가 터질 것이 분명했다. 게다가 이런 얘기는 단어 하나라도 밖으로 새어 나가면 안 되는 일이었다. 뭐야, 이 여자. 설마, 그걸 노린 걸까?

재인의 눈빛이 매서워졌다.

"이제 아주 뉴스에 나와서 못을 박겠다?"

"왜요? 겁나요?"

다현이 빈정거리는 표정으로 당당하게 재인을 노려보자 형준이 양복을 뒤져 얼른 자신의 변호사 신분증을 다현에게 내밀었다. 명함 말고 변호사 신분증이 필요하리란 생각은 하지도 못했었다.

"저 진짜 변호사 맞습니다. 그리고…… 김다현 씨 개인 정보는 유언장 작성자인 이규철 회장님께서 직접 제공한 겁니다."

"그분이 절 어떻게 알구요?"

앞뒤로 꼼꼼히 형준의 변호사 신분증을 살펴보던 다현의 질문에 재인과 형준이 다시 얼굴을 마주 봤다.

뭐지, 이 여자? 이제 와서 왜 모르는 척을 하는 거지?

"그건 내가 알고 싶은 거거든."

재인이 정말 궁금하다는 듯 빈정거렸지만 여자는 그저 미간만 도으고 있을 뿐이었다.

"지금 상황을 정확하게 이해하지 못하겠어요."

"아까 설명드린 것처럼 회장님은 김다현 선생님한테 몇 가지 조건을 거시고 회사 권리의 일부분을 상속하셨습니다. 물론 그분 유고 시의 이야기지만."

"일부분이라구? 지금 우리 회사 주식이 한 주에 얼마나 되는지 알고나 하는 소리야? 그야말로 한 재산 챙긴 거라구."

재인이 다시 빈정거렸다. 그러고는 험악한 얼굴로 그녀를 노려보았다.

그의 얼굴에 대놓고 쓰여 있는 경멸과 비웃음에 다현은 머리 끝까지 열이 오르는 것을 겨우 눌러 참았다.

기가 막혀서. 내가 왜 저 무례한 인간에게 이런 소리를 듣고 앉아 있어야 하는 거지?

저 남자는 입을 다물고 있는 편이 정말로 도와주는 거다. 이미 망가진 그의 인상은 되돌릴 수 없겠지만 그나마 내 성질까지 저 인간 때문에 버릴 수는 없지 않은가.

"당신은 입 좀 다물어요. 그러는 편이 훨씬 내가 이해하기 쉽겠어요."

그녀는 재인을 향해 인상을 쓰고 얼굴을 싹 돌려 무시해버렸다. 저 남자가 못 하겠다면 그녀가 그를 무시하는 수밖에 없다. 다현은 조금은 예의라는 걸 알고 있는 듯한 선한 표정의 변호사에게로 시선을 돌렸다.

"그 회장님이라는 분이 내게 그걸 상속한 게 확실하다는 얘긴가요, 지금?"

"물론입니다."

그녀는 고개를 끄덕이는 형준을 바라보고 다시 흘끗 재인을 훑어보았다.

멀쩡해 보이는 사람들이 헛소리를 하는 것 같지는 않았다.

그럼 정말 날 상대로 사기를 치는 걸까? 하지만 변호사라는 사람이 보이는 진지함과 그 옆에 있는 남자의 분명한 적의를 보건대, 사기는 또 아닌 거 같다.

이것도 아니고 저것도 아니면 왜 갑자기 이런 뚱딴지같은 소리를 하는 걸까? 그녀는 맹세코 성현 그룹은커녕 그 가까이에도 가본 적이 없었다.

"무슨 소린지 잘 모르겠어요. 죄송한데, 전 그런 일하고는 상관이 없는 사람인데요. 아무래도 어딘가에서 무슨 착오가 생긴 것 같아요."

"착오는 무슨. 선생이 우리 대장을 어떻게 꼬드겼는지는 별로 알고 싶지 않지만 이 상황을 앞으로 어떻게 진행시킬지는 무척 궁금하군."

재인이 그녀를 대놓고 비웃었다. 입가에는 경멸을, 매서운 눈에는 싸늘한 혐오를 간직한 채. 하지만 눈앞의 여선생은 까딱도 하지 않았다. 적어도 겉으로 보기에는 얼굴색 하나, 눈썹 하나 깜빡이지 않았다. 아니, 오히려 얼굴 한구석에 장난스러운 미소까지 비치는 것 같았다.

"나랑은 반대네요. 난 그 회장님인가 하는 분을 내가 어떻게 꼬드겼는지 무척 궁금하거든요. 하지만 앞으로 진행될 상황은 충분히 알겠어요."

다현은 생글거리며 경쾌한 어조로 말하며 속으로 이를 갈았다. 아마 계속 저 인간을 상대하다가는 그녀도 모르게 감춰뒀던 폭력성이 튀어나올 것 같았다. 하이킥을 하든지, 안 그러면 주먹을 휘두르든지.

"그게 무슨 뜻이지?"

재인이 다현의 말에 펄쩍 뛰었다. 이 여선생이 혹시라도 나랑 결혼하겠다고 작정한 거 아니야? 어림도 없는 일이다.

"난 당신 같은 여자는 끔찍하다구!"

그의 매서운 눈초리가 칼날같이 와서 얼굴에 박혔지만 여선생은 역시나 까딱도 하지 않았다. 여전히 미소를 남긴 표정으로, 그래서 더 약 오르고 화가 나게 하는 얼굴로 그를 주시하고 있었다.

"피차일반이에요. 나도 당신 같은 타입 끔찍해요. 그러니까 그만 소리 지르고 입 좀 다물어요."

그녀의 조용하고 차가운 목소리가 그를 제지했다.

한창 극성스러운 어린애들을 진정시키고 절제시키는 훈련이 그녀에겐 되어 있었고, 그건 흥분한 다 큰 성인에게도 똑같은 효과를 발휘하고 있었다. 그녀의 목소리엔 변호사인 형준도 찔끔할 만큼의 냉정과 위엄이 서려 있었다. 마치 법정 위의 판사처럼.

놀라운 그녀의 기세에 재인은 저도 모르게 입을 다물었다.

"다시 말하지만 난 여러분들과는 아무 관계없는 사람이에요. 분명히 무언가 착오가 생긴 거라구요."

재인과 형준은 다시 얼굴을 마주했다.

이 젊은 여선생은 진지하다. 그리고 솔직해 보인다. 그녀가 거짓을 얘기하고 있는 것 같지는 않다. 그렇다면 이 망할 놈의 유언장은 도대체 어떻게 된 거지?

이 유언장에 적혀 있는 모든 내용은 할아버지의 유고 시에 법에 따라 정확하게 집행될 것이다. 저 여선생과 나의 의견과는 상관없이.

"선생님은 관계없다고 하시지만 제가 드린 말씀은 절대로 그냥 드리는 이야기가 아닙니다. 선생님의 의지와 상관없이 이 유언은 집행될 겁니다."

변호사의 단호함은 이 황당한 일을 이해하는 데에는 전혀 도움이 되지 않았다. 그저 의혹과 의심만 남길 뿐이었다.

"정말 착오가 아니라는 건가요?"

"절대로 이건 착오도, 실수도 아닙니다."

"내가 그분을 모르는 것도 착오나 실수가 아니에요……. 그분, 혹시 건강하시나요?"

왜. 돈이 산처럼 많은 부자들은 괴팍한 짓을 한다지 않아?

주민등록 생년월일을 복권 뽑듯이 뽑아서 찍었을 수도 있고, 아니면 내가 가르치는 애들 중 하나가 그분이랑 아는 사이인지도 모르지. 아니면 졸업생 중에 그 회사 들어간 애가 있나? 짧은 교사 생활에 아직 그런 애들이 있을 리가 없다.

그녀가 주저하듯이 묻자, 멀쩡하게 잘생겼지만 험악한 게 분명한 남자의 얼굴에 처음으로 진짜 미소 비슷한 것이 떠올랐다. 살짝이라도 웃으니 남자의 눈꼬리가 처지며 순간적으로 얼굴이 환해졌다.

"저 정신이냐고 묻고 있는 거라면, 대답은 예스. 그 양반은 아주 말짱해요."

행여라도 죽고 나서 소송 날까 봐 그것까지 완벽하게 해놓으실 정도로 할아버지는 말짱하시다. 할아버지는 지금 저 여선생이 하는 얘기처럼 유언장 변경 시, 정신이 이상했다는 것으로 무효 소송을 낼까 봐 유언장에 병원 진단서를 첨부해놨을 정도로 용의주도했다.

"좋아요. 그럼 실수도 좋고, 착오도 좋고. 그래서 여러분들이 제게 원하는 게 뭐지요? 제가 뭘 해드려야 하나요?"

다현의 귀찮은 듯한 표정과 거두절미한 질문은 재인과 형준을 잠깐이지만 당황하게 만들었다.

이건 그들이 기대했던 반응이 아니었다. 뭔가 좀 더 드라마틱하고 약간은 쇼킹한 연출을 기대했었는데…… 이 여선생은 보기보다 냉정한가 보다. 아니면 미리 누군가에게 뭔가를 들은 게 있거나.

"에…… 음…… 그러니까 그 재산은……."

형준이 좀 더듬거렸다. 이 냉정한 선생님에게 저 험악한 이재인과의 '무언가'에 대해서 어떻게 설명한단 말인가.

"그래서요?"

다현은 형준이 어서 이야기를 마쳐주길 기다리고 있었다.

"음……, 아까도 말씀드린 것처럼 몇 가지 조건이 충족되어야 합니다."

"그 조건이 그렇게 말씀하시기 힘든 일인가요?"

동화 같고, 로또 당첨 같은 대단한 유산 상속에 대해 그저 다른 사람들처럼 욕심을 내고 행복해하고 기쁜 표정을 지었다면 말하기가 좀 쉬웠을 텐데.

표정 변화 하나 없이, 어찌 보면 지루하고 귀찮아하는 듯한 눈앞의 만만치 않은 상대에게 말을 꺼내기가 어려워 형준은 계속해서 더듬거렸고, 재인은 여전히 서늘한 눈빛만 이글거릴 뿐이었다.

"음…… 김다현 선생님이…… 음……."

이야기를 계속해서 진행시키지 못하는 변호사를 바라보며 다현은 얼굴을 약간 찌푸리고 마음속으로 그의 답답함에 한심해했다. 벌써 몇 번째 '음……'이란 말인가. 저 사람은 좋은 변호사는 못 되겠군. 저렇게 뜸 들이고 긴장해서야 어디 제대로 된 변론이나 하겠어?

다현이 이렇게 속으로 중얼거리며 방과 후 수업 시간을 확인하기 위해 벽에 걸린 시계를 흘끗거리던 순간, 믿을 수 없는 이야기가 들려왔다.

"뭐라구요?"

다현이 고개를 홱 쳐들고 형준을 바라보았다. 다현은 자신이 확실히 잘못 들은 줄 알았다. 하지만 눈앞의, 자칭 변호사라는 남자의 표정을 보건대 그녀가 잘못 듣지는 않은 모양이었다.

"이규철 회장님이 정해주신 남자분과 결혼하시게 되면 상속의 조건이 마무리가 됩니다. 물론 재산상의 권리를 행사하시는 방법은 더 세부적……."

"누구랑 결혼하라구요?"

형준의 놀랄 만한 소식에도, 재인의 빈정거림에도 여태껏 한쪽 눈조차 깜빡하지 않고 냉정함을 유지하던 여선생의 목소리가 한 옥타브 올라가서 나오고 있었다.

"회장님이 우선 정해주신 분은 이재인 씨입니다. 거부하시면 그 다음번……."

"거기까지."

"미쳤어요, 지금?"

재인의 딱 부러지는 제지와 비명에 가까운 다현의 목소리가 뒤섞였다.

지금 이 사람들이 무슨 얘길 하고 있는 거야?

다현은 겨우 마음을 진정시키고 두 사람의 공격에 입을 다문 변호사를 바라보았다.

"그 이재인 씨가 누구지요?"

어쩐지 불길한 예감이 든다.

왠지 대답을 듣지 않아도 고약한 남자와 눈이 마주친 다현은 자신의 직감이 맞았다는 생각이 들었다. 저 사람이 저렇게 씩씩대는 이유가 있었군.

"정말 끔찍한 일이군요."

"피차일반. 자, 이제 어떻게 할 건데?"

창백한 얼굴로 작게 속삭이는 여자에게 재인은 20분 전 그녀가 했던 말을 되돌려주었다. 생각보다 뒤끝 있는 인간이었다.

"뭘 어떡해요?"

뭘 어떡한다는 말인가. 생전 듣도 보도 못한 유언장 때문에 내 인생이 바뀔 이유가 뭐란 말인가.

"당신 의견을 얘기하라고. 졸지에 벼락부자가 됐으니 감개가 무량하시겠지만."

"말조심해요. 난 당신처럼 함부로 할 말이 없어요."

그녀가 빈정대는 그를 노려봤지만 경멸이 담긴 남자의 비웃는 시선은 여전했다.

흥, 유언장 내용을 듣고 나니까 할 말이 없어지는 모양이군.

"이래도 우리 할아버지가 한 번도 못 본 여자한테 회사를 남겼다고 아직도 주장할 셈인가?"

절대로 그럴 리 없었다. 할아버지는 아주 질릴 정도로 노련하고 말짱한 분이시다. 그 양반이 얼굴도 모르는 여자한테 이럴 리가 없었다. 더구나 자신까지 덤으로 얹어서.

"우리 할아버지라니? 그럼 당신이 이규철이라는 분 손자예요?"

다현은 재인의 말이 의심스럽다는 듯 새삼 그를 훑어봤다.

이구철 회장의 손자면, 이 남자는…… 재벌 3세?

그녀의 물음에 형준이 나섰다.

"이재인 씨는 이규철 회장님의 직계 장손이십니다. 김다현 선생님과 결혼하시게……."

"어림없는 얘기야."

"말도 안 돼요."

재인과 다현이 동시에 형준의 말을 자르고 나섰다. 그제야 다현은 재인과 얼굴을 마주 보고 한숨을 내쉬었다.

"뭐지, 그 한숨은?"

"다행이잖아요. 적어도 중요한 한 가지는 의견이 같아서."

여자의 표정은 지나치게 단호했다. 그도 싫지만 그녀도 싫은 듯했다. 그녀의 말대로 한 가지라도 의견이 같아서 다행이긴 한데 이 기분 나쁜 찜찜함은 뭘까?

"어쩔 생각이냐고 물은 거 같은데?"

남자의 눈매가 매서웠지만 이번만큼은 그녀 역시 뭐라 할 말이 없었다. 묻는다고 해서 다 답할 수 있는 게 아니지 않은가.

이런 황당한 문제에는 답이 없다.

아니, 답이 있는 게 이상하다.

"할아버지를 꼬실 때 결혼 문제도 확실히 했어야지."

"난 당신 할아버지를 모, 른, 다, 구, 요."

빈정거리듯 다그치는 듯한 남자의 어조에 다현은 이를 악물고 한 단어 한 단어를 힘주어 내뱉었다.

진짜로 이 인간을 한 대 쥐어박고 싶은 생각이 울컥울컥 샘솟았다. 그래도 애들 가르치는 학교 선생님인데 폭력 행사는 좋지 않겠지.

"우리 할아버지가 그럼 생판 남한테 손자를 맡길 분이라고 생각했다면 천만의 말씀이야. 우리 할아버지는 아주 말짱하신 분이라구."

재인은 이 여선생을 믿지 않았다. 지금이야 모른다고 딱 잡아떼지만 돈 앞에서 무슨 짓을 못하랴. 혹시라도 재산에 침 흘리고 재인에게 어떤 손길을 뻗을지 아무도 모르는 일이었다.

그는 다시 여선생의 말똥말똥한 눈빛을 주시했다.

저 영민한 눈동자에 무엇이 담겨 있을지 누가 안단 말인가. 저 순진한 얼굴로 할아버지는 단숨에 속여 넘겼을지 모르지만 자신은 절대 아니었다.

 '날 여자 손에 호락호락 휘둘릴 사람으로 생각했다면 천만의 말씀이야.'

 그런 눈빛으로 재인은 여선생을 직시했다. 하지만 그녀도 그의 시선을 피하지 않았다. 그리고 입을 열었다.

 "당신한테는 유감이겠지만 내 말은 사실이에요. 난 진짜 그분을 본 적도 없다구요. 하지만 당신 할아버지는 진짜 말짱하신 모양이네요. 나라도 그쪽한테는 상속 안 하겠어요. 한 푼도."

 그녀가 생긋 웃으며 대꾸했다. 역시 호락호락한 여자가 아니었다.

 형준은 두 사람의 총탄 없는 전쟁 틈에서 한숨을 쉬었다.

 이재인과 눈앞의 여선생은 막상막하였다. 두 사람은 조금도 양보하지 않고 불꽃을 튀기고 있었다.

 이 기괴한 유언장에 대해서 앞으로 어떻게 대책을 세워야 할지 전혀 답이 나오지 않는 상황이었다.

 "이래서는 결론이 날 것 같지가 않네요. 난 여러분들이 뭘 원하는지 모르겠어요."

 그녀는 재인과 형준을 향해 고개를 살짝 내저었다. 그녀의 얼굴과 몸짓에는 감당할 수 없다는 표정과 불신의 감정이 역력

했다.

"결혼 같은 끔찍한 얘기만 빼고 전, 여러분이 원하는 대로 해 드릴 용의가 있어요. 그리고 뭐 다행스럽게도 그분이 건강하게 생존해 계신다니까 유언 같은 게 집행될 것 같지도 않고…… 제 생각엔 아무래도 무슨 착오가 있는 것 같은데…… 아무튼 유언이고 주식이고 여러분들 마음대로 하세요."

그녀는 시계를 흘낏 쳐다봤다.

"미안하지만 더 얘길 할 수가 없네요. 10분 뒤에 방과 후 수업이 있어요."

그녀가 일어서서 옆을 스치자 희미하게 달콤한 향내가 재인의 코끝을 스쳤다.

무언가 기분 좋은 냄새다. 여우 같은 여자에게는 어울리지 않는. 아니, 어울리나?

※※※

학교를 벗어나 다시 서울로 향하는 차 안에는 묘한 침묵이 감돌았다. 운전을 하고 있는 형준도, 옆자리에 앉아 똑바로 앞만 바라보고 있는 재인도 똑같은 생각을 하고 있었다.

저 여선생, 보통이 아니다. 그리고 앞으로 쉽지 않겠다.

"이번 일, 어떻게 생각해?"

"난 그 여자 안 믿어."

그런 맹랑한 여자를 어떻게 믿는단 말인가? 그 말똥말똥한 눈동자가 아직도 자신을 바라보고 있는 것 같았다. 천하의 이재인을 누가 감히 그런 눈빛으로 바라본단 말인가. 그렇게 도전적인 눈빛으로. 할아버지의 술수만 아니었다면 재인은 그런 도전을 물리칠 사람이 아니었다.

"아니야, 그건 네가 틀렸어. 내 경험으로 볼 때 그 선생님 아무것도 모르는 것 같아."

꼭 직업적인 직감이 아니더라도 그가 보기에 그 선생님은 진실을 말하고 있었다.

"그래서 네가 변호사가 된 거야, 판사가 아니라."

재인이 무뚝뚝한 목소리로 순진한 형준이 안쓰럽다는 듯 대꾸했다.

"그럼 그게 쇼였단 말이야?"

"쇼라……?"

아무리 색안경을 끼고 봐도 그건 아니었던 것 같다. 그렇다고 그게 전부 진실일 리도 없다. 이론적인 모순에 부딪힌 재인이 한쪽 눈썹을 찡그렸다.

그 모습을 보고 형준은 생각했다. 뭘 해도 멋있는 녀석. 어떻게 저렇게 눈썹이 한쪽만 올라갈 수 있지?

"일단 얘기를 다른 쪽에서 접근해보자구. 그 여자는 너도 나도 모르는 사람이야. 그러니까 제쳐두고 이 얘기의 주인공부터 생각해봐."

"주인공이라면 너랑 그 선생님이지."

진담이 섞인 농담에 재인이 인상을 긋자 살벌한 시선에 형준이 움찔, 숨을 내쉬었다. 확실히 이 녀석은 친구로 두어야 한다. 적으로 두기에는 보기만 해도 무서운 존재였다.

"알았어. 회장님부터 시작하자구."

"너 그 양반이 생판 모르는 남한테 본인 재산을, 그것도 회사 주식을 덜컥 손에 쥐어주실 것 같아?"

"그야 어림도 없는 일이지."

누구보다 이규철 회장을 잘 알고 있는 형준이기에 이번엔 재인의 말에 고개를 끄덕일 수밖에 없었다.

다른 건 몰라도 돈이 오고 가는 일에는 인정도 없고 핏줄도 나 몰라라 하는 양반이다. 그런데 그런 분이 회사를 통째로 넘기려고 하는 데는 분명히 이유가 있을 것이다. 그것도 아주 중요한.

"그럼 얘기가 도대체 어떻게 되는 거야?"

"그 여선생이 여우라는 얘기지."

"아니야. 네 말대로라면 회장님께서 그 여자한테 속았다는 말인데. 절대 아닐걸, 그건."

재인의 단언에 형준 또한 단호하게 고개를 흔들었다.

그는 변호사다. 논리적으로 접근하고 이성적으로 판단하는 데 익숙해져 있었다. 그에게 있어 오류를 바로잡는 건 즐거운 일이다.

"그것도 그렇군."

 우리 노인네처럼 산전수전 다 겪은 양반이 그런 새파란 젊은 여자한테 넘어가실 리가 없다. 제정신이 아니라면 모를까.

 하지만 우리 대장이 말짱하다는 건 그도 알고 있고, 할아버지도 알고 있고, 세상 누구나 알고 있는 틀림없는 사실이었다. 이 상황에 그를 교묘히 걸고 넘어간 걸 보면 더욱 그렇다.

 할아버지는 누구보다 재인을 잘 알고 있었다. 그가 당신 재산에 전혀 관심 없다는 걸 훤히 알고 있는 양반이고, 무엇보다 그가 가족 문제에 민감하다는 사실 또한 잘 알고 있었다. 게다가 그 노인네는 지난번 그 일을 절대 잊지 않고 있었다. 그래서 똑같은 수법으로 똑같이 그의 목을 죄는 것이리라. 제기랄.

 "도대체 뭐가 어떻게 된 거지?"

 "다른 건 모르겠고, 유언장은 이미 바뀌었고, 넌 그 선생님이랑 결혼을 해야 해."

 "으!"

 눈치 없는 형준의 쓸데없이 친절한 설명에 재인의 목소리가 커졌지만 이번만큼은 형준도 물러서지 않았다.

 "네 친구가 아니라 변호사로서 해주는 충고야. 너, 내가 10분에 얼마짜리 변호사인 줄 알기나 해?"

 "알아. 그 돈, 우리 회사에서 지급하고 있잖아."

 "그럼 말을 들어. 아니면 회장님을 설득하든지. 둘 중에 하나야."

형준의 비싼, 그리고 더없이 현실적 충고에 재인은 미간을 살짝 모았다.

결혼은 어림도 없는 말이고, 할아버지를 설득하는 일은 그보다 더 힘든 일이었다. 무언가 방법을 찾아야 한다.

"윤후, 미국에서 왔나?"

"평범한 선생님이야. 뒤져서 나올 것도 없어."

재인이 느닷없이 윤후를 찾는 이유를 알고 있는 형준이 인상을 썼다.

그 선생님은 '황금의 손'이라고 알려진 이윤후가 관리하고 있는 컴컴한 밤의 세계 사람이 절대 아니었다. 그리고 회장님의 유언장에, 아무리 재인이 믿고 있는 친구라 할지라도 이윤후까지 개입하는 건 위험했다.

"그럼 네가 그 여자 서류 다시 챙겨봐. 분명히 뭔가 있어."

"나 바빠! 사무실 들어가야 돼. 오늘도 하루 종일 너 쫓아다녔잖아."

"시끄러워, 인마! 넌 성현 그룹 고문 변호사야. 이 괴상망측한 일에는 너도 책임이 있어."

버럭대는 재인을 바라보며 형준이 깊은 한숨을 내쉬었다.

"그래, 네가 변호사랑 다녀야 되는 이유를 나도 이제는 알겠다. 넌 그 고약한 말버릇이 항상 문제야."

그 여선생의 어조가 다시 떠오른다. 같은 생각에 재인과 형준은 서로 얼굴을 마주 보고 오랜만에 픽 웃었다.

2. 막상막하 – 드디어 임자 만나다! | 77

"일단 대장하고 한번 얘기해보자구."

자인은 어떻게든 할아버지의 결심을 바꿀 방법을 생각하며 말했다.

졸혼이라니. 그야말로 택도 없는 이야기였다.

3. 매치포인트
— 게임이 시작되었다

노회장은 책상 깊숙한 곳에서 가죽 케이스 속 서류를 꺼내 보고 회심의 미소를 지었다.
　역시 그가 옳았다. 자신의 사람 보는 눈이 아직도 건재함을 증명하는 서류에 그는 다시 미소를 지었다.
　처음 만났을 때부터 그러리라 짐작했었다.
　곱고, 선하고, 반듯하고, 무엇보다 세상 누구에게도 없는 어떤 것이 그녀에게는 있었다. 눈에는 보이지 않는…… 어떤 것.
　사람을 만들고 세상을 꾸려나가는, 다른 누구보다 한 발 앞서 나가는 사람들만이 가질 수 있는 맑은 눈을 하고 있었다. 당당하게 풍파를 이길 수 있는 사람만이 가질 수 있는.
　그의 선택이 옳았음을 그는 알고 있다. 특별한 사람만이 특별한 사람을 골라낼 수 있는 법이다. 이제 곧 재인이 녀석이 열이 머리끝까지 올라 쳐들어올 것이다.
　그 녀석은 날 너무 많이 닮았다. 아니, 나보다 더한 녀석이었다. 그래서 그 녀석에게는 아주 특별한 여자가 필요하다.

책상 위 한구석에서 그의 아내가 규철을 보며 미소 짓고 있었다.

그래, 저 여자 같은……. 무정한 사람 같으니라고. 몇 년만 더 나 곁에 있어주지 않고.

그가 아내의 사진을 바라보며 서글픈 미소를 짓는 순간 노크조차 없이 서재 문이 벌컥 열렸다.

역시나 기다리던 재인이었다.

흐음…… 그의 생각보다 훨씬 늦었다. 저 녀석은 아마도 나와 시간을 두고 경쟁을 한 것이겠지. 영리한 녀석 같으니라구. 이런 일에 조바심을 내봤자 불리하다는 것을 빤히 알고 있는 손자였다. 그래서 손익 저울질을 다 끝내고 이제야 저렇게 등장한 것이리라.

―――※―――

서재는 이규철 회장의 자택과 마찬가지로 소박했다. 30년도 넘은 책장과 테이블, 가죽이 덧대어진 소파, 할머니가 사랑하셨던 아주 오래된 카펫.

재인은 이 서재에 올 때마다 10살의 이재인을 마주하는 느낌이었다. 그를 두 팔 벌려 환영해주었던 할머니. 그분이 살아 계셨으면 이런 계약 결혼 따위는 아무리 할아버지라도 말도 꺼내지 못했을 것이다.

"할아버지 저한테 이러시는 거 처음 아니에요. 아무리 이러서도 전 처음이랑 똑같다구요."

바람처럼 나타난 재인이 회장을 똑바로 마주한 채 냉정하게 입을 열었다.

"나도 너와 똑같다. 하지만 색싯감은 바뀌었잖아."

이규철은 회심의 미소를 지으며 이야기했다. 지난번과 절대 똑같지 않다. 지난번에 저 녀석은 내 얼굴을 보려고 하지도 않았다. 그는 결코 그 사실을 잊지 않고 있었다. 아마 재인이 녀석도 잊지 않고 기억하고 있을 것이다.

"어떤 여자가 됐든 저랑은 관계없어요."

"아마 이번엔 관계있을 게야. 너도 잘 알 텐데."

할아버지의 공격에 재인은 저도 모르게 인상을 썼다.

"도대체 왜 이러시는 거예요?"

"내가 왜 이러는지는 네가 더 잘 알고 있을 게다."

재인이 자신을 향해 표정을 구기고 있었지만 규철은 모른 척 무시했다.

"협박하지 마세요. 저한테 진작에 그러셨어요. 이규철 회장의 손자라는 이유만으로 회사 넘볼 생각은 아예 꿈도 꾸지 말라고. 그런데 이제 와서 주식에 여자까지 얹어가며 회사로 오라는 이유가 도대체 뭐예요?"

"말조심해라. 협박이라니. 할아비한테 그게 할 소리냐?"

하여튼 버르장머리하고는. 그의 손자에게는 이제라도 제대로 가르쳐줄 선생님이 필요하다.

"지금 저한테 이러시는 거 누가 봐도 협박이에요."

저인의 험악한 항변에도 아랑곳하지 않고 규철은 편안히 포도주를 홀짝였다. 그리고 손자의 거친 어조에 역시 자신이 옳은 일을 하고 있노라고 내심 생각했다.

저인은 그의 여러 손자 중에서, 아니, 그의 네 아들보다도 훨씬 더 뛰어난 놈이었다. 적절하게 대응하고, 발 빠르게 움직이는 순발력도 그렇고, 지치지 않고 끊임없이 도전하는 저돌적인 추진력도, 분석하고 예측해서 남들보다 한 발쯤 앞서 나가는 리더십도 독보적이었다.

그의 손자이기는 하지만 장사꾼으로는 나무랄 데 없는 녀석이었다. 사업적인 본능은 타고난 녀석이다. 무엇보다 인정머리가 없다는 면에서는 그보다 한 수 위였다. 재인이 자신의 핏줄이 아니었다면 무슨 수를 써서라도 가족으로 만들어야 할 요주의 인물이었다.

그는 특별히 핏줄에 약한 사람이 아니다. 먼저 간 아들 녀석 빼고 그의 아들 셋 모두 경영과는 거리가 먼 분야에서 일하고 있었다.

모르는 사람들은 그가 그의 아들들에게 경영 일선에 발도 못 붙이게 하는 것을 두고 그들이 인심을 잃어서라고 생각들 하지만, 그건 천만의 말씀이다.

그 녀석들은 태어날 때부터 사업에는 재주가 없는 놈들이었다. 그 사실은 아들 녀석들도, 그도 잘 알고 있었다. 피붙이 중에는 사위 녀석 하나와 손자 녀석 몇 놈만 성현 그룹에서 일하고 있었다. 물론 그들에게 그럴 만한 능력이 없었다면 애당초 성현 그룹 근처에도 있지 못했을 것이다.

몇만 명의 종업원이 그의 회사에서 일하고 있고, 그들의 부양가족은 그 몇 배에 달한다. 그들까지도 그의 책임일 수 있는 것이다. 단순히 운이 좋아 오너의 아들이나 손자로 태어났다는 이유 하나로 그 많은 사람의 생계를 담보로, 더 나아가서는 국가 경제를 상대로 경영 능력을 실험하는 건 미친 짓이다.

재벌 세습이니 어쩌니 하면서 줄줄이 대를 이어가며 한 회사를 경영하는 짓은 위험천만한 사업 방법이다. 더구나 그런 거창한 이유가 없더라도 그가 몇십 년 땀 흘려 일구어놓은 모든 것을 능력도 안 되는 자식 놈이 망치는 꼴은 그의 눈에 흙이 들어가도 볼 수 없는 일이었다.

그가 재인을 원하는 것은 손자라서가 아니다. 그를 후계자로 키워놓기는 했지만 재인이 그럴 인물이 아니었으면 쳐다보지도 않았을 것이다. 사업도 결국 사람이 하는 일이다. 무엇보다 제대로 된 인물이 필요하다. 뛰어난 재능과 새로운 사고방식이 필요하다.

재인의 귀신같은 경영 능력에 다현의 올바른 사고방식과 특별함이라니, 아무리 생각해도 절묘한 조합이었다.

그는 자신의 선택이 옳다고 생각했다. 재인이 아무리 펄펄 뛰고 열을 낼지라도 이번에는 확실히 그가 옳았다.

"다현이는 예의가 바른 아이야. 네가 그렇게 함부로 말을 하고 다니면 그 애가 할아비를 어떻게 보겠냐. 그 애를 실망시키지 말아라."

"그렇게 맘에 드시면 할아버지가 결혼하시면 되잖아요."

잔뜩 약이 오른 재인이 성질을 못 이기고 소리를 질렀다.

회장은 회심의 미소를 지어 보였다. 이재인이 이런 중요한 협상에서 감정을 드러내다니.

재인이 얼마나 냉철한지는 누구보다 이 회장이 더 잘 알고 있었다. 그의 손자는 그의 성질머리를 빼닮았으니까. 하지만 그렇다고 해서 다 큰 손자 녀석이 감히 그의 앞에서 지 성질을 부려대는 걸 참을 수 있을 만큼 이 회장이 만만한 사람은 또 아니었다.

"넌 네 할미가 보는 데서 용케 그런 소릴 하는구나."

재인은 할아버지의 시선을 따라 할머니의 사진을 발견하고는 흠칫하긴 했지만, 여전히 딱딱하고 굳은 얼굴로 책상 위의 할머니 사진을 돌려놓았다.

"이쯤에서 협상하자구요. 할아버지는 용케 제 약점을 찾으셨고, 그렇다고 제가 순순히 할아버지 제안에 달려들 만큼 착한 놈도 아니에요. 그러니 여기서 해결하시지요."

규철은 히죽 웃어 보였다. 물론 자신의 웃음에 손자 녀석이 더 이를 갈겠지만 이미 나이 칠십이 훨씬 넘은 지 오래였다.

이 나이에 내 집에서 내 마음대로 웃을 수 없다는 건 말도 안 되는 일이었고, 더욱이 이번 일만큼은 그가 훨씬 유리하지 않은가.

예전에 재인에게 꼼짝없이 휘둘린 일을 생각하니 지금 이 상황이 더욱 기분 좋아졌다.

3년 전에는 그의 제안을 완전히 무시하고 손톱만큼의 흥미도 보이지 않던 녀석이었다. 그 길로 뛰쳐나가 저 혼자 살아보겠다고 얼마 안 되는 넘겨받은 주식으로 호텔 사업에 빠져버렸다. 머리는 정말 엄청 잘 돌아가는 놈이다. 우리 그룹 계열사 중에서 오직 그 호텔만은 일찌감치 그룹에서 독립해 있어서 그의 영향력이 가장 적은 곳이었다.

손자 녀석은 그걸 정확하게 파악하고 있었고, 일단 경영 일선에 들어서자마자 계열사끼리 관례처럼 묵인되고 있던 아주 사소한 거래조차도 완전하게 선을 그어버렸다.

가끔 저 녀석이 하는 일을 보면 신기할 때가 있었다. 운이 좋은 건지 실력이 좋은 건지 재인이 녀석은 어려운 일을 쉽게 풀어가는 재주가 있었다.

지금도 궁금한 건 그날 그렇게 뛰쳐나갔을 때 마치 그때를 기다리기라도 한 듯 SH 호텔에서 대대적으로 선전해서 공채한 그 시점이 과연 단순한 우연인지, 아니면 처음부터 계획되었던 일이었는지, 그건 지금도 그가 모르는 일이다. 그저 사채 시장의 황금 손이라고 일컬어지는 윤후의 도움을 받지 않았나 짐작할 뿐이었다.

하지만 아무리 공채 출신 전문 인력이라도 어린 녀석이 날름 그 대단한 자리에 오른 걸 보면 아마 검증되지 않은 재인이 녀석 자체의 능력보다는 녀석 뒤의 그를 믿었으리란 건 보지 않아도 뻔한 노릇이었다. 그 호텔 이사회가 바보들이 모인 곳이 아니라면 말이다. 그런데도 저 녀석은 내 도움을 전혀 받지 않았다고 생각할 테지.

"난 너랑 장사하자는 게 아니야."

그는 이제 얼굴에서 웃음을 지우고 냉정한 눈빛으로 재인의 협상을 일언지하에 딱 잘라 거절했다.

"제가 보기엔 지금 할아버지가 하시는 일은 틀림없이 거래예요. 3년 전에, 주희는 한 회장님 딸이었어요. 성현 화학이랑 합병하기 딱 좋은 회사였죠."

"넌 그걸 거절했어. 네가 그때 순순히 결혼이란 걸 했으면 우리 성현 화학은 훨씬 흑자였을 테고, 진작에 바이오 시장도 독점할 수 있었을 게다."

"성현 화학은 오너 손자가 결혼해서 주식이라도 얻어 와야 굴러가나 보지만 전 그렇게 사업 안 합니다."

재인의 공격에 회장의 얼굴이 잠시 붉어졌다.

망할 녀석. 이 상황에서도 하나도 질 생각을 안 한다.

재인은 3년 전에 그가 고르고 골라 정해준 한 회장의 외동

딸을 거들떠보지도 않았다. 그것도 모자라 집을 나가 저 혼자 독립해버렸다.

누가 봐도 그의 패배였다. 하지만 이번만큼은 나도 호락호락하지 않을 테다. 새파란 손자 녀석에게 뒤통수를 맞는 것은 한 번으로 충분했다. 이번 게임은 그가 이긴다. 아암, 이기고말고.

회장의 승부욕이 다시 한 번 불타올랐다.

"뭐예요. 무슨 속셈으로 그 선생한테 투자하시는 거예요?"

아무렇지도 않은 척 절대 할아버지의 술수에 넘어가지 않겠다는 표정으로 말했지만 재인은 할아버지의 속내가 궁금했다. 할아버지가 밑지는 장사를 할 리 없었다.

"그 아이는 특별해."

그러니까 뭐가 특별하냐구요.

재인의 보기 좋은 미간이 살짝 찌푸려졌다.

할아버지가 아무리 그와 사이가 좋지 않다 해도 손자를 궁지에 몰기 위해 그를 걸고넘어지지는 않을 것이다. 그것도 할아버지가 목숨처럼 여기는 회사와 함께 말이다.

그 새파란 여선생한테 무언가가 있기 때문에 저렇게 물고 늘어지는 거다. 그러니까 나까지 얽어서 몰아붙이는 게 아닌가.

"다현이한테는 너나 나한테 없는 게 있어."

"그 여자, 사돈의 팔촌까지 다 뒤졌어요."

재인이 담담하기는 하지만 예리한 표정으로 딱 잘라 말했다.

이미 다현의 뒷조사를 마친 모양이었다.

그랬겠지. 재인이 그러지 않았다면 그게 더 이상한 일이다.

그럼, 저 녀석이 어디까지 뒤졌나 한번 알아볼까?

규철은 느긋한 표정으로 앉은 자리에 몸을 파묻었다.

"현의원이 잘되기는 하지만 규모가 작아서 금융권에 현금을 돌릴 정도는 아니에요. 사놓은 땅은 좀 있지만 집 한 칸 지을 자리도 안 되구요. 그것도 시골이고. 작은아버진가 하는 사람이 사법부 쪽에 있긴 하지만 정치권하고는 연결도 안 돼 있어요. 우리 회사 그 비슷한 이름도 주식이라고는 눈 씻고 봐도 찾을 수 없어요. 할아버지가 잘못 찍으신 거라구요."

재인은 할아버지가 그런 실수를 하실 리 없다는 것을 알고 있었지만 아무튼 짚고 넘어갈 문제였다. 아무리 찾아봐도 그 여선생은 할아버지나 회사, 그 밖에 돈이 되는 어떤 것과도 연결되어 있지 않았다. 아니, 지나칠 정도로 깨끗하고 평범했다.

그렇다면 할아버지가 이러는 이유가 도대체 뭘까?

"난 너보다 훨씬 더 잘 알고 있어. 네가 일일이 가르쳐주지 않아도 다현이에 대해서는 정확하게 파악하고 있으니까 걱정하지 않아도 된다. 설마, 지금 날 무시하는 게냐?"

재인의 의심 섞인 목소리에 할아버지의 눈은 노기로 번득였고 눈썹이 치켜 올라갔다.

형준은 서재 한구석에서 똑같은 색깔을 지닌 두 고집쟁이의 싸움을 지켜보며 어디쯤에서 끼어들어 이 작은 전쟁을 마무리 지어야 할지 고민하고 있었다.

"네가 결정해. 난 하나도 양보할 생각이 없으니."

"좋아요. 할아버지가 이겼어요. 제가 한 발 물러나지요."

한 발도 꿈쩍할 생각이 없어 보이는 회장의 최종 선언에 재인은 이를 갈았다. 이번만큼은 어쩔 수가 없는 듯했다.

"하지만 결혼은 보류예요. 어차피 연분이라고 하는데 그 선생이 절 쳐다보기 싫다고 하면 어쩔 수 없잖아요."

"보류라……. 어째 거래가 잘 이루어질 것 같지 않구나."

"아무리 할아버지라도 절 강제로 결혼시킬 수는 없어요. 전 그렇게 효자 아닙니다. 거기다 저 싫다는 여자랑 결혼할 생각은 꿈에도 없습니다."

"당연히 다현이가 널 싫다고 하겠지. 그래서 태하를 생각해 놓은 거야."

그의 할아버지가 당연하다는 듯 대꾸했다.

태하는 성현 그룹 회장의 외손자이자 재인의 사촌이다. 태하 얘기가 나오자 재인은 더더욱 이를 갈았다. 유언장에 이어서 또 한 번 '제기랄!'이었다.

서재에는 잠시 침묵이 감돌았다. 이 회장이 그의 답변을 기다리고 있었다. 두 사람의 지리한 싸움을 지켜보고 있던 형준도 그랬다.

할아버지와 형준의 시선이 재인에게 향하자 그는 질끈 눈을 감고 한 발 물러섰다.

"시간을 두고 진지하게 만나겠어요. 원하시면 약혼까지는 하겠습니다. 그래서 적당하다고 생각되면 결혼하지요. 하지만 아무래도 아니면 할 수 없어요. 할아버지도 저랑 사귀던 여자가 다른 손자랑 결혼하면 불편하실 텐데요."

재인은 할아버지가 이 정도에서 타협하길 바랐다. 또다시 태하의 이름을 내건다면 정말 결혼까지도 불사할 생각이었다. 태하가 관리하고 그의 아버지가 이사로 있는 백화점은 틀림없이 재인의 작은어머니 몫이 되어야 할 재산이었다. 그걸 지금 그 녀석이 차지하고 있다는 걸 생각만 해도 재인은 머리끝까지 화가 치솟았다.

"다현이가 널 만나든, 태하를 사귀든, 누구랑 약혼을 하든 난 상관이 없다."

"그 여자는 그렇게 헤픈 여자예요? 가족이든 뭐든 상관없이 아무나 만나는 여자예요?"

"말조심해. 다현이는 좋은 사람이야. 나나 너보다 백배는 괜찮은 아이야. 너 같은 녀석한테 보이지 않는 데서 말도 안 되는 모욕을 받을 아이가 아니다."

재인의 도발에 할아버지가 두 눈에 쌍심지를 켜고 재인을 엄하게 노려보았다.

'너 같은 녀석'이라니. 도대체 나보다 백배나 괜찮은 여자를 어디서, 어떻게 만났는지 재인은 더욱더 궁금해졌다. 재인은 어이없는 얼굴로 회장을 바라보았다.

우리 할아버지, 정말 정상이신 걸까? 하지만 이번 일은 정상이든 아니든 할아버지가 유리한 게임이었다.

"어쨌거나 그 여자와 만나는 첫 번째 권리는 저한테 있습니다. 그러니까 태하는 접어두세요."

"너랑 만나는 당분간은 그래야겠지."

할아버지가 재인을 바라보며 싱긋 웃었다.

당분간……. 그 시간이 지나면 기회는 태하에게 간다는 은근한 협박이었다. 망할!

재인은 이를 악물었다.

"약혼할게요."

"쓸데없는 소리."

할아버지는 재인의 제안을 단번에 거절했다.

젠장. 젠장. 약혼으로 만족하지 못하면 결혼이라도 하란 말인가?

"지금 당장 결혼하라는 게 말이 돼요? 그 여자, 이번에 처음 만났어요. 그런데 그 앞에서 결혼하자고 하면 할아버지 손자, 미친놈 돼요. 그걸 원하세요?"

재인의 공격에 형준은 얼른 웃음을 삼켜야 했다. 이미 그 선생은 재인을 정상으로 보지 않고 있었다. 모르긴 몰라도 진작에 미친놈으로 알고 있는 눈빛이었다.

"할아버지도 할머니 연애해서 꼬셨다면서요. 만나봐야 결혼을 하든 살림을 차리든 할 거 아니에요."

"흥분하지 마라. 너한테 약혼까지는 기대도 안 한다는 이야기니까. 약혼은 무슨. 만나기도 전에 차이지나 말아!"

재인 입에서 드디어 '약혼' 얘기가 나왔지만 얼씨구나 하고 달려들 줄 알았던 할아버지의 표정은 냉정했다. 뭘 어쩌란 건지.

"제가 뭘 할까요? 그 여자랑?"

"연애해. 네 할머니랑 내가 그랬던 것처럼. 마음잡고 진지하게 만나봐."

"왜죠? 약혼 쪽이 훨씬 더 마음 놓이실 텐데요."

뜻밖의 제안에 재인이 속으로는 쾌재를 부르면서도 궁금한 듯 물었다.

이건 정말 의외의 성과였다. 정말 재인은 결혼까지도 결심했었다. 물론 생판 모르는 그 맹랑한 여선생과의 약혼은 질색이었다. 약혼녀라고 달라붙는 것도 싫고, 결혼 어쩌고 하면서 떠들어대는 것은 더더욱 싫었다. 할아버지의 속셈대로 이리저리 장난감 인형처럼 움직이는 것 역시 딱 잘라 사양이었다.

"그 아이가 더 중요하니까. 네 녀석이 약혼한다면 주위에서 떠들어댈 테고, 그러면 다현이 그 애도 같이 오르내릴 게야. 그럼 네 말대로 다른 녀석과의 결혼까지도 어려워져. 난 그 아이가 상처 입는 거, 원하지 않는다."

할아버지의 설명에 재인과 형준의 눈빛이 다시 마주쳤다.

이건 분명히 애정이었고, 할아버지의 마음은 진심이었다. 할아버지가 그 다현인지 하는 여선생을 생각 이상으로 아끼고 있는 게 틀림없었다.

"너뿐만 아니라 이건 우리 집안의 문제야. 그냥 쉽게 보낼 아가씨가 아니다. 놓친다면 틀림없이 후회할 거야. 날 속일 생각일랑 말아라. 죽어도 아니면 지금 손들어. 나한텐 너 말고 손자들이 더 있어. 그나마 네가 난 놈이라 생각하고 선택한 거니까. 집안일이다, 이건."

할아버지의 진지한 어조에 재인의 눈빛이 진해졌다. 이렇게까지 나오시는 걸로 보아 분명 그가 모르는 무언가가 있었다. 다시 한 번 그녀의 집안을 뒤집어봐야겠다. 그가 발견하지 못한 무언가가 있는 것이 틀림없었다.

어쨌거나 지루하고 지리한 싸움이 이제야 조금씩 결론이 나고 있었다. 뭘까, 그 여선생은? 정말로 꼬리가 아홉 개 달린 걸까? 아니면 정말 그의 눈에는 보이지 않는 '어떤 것'이 있는 걸까?

"그리고 한 가지 더. 약속해라. 다현이를 보호해. 기자들이나 세상으로부터. 네가 진심으로 책임질 생각이 없다면 절대로 세상에 노출시킬 생각은 하지 마. 만에 하나라도 그 애가 상처받으면 절대 널 용서 안 하겠다. 넌 내가 네 작은어미나 아비한테 한 일을 못 잊은 모양이지만 그건 아무 일도 아니었다는 걸 보여주마. 그러니까 다현이를 보호해."

할아버지가 무시무시한 어조로 재인을 다그쳤다. 할아버지가 재인의 패를 들고 그가 가지고 있는 패를 보여주고 있었다. 재인은 할아버지의 차가운 얼굴을 읽었다.

맙소사. 이 양반은 진심이다.

이런 상태의 할아버지와의 본격적인 전쟁은 그가 불리하다.

"대답해, 이 녀석아. 절대로 그 애에게 상처 주지 않겠다고."

"알았어요. 그럼 제가 최선을 다해도 그 선생이나 제 쪽에서 아니라고 생각한다면 이번 유언장은 없었던 거예요. 그래야 저도 얻는 게 있지요."

재인의 타협이 걸린 협상에 할아버지가 빤히 그를 바라보았다.

저 양반이 어떤 결정을 내릴까. 조금의 시간이 지난 후 할아버지가 협상에 대한 승인의 표시로 슬쩍 고개를 끄덕이자 재인은 내심 안도의 한숨을 삼켰다.

"알았다. 그건 틀림없이 다시 고려하마."

다시 고려하고 말 일이 아니었다. 저 녀석이 나를 닮아 조금이라도 사람을 볼 줄 안다면 절대 다현을 포기하지 않을 것이다. 바보가 아니라면 말이다. 어쨌거나 저 녀석은 바보가 아니지 않은가.

그는 재인이 어떤 선택을 할지 이미 알고 있었다.

매치포인트. 그가 이긴 승부다.

"6개월이에요. 6개월 동안 진지하게 만나보고 안 되면 인연이 아닌가 보다 하고 포기하세요."

"6개월? 내가 생각하기엔 일 년도 모자라."

재인의 제안에 할아버지가 비웃듯 코웃음을 치자 재인의 얼굴이 단번에 확 굳어졌다.

"딱 하루면 알 수 있는 것도 있거든요."

"그래. 그건 네 말이 맞구나. 다현이가 6개월씩이나 널 만나 줄지 모르겠다."

"그 선생님은 지금도 재인이를 썩 좋아하지 않아요."

팽팽한 두 사람의 협상 사이에 형준이 조그만 목소리로 끼어들었다.

사실 가장 좋은 것은 할아버지만 마음 돌리면 더 이상 골치 아플 일 없이 여기서 모든 게 해결되는 것이다. 상황으로 봐서 할아버지가 다현이라는 선생한테 푹 빠져 있을 뿐이니까 아마도 그녀가 싫다는 일은 하지 않을지도 모른다.

형준과 재인의 눈이 마주쳤다. 아주 약간의 희망이 섞인 기대감을 가지고.

"당연히 저 고약한 녀석을 싫다고 했겠지. 그래서 1년도 부족하다는 게야. 다현이가 질색을 할 텐데. 네가 갤 설득하려면 시간이 좀 필요할 게다."

"저도 싫어요."

"앞으로는 아마 그렇지 않을 게다."

발끈해서 소리를 질러 대는 재인은 아랑곳하지 않고 규철이 의미심장하게 웃었다.

"그럼 6개월에 합의 보신 겁니까?"

형준의 질문에 두 사람이 똑같이 마지못한 표정으로 고개를 끄덕였다.

"날 속일 생각은 마라. 행여라도 엉뚱한 짓 하면서 세월 보낼 생각은 말란 얘기야. 그 애는 정말 특별한 애니까."

어쩔 수 없다. 할아버지가 이렇게까지 나온다면 고개를 숙이고 들어가는 척하는 수밖에. 그것밖에 방법이 없다면 그럴 수밖에 없다. 한 걸음 뒤로 물러서는 것도 책략이다. 재인은 앞만 바라보고 돌진하는 돈키호테는 절대 아니다.

젠장! 이번엔 할아버지가 이겼다. 아직까지는.

재인은 입술을 꾹 다문 채 할아버지를 한 번 바라보고는 몸을 돌렸다.

매치포인트.

독불장군 대장이 먼저 한 점 올렸다. 하지만 결코 할아버지의 뜻대로 되지는 않을 것이다.

4. 운명은 무슨
— 확실히 우연이다, 절대로

낮도깨비 같던 그 일이 있은 후 벌써 일주일이 흘렀고, 그녀의 세상은 아무 일 없이 지나가고 있었다. 살다 보니 별 이상한 일도 다 있다. 그렇게 멀쩡하게 생긴 두 사람이 정신 나간 소리를 하고 사람을 놀리다니.
 퇴근 무렵, 책상을 정리하던 다현은 얼마 전 불쑥 찾아왔던 그 두 사람을 생각하고 고개를 저었다.
 "진짜 재벌이어서 우리 지수나 도와줬으면 정말 좋겠네."
 다현은 교무실을 나서며 조그맣게 중얼거렸다.
 운동장 한편은 축구에 열중하는 아이들로 소란스러웠다. 새 학기가 시작된 지는 얼마 안 됐지만 애들은 어느새 같은 반 친구들에게 적응을 한 모양이었다. 귀여운 녀석들.
 다현은 아주 어려서부터 선생님이 되고 싶었다. 그런 면에서 그녀는 자신의 꿈을 이루었다. 아이들에게 세상을 가르치는 것도 즐겁고, 그들이 커가는 모습을 보는 것도 큰 기쁨이었다. 아이들을 향한 다현의 눈빛이 반짝거렸다.

자신의 앞으로 굴러 온 공을 힘차게 뻥 차주고 활짝 웃으며 학교 정문을 나서던 다현은 얼굴을 찌푸렸다. 정말이지 스스로 머리를 쥐어박고 싶었다. 또 열쇠를 두고 나온 것이다.

이건 심각한 병이야, 김다현. 어찌 된 게 한 번도 곧장 나가는 법이 없다니까.

─◈─

재인이 학교에 도착했을 때는 이미 오후 시간이 지나가고 있었다. 겨울은 끝난 지 오래이고 연한 새순들이 돋아나고 있지만 아직 스치는 바람에는 서늘한 기운이 가득했다. 건조함이 풀풀 묻어나는 운동장에는 붉은 햇살이 느릿하게 긴 그림자를 드리우고 있었다.

"무슨 일로 오셨습니까?"

나이가 좀 지긋해 보이는, 영락없는 학교 선생 같은 사람이 재인을 향해 정중하게 물었다.

조용한 목소리. 작은 운동장과 교실.

이곳의 시간은 계절만큼이나 천천히 흐르는 느낌이었다.

"여. 김다현 선생님을 뵈었으면 하는데요."

몇 명 없는 교무실의 모든 시선이 재인을 향하는 것 같았지만 또 한 명, 그가 찾는 당사자가 눈에 보이지 않자 그는 약간 미간을 찌푸렸다.

"아, 방금 전에 퇴근하셨는데요."

나이 든 선생님이 창 너머로 다현을 찾는 것처럼 보였지만 그 여선생의 흔적은 보이지 않는 모양이다.

"아, 알겠습니다. 다음에 다시 오죠."

고개를 끄덕이고 교무실을 나선 재인은 흘긋 시계를 바라보았다. 귀한 시간 빼서 여기까지 왔는데, 그녀는 그새 퇴근을 하고 없었다.

이럴 줄 알았으면 전화를 하고 왔어야 했는데.

재인은 이제라도 여선생의 전화번호를 확인해야겠다고 생각했다. 마음 같아서는 할아버지가 지금이라도 마음을 돌려서 그 여선생의 전화번호 따위를 확인하지 않아도 되면 좋겠지만 지난번 할아버지의 반응으로 봐서는 어림없는 일일 것이다.

'할아버지, 전 최선을 다했습니다. 이 바쁜 시간에 여기까지 왔다구요. 그녀가 없는 건 제 잘못이 아니에요.'

확실히 이 여자랑은 인연 따위 없는 거다. 앞으로 내내 그래 주면 좋을 텐데.

그는 말도 안 되는 여자와 더 말도 안 되는 운명 같은 건 절대 사양하고 싶었다. 할아버지를 설득하는 일은 일단 물 건너갔으니 어떻게든 그 맹랑한 여선생과 잘 타협해서 쉽고 빠르게 6개월을 보내고 끝을 내야 했다.

골똘히 생각에 빠진 재인은 학교의 작은 문을 나서다 마주

들어오는 사람과 부딪혔다.

"어, 죄송합니다."

재인은 호텔을 경영하는 사람답게 서비스 정신이 몸에 배어 있었다. 그는 얼른 몸을 바로 하고 여자를 받쳐 들었다.

달콤한 향내가 흐른다. 재인은 자신도 모르게 사과를 하고 고개를 들었다.

"아니에요. 제가 못 봤어요. 죄송합니다."

또랑또랑한 목소리만 들어도 알 수 있었다. 그가 찾던 그녀였다.

'와 하필 여기서. 뭐 이런 우연이 다 있지?'

그는 한숨을 삼켰다. 운명이라고는 절대로 생각하고 싶지 않았다. 재인이 서둘러 가는 그녀의 손목을 잡아 제지시키자 그녀가 고개를 들었다.

"어, 무슨 일이신지요?"

"김다현 씨한테 볼일 있어 왔습니다."

이 여자가 날 기억할까? 재인은 갑자기 궁금해졌다.

그녀가 약간 얼굴을 찡그리더니 이내 그를 알고 있다는 듯 고개를 끄덕였다. 아주 마지못한 표정으로 말이다.

"아, 그분이시군요. 그 변호사님이랑 같이 있던……. 그런데 또 무슨 일이시지요?"

그나저나 이 여자는 형준을 먼저 기억하나 보다. 내가 아니고. 이건 정말 의외다. 보통 형준보다는 그를 주시하는 사람들이 훨씬 많은데 이 여자는 예외였나 보다. 그날 내 인상이 생각보다 강하지 않았던 모양이군.

"네, 맞습니다. 중요한 일 때문에 다시 왔습니다."

다현의 눈빛이 미묘하게 흔들렸다.

이 사람에 대한 좋은 기억은 별로 없었다. 지금은 애써 친절한 척 웃어 보이고 있는 듯하지만 다현은 이미 지난번 만남에서 이 남자의 성격을 파악했다.

그런데 또 무슨 일 때문에 날 찾은 걸까. 그 황당한 유산 얘기라면 정말이지 듣고 싶지 않았다. 이 사람의 무례 때문에 또 열 받는 일이 생기면 곤란하다. 그땐 성질대로 해버릴지도 모르겠다.

"시간 되면 잠깐 얘기 좀 나눴으면 하는데요."

눈앞의 여자가 시간이 되든 안 되든 어쨌거나 그는 얘기를 나눠야 했다. 하지만 재인은 마음속으로 하고 싶은 말을 꾹 누르며 애써 웃어 보였다. 굳은 입가의 미소가 부자연스러웠다.

앞으로 긴 시간을 함께해야 할지 모를 여자였다. 그래서 그는 지금 이 순간, 굳이 다른 문제를 만들고 싶지 않았다.

"좋아요. 잠시 들어갔다 나올게요. 뭘 두고 왔거든요."

다현은 열쇠를 또 두고 온 자신의 칠칠치 못함을 탓하며 그를 세워두고 교무실로 향했다.

처음부터 잘 챙겨서 나왔으면 다시 만나고 싶지 않은 저 남자를 만나지 않아도 되었을 텐데.

그녀가 안내한 곳은 학교에서 가까운, 고풍스러운 실내에 가야금 소리가 어울리는 조용한 곳이었다.

남자는 그녀가 기억하고 있던 것보다 훨씬 잘생겼다. 그때는 몰랐는데 한쪽 눈에만 얇게 쌍꺼풀이 있었고, 속눈썹도 풍성했으며, 마디 있는 손가락도 길었다. 작은 얼굴, 반듯한 이목구비, 큰 키. 성질 빼놓고는 그야말로 다 가진 남자였다.

왜 이렇게 멀쩡하게 생긴 사람이 재벌을 사칭하고 다니는 걸까? 얼굴로 배우나 모델을 해도 먹고살 거 같은데.

"좋은 곳이로군요."

남자에 대한 다현의 마음속 평가는 남자의 진심이 담겨 있지 않은 전통 찻집에 대한 평가로 인해 사라져버렸다.

해가 지기 시작한 시간, 저녁노을이 붉게 스며드는 찻집에는 한가로운 음악 소리와 한복 차림의 편안한 주인, 그리고 그들뿐이었다.

사람 좋아 보이는 찻집 주인이 장소와는 어울리지 않게 커피 한 잔과 대추차 한 잔을 내려놓고 사라졌다. 나직하게 들려오던 음악 소리가 멈췄다.

고요함.

뜻하지 않게 찻집이 조용해지고 두 사람 사이의 침묵이 확실하게 느껴지자 다현이 먼저 입을 열었다.

"사람이 별로 없어서 자주 찾는 곳이에요. 그런데 웬일로, 또 찾아오셨나요?"

그녀는 지난번만큼이나 성미가 급했다. 지나가는 인사말이 끝나기가 무섭게 본론을 묻고 있었다. 물론 그 역시 이편이 훨씬 편하다. 재인도 결론부터 먼저 꺼내 들었다.

"우리 할아버지는 내가 당신과 결혼하길 원해요."

"거 참, 전 정말로 당신 할아버지를 몰라요."

단호하게 고개를 흔든 다현은 눈앞의 남자가 이야기하는 '할아버지'와 '결혼'이라는 이야기에 혀를 찼다. 이 집 식구들은 고집이 엄청 센 모양이다. 아니면 정말 사기꾼이든지. 아무래도 후자 쪽이 훨씬 더 신빙성이 있는 듯했다.

멀쩡한 외모에 집요함까지. 하기는 사기를 치려면 될 때까지 밀어붙여야 될 테니까.

"그런 건 별로 중요하지 않아요. 우리 할아버지가 당신을 선택했으니까."

그는 아주 당연하다는 듯 말했지만 다현은 황당한 표정을 감추지 않았다.

그것 참 시대착오적인 발언이네. 지금 왕비 간택하는 줄 아나. 자기 할아버지가 이야기하면 뭐든 다 되는 줄 알고 있는 모양이다.

"그럼 당신 할아버지는 당신이 알아서 해결해야죠. 집안일로 다른 사람 신세 질 게 아니라."

"그렇게 나 몰라라 할 상황이 아닌데. 할아버지가 결혼하라는 사람은 나랑 당신이니까. 우리 둘. 우리가 결혼하는 거야."

다현의 충고에 남자가 발끈해서 인상을 썼다. 희한하게도 이 여자와 대화를 하다 보면 평상시 냉정하던 이성이 작동을 멈추곤 한다.

"무슨 결혼씩이나. 얘기했잖아요. 난 모르는 사람이라니까요. 당신이나, 당신 할아버지나."

"난, 그 말 못 믿겠거든."

"그럼 믿지 말든지요."

말도 안 되는 남자의 고집에 다현은 살래살래 고개를 흔들고 일어섰다.

어쩌란 말인가. 아무리 진실을 말해도 믿어주지 않으면서 왜 관심 없는 사람을 붙들어놓고 자꾸 짜증인지 모르겠다.

"뭐 하는 거지? 얘기 안 끝났어."

다현보다 먼저 남자가 한 발 빠르게 일어서서 그녀의 손목을 잡아 세웠다. 그녀의 시선이 붙들린 손목에 머물자 재인은 천천히 손을 내려놓았다.

이재인, 급하긴 급했구나. 아니, 저 여자가 급한 거지. 무슨 여자가 날다람쥐같이 잽싼지 모르겠다.

"가요."

"어딜?"

여자의 짧은 제안에 재인의 눈썹이 치켜 올라갔다.

얘기하다 말고 도대체 어디를 가자는 거지?

"어디긴요. 삼자대면하자구요."

"뭐?"

여자의 말을 못 알아들은 재인이 다시 되물었다.

삼자대면이라니. 여기서 또 누구를 만난단 말인가. 설마 사귀는 사람이라도 있는 건가?

거기까지는 미처 생각을 못 했다. 윤후가 샅샅이 뒤진 이 여자에 관한 조사서에는 분명 사귀는 사람은 없는 걸로 되어 있었는데. 재인은 머릿속에서 다현의 조사서를 한 장씩 펼쳐내고 있었다.

"그쪽은 나 죽어도 못 믿겠다면서요. 근데 나도 그렇거든요. 난 당신 할아버지한테 관심 없고, 그쪽 돈에도 관심 없어요. 그러니까 삼자대면하자구요."

여자가 그를 똑바로 바라본 채 냉정한 목소리로 설명했다.

"누구랑?"

"누구는요. 당신 할아버지죠."

답답하다는 듯 대답하는 그녀의 목소리에 재인은 머릿속의 페이지 넘기기를 중단했다.

할아버지. 하기는 이번 일의 주인공은 누가 뭐래도 할아버지였다.

이번에는 여선생의 말이 옳았다. 그리고 그 역시 궁금했다.

할아버지를 정말 모른다는 이 여선생. 그리고 누구보다 그녀에 대해서 잘 알고 있다는 할아버지. 도대체 둘 중에 누가 거짓말을 하는지 이번에 알아보는 것도 좋은 일이었다.

"그래도 되겠어?"

"그쪽이야말로 그래도 되겠어요?"

빈정대듯 떠보는 그의 질문에 그녀가 방긋 웃으면서 재인의 시선을 그대로 마주했다.

뭔가 또 진 기분이다. 나이는 아직 어리지만 이 바닥에서는 협상의 대가라고 알려져 있는 그가 왜 이 여자랑 대화를 하면 항상 지는 느낌이 드는지 알 수가 없었다. 그래도 어쨌거나 할아버지와 마주하게 되면 이 황당한 일의 실마리가 조금은 해결될지도 모를 일이었다.

이 여자가 이렇게까지 싫다고 하는 게 진심이라면 할아버지도 한 발 정도는 양보하지 않을까 하는 기대감에 재인의 얼굴 표정도 잠시 부드러워졌다.

※

나른한 봄날이 천천히 지나가고 있는 느낌이었다. 오늘따라 이상할 만큼 사방이 고요했다. 해가 지면서 어둑해지는 시간 속, 서늘한 바람과 함께 여유로움이 느껴지는 오후의 한때였다. 해야 할 일이 산적해 있음에도 불구하고 왠지 부산스럽지 않은 이런 시간의 흐름이 그리 나쁘지 않았다.

찻집에서 나온 재인은 자신의 차로 다가가 조수석 문을 열었다. 하지만 여자는 멀뚱히 바라보다 고개를 저었다.

"주소만 알려줘요. 택시 타고 갈 거니까."

"뭐하러? 어차피 같은 사람 만나러 가는데."

"이 험한 세상에 그쪽을 어떻게 믿어요. 무슨 짓을 할 줄 알고."

여자가 질색을 하고 고개를 흔들었다. 그를 바라보는 눈빛은 경계의 시선이 분명했다.

이 여자 봐라. 순식간에 무슨 짓을 할지도 모르는 '잠재적 범죄자'가 되어버린 재인은 어이없는 얼굴로 '탕' 하고 차 문을 닫았다. 하지만 여자는 그가 성질을 부리거나 말거나 단호해 보였다. 사무실의 유경 씨는 그가 눈썹만 올려도 기함을 하는데 이 여자한테는 먹히지 않나 보다.

"뭐 해요. 전화 안 하고."

"전화? 누구한테?"

그녀가 말하는 목적어를 완전히 구별하지 못한 재인이 되묻자 그녀가 노골적으로 깊은 한숨을 내쉬었다. 재인은 순간 마치 말귀 못 알아듣는 초등학생이 된 기분이었다. 그에게 이런 느낌이 들게 하다니. 이 여자, 역시 만만한 상대가 아니었다.

"당연히 당신 할아버지한테죠. 뭐, 사기꾼 동업자인지는 모르겠지만."

"사기꾼?"

"실례했어요. 대놓고 그러는 건 아닌데."

실례라고 사과는 하고 있지만 여자의 눈빛은 진지했다.

경계와 의심의 눈초리. 아주 작게 미소를 담은 마지막 여유까지.

그를 바라보는 여자의 시선은 확고했다.

'사기꾼.'

그녀는 전혀 표정을 감출 생각이 없는 듯했다. 재인은 자기도 모르게 헛웃음을 지었다.

사람이 황당한 지경에 이르면 웃음이 터져 나오는 모양이다.

우리 대장은 알고 있으려나 모르겠다. 당신이 손자며느리로 추천한 여자가 본인을 사기꾼으로 몰아가고 있다는 걸.

흠, 이번 기회에 아셨으면 좋겠구만. 아니, 꼭 아셔야 한다. 이런 맹랑하고 뻔뻔한 여자를 그 혼자 감당하는 건 정당한 일이 아니지 않는가.

재인은 슬쩍 다현을 노려보고 핸드폰을 꺼내 들었다. 그녀는 그 모습을 말끄러미 지켜보고 있었다. 마치 신종 사기 수법을 눈앞에서 목격하고 있는 듯한 눈빛으로.

"지금 어디 계세요?"

"어디면?"

"할아버지가 소개해준 여자가 삼자대면하잡니다."

"삼자대면?"

재인이 다현을 노려보며 상황을 설명하자 할아버지의 목소리가 조금 높아졌다. 아마 할아버지도 예상치 못한 일인 듯했다. 확실히 삼자대면이 필요했다. 할아버지와 이 여자가 만나게 되면 왜 이런 어처구니없는 일이 벌어졌는지 알 수 있을 것이다.

"네. 지금 평창동으로 갈 겁니다. 그러니까 할아버지도……."

"내가 왜 삼자대면을 해야 하는데?"

"그럼 누구랑 해요. 이 여자는 할아버지, 정말 모른다는데."

할아버지의 질문에 재인이 버럭 하고 소리를 질러대자 다현은 나직하게 혀를 찼다.

하여튼 말버릇하고는. 눈앞에 사람을 두고 '이 여자'란다. 게다가 어른한테 저렇게 버럭질이라니.

예의도 없고, 배려도 부족하고. 이것저것 가르칠 게 참 많은 사기꾼이었다.

"네가 알아서 해, 네가. 그것까지 미션이야."

"할아버지!"

"세상 일이 맘대로 되는 게 아니야!"

퉁명스러운 어조로 충고하듯, 혹은 약 올리듯 말을 내던진 할아버지가 일방적으로 툭, 전화를 끊었다. 재인은 끊겨진 핸드폰을 어이없는 표정으로 바라보았다.

우리 할아버지가 아주 작정을 하셨구나.

"왜요? 내가 간다니까 당황해하시죠? 그러니까 사기를 치고 싶으면 미리미리 손발을 맞췄어야죠."

잔뜩 인상을 쓰고 황당해하는 재인의 눈앞에서 맹랑한 여선생이 그럴 줄 알았다는 얼굴로 고개를 끄덕였다. 사기란다.

 "사기? 왜 내 말을 의심하지?"

 "당신은 내 말을 하나도 안 믿는데 난 뭐 때문에 그쪽 말을 다 믿어야 하나요? 길 가는 사람 붙들고 물어봐요. 지금 이 상황이 정상적인지."

 "뭐야, 지금 나보고 미쳤다고 돌려 말하는 거야?"

 설마 잘못 이해했을 거라고 생각하고 재인이 다시 확인했다. 여자가 씩 웃음으로 답했다.

 이재인은 순식간에 사기꾼도 모자라서 미친놈까지 돼버린 것이다.

 "그건 또 알아들었네."

 혼잣말처럼 딴청을 피우며 중얼거리는 여자를 바라보는 재인의 얼굴에서 황망한 웃음이 새어 나왔다.

 "우와, 당신 정말, 사람 미치게 하는 방법을 알고 있구나."

 이 여자, 그동안 보지 못했던 강적이었다.

 저 혼자 화를 내다 웃음을 터뜨리는 재인을 그녀가 의심스러운 눈으로 다시 주시하고 있었다. 여차하면 자리를 피할 것 같은 표정으로.

 "저기요, 이제 그만 끝내죠. 어차피 당신 할아버지도 안 만나겠다 하시고……."

 "누구 맘대로."

재인은 다현의 손목을 탁, 하고 잡아끌었다. 아까처럼 얼결에 붙든 게 아니라 이번에는 제대로 꼼짝 못 하게 움켜쥐었다. 손목을 단단히 잡고 있는 남자의 커다란 손을 바라보던 다현의 눈이 둥그레진 채로 재인의 얼굴을 향했다.
　"이게 뭐 하는 짓이에요?"
　"얘기 안 끝났으니까."
　그가 그녀의 손목을 그대로 부여잡은 채 금방 나온 찻집으로 성큼성큼 걸어갔다. 거의 끌려가다시피 하는 다현이 그를 뿌리치려 했지만 남자는 끄떡도 하지 않았다.
　"난 끝났다니까요."
　"안고 들어갈까요?"
　분명 얼굴은 웃고 있는데 행동은 협박이었다. 그가 불쑥 얼굴을 들이밀자 다현은 기겁을 했다. 코끝이 닿을 듯했다. 아니, 잘못하면 입술도.
　아무리 잘생긴 얼굴이라도 숨결이 제대로 느껴질 정도로 가까이 오는 건 정말이지 사양이었다. 그를 뿌리친 다현은 급하게 찻집 안으로 들어갔다. 아무래도 사람 많은 공공장소가 안전하겠지.
　제 발로 걸어가는 다현의 모습을 바라보면서 재인은 피식 미소를 삼켰다.
　이제야 겨우 한 점을 딴 것 같은 기분이었다.
　이 게임, 어쩐지 재미있어진다. 물론 그가 이길 거니까. 그래서 더 흥미롭다.

―⁂―

다현은 일단 안전한 공간과 안전한 거리를 확실하게 확인한 후 눈앞에 앉은 남자를 노려보았다.

멀쩡하게 잘생겼다고 해서 방심해서는 안 되는 남자였다. 처음 만났을 때도 눈치챘었는데 이번에는 웬일로 간간이 존댓말도 사용하길래 그래도 그동안 반성이라는 걸 했나 싶었는데 역시나였다. 잔뜩 화가 난 다현이 씩씩거리며 눈앞의 남자를 노려보았다.

"정말 경찰 불러요? 이게 뭐 하는 짓이에요?"

"우린 정말 진지한 대화가 필요한 거 같은데."

"난 할 얘기 없거든요!"

바보도 아니고. 벌써 몇 번째 같은 얘기를 하게 하는지.

버럭 인상을 쓰는 다현에게 남자는 핸드폰을 들이밀었다. 이건 또 무슨 수작일까? 고집스럽게 팔짱을 낀 다현이 잔뜩 경계한 표정으로 그를 바라보았다.

"뭔데요?"

"나."

그의 간단한 답변에 다현은 팔짱을 풀고 주춤주춤 남자가 내미는 핸드폰을 받아 들었다. 다현의 시선이 핸드폰으로 향하자 이번엔 재인이 거만하게 팔짱을 끼었다. 마치 '나 이런 사람이야.'라는 표정으로.

그가 내민 핸드폰에는 눈앞의 남자랑 아주 비슷한 얼굴로 보이는 사람의 프로필이 떡하니 떠 있었다.

"이규철 회장 장손, SH 에메랄드 호텔 이재인 대표이사, 학력 하버드……"

중얼중얼 소리 내어 프로필을 읽어 내린 다현은 핸드폰과 재인의 얼굴을 몇 번이고 번갈아 바라보았다.

아무래도 닮았다. 아니, 눈앞의 저 사람이 분명해 보였다.

근데 인터넷에 이름이 오르내릴 정도로 유명한 사람이 성질머리가 저 모양이라고? 하기는 유명하다고 다 인성이 괜찮은 건 아닐 테니까. 그래도 대부분 보이는 부분은 착한 척하고 살지 않나?

"이제는 믿습니까?"

"닮긴 닮았네요."

"닮은 게 아니라, 진짜 나거든."

마지못해 고개를 끄덕이는 다현의 어중간한 대답에 왠지 약이 오른 재인은 버럭 소리를 질렀다. 하여튼 성질하고는.

"뭘 소리를 지르고 그래요? 그쪽이 진짜 이재인 씨라고 해서 특별히 달라질 것도 없는데."

"달라질 일이 없어요?"

시큰둥한 여자의 대답에 재인이 또 한 번 발끈하려는 자신을 겨우 자제하고 되물었다.

 아니, 그가 진짜 이재인이라는데 왜 달라질 일이 없단 말인가. 일단 이 기막힌 사건의 시작은 결코 사기가 아니었다.

 그렇다면 그들은 선택을 하고 결정을 해야 한다. 그런데 그녀는 아무것도 자신과는 상관없다는 무심한 얼굴로 그를 바라보고 있었다.

 저 하얀 얼굴, 반짝거리는 까만 눈동자에 왜 이렇게 약이 오르는 걸까?

 "너. 이재인 씨가 성현 그룹 후계자든 뭐든 난 여전히 그 유언장이랑 무관하고, 그 재산에 관심이 없어요."

 "그럼 지금부터 관심을 가져봐요. 우리 할아버지가 댁한테 엄청 관심이 많은 거 같으니까."

 "그것 참. 난 모르는 사람이에요. 당신이나, 당신 할아버지나."

 이만큼 얘기했으면 바보도 알겠다. 하버드씩이나 나온 사람이 왜 이렇게 말귀를 못 알아듣는 걸까? 외국은 기부 입학이 많다는데, 혹시 이 남자도 잔디 같은 거 깔아주고 입학한 건가? 아니 이렇게 말귀를 못 알아듣는 걸 보면 잔디 가지고는 안 되겠다. 건물이 하나 필요했을지도 모를 일이었다.

 다현에게는 지금 이재인이라는 이 남자와 실랑이하는 것보다 더 중요한 일들이 엄청 많았다.

 우선 누구보다 지수가 문제였다. 거지 같은 소속사는 촌스러운 뮤직 비디오 하나 찍어주고 지수를 방치 중이었다. 이제 데뷔한 아이에게 돈은 또 왜 요구하는지. 딱 봐도 불공정 거래이고 노예 계약인데 이 상황을 어떡해야 할지 당장 답이 나오지 않았다.

그리고 엄마의 집요한 결혼 재촉도 점점 도를 지나치고 있었다. 왜 이렇게 우리 엄마 주위에는 결혼 안 한 괜찮은 총각들이 많은 거냐구.

게다가 엎친 데 덮친 격으로 그녀가 후원하고 있는 보육원의 임대료가 또 올라서 원장 선생님의 걱정이 태산이란다.

그녀는 마음속으로 한숨을 쉬고 약간 부드러운 어조로 그에게 다시 한 번 강조했다.

"나한테 느닷없이 찾아와서 상속이네 결혼이네 얘기해도 난 전혀 모르는 일이에요. 그리고 알고 싶지도 않은 일이구요."

"그럼 그것도 지금부터 관심을 가져봐요. 선생도 알아야 하는 일이니까."

우씨, 이 인간이 또 '선생'이란다. 그녀가 선생인 건 분명히 맞는데 왠지 이 남자 입에서 들리는 교사라는 직업에 대한 호칭은 은연중에 사람을 불쾌하게 하는 하대가 기본으로 깔려 있었다.

"아니, 내가 왜요? 그냥 이재인 씨랑 할아버지랑 두 분이 알아서 하시라니까요."

재인은 발끈한 그녀의 말을 싹 무시하고 대꾸했다.

"나도 그러고 싶은데 그렇게 못 하게 되어 있으니까."

"예요?"

이 자신만만하고 기고만장한 남자가 못하는 일도 있구나. 겨우 그녀의 눈빛이 호기심으로 그를 향했다.

재인 역시 그녀를 바라보았다. 딱 마주친 그녀의 눈빛이 선명하게 빛나고 있었다. 뭐지? 저 말똥거림은?

"이인삼각 경기. 우리 집 할아버지가 선생이랑 나랑 두 사람을 한데 묶어놓으셨어."

"뭘루요?"

"결혼."

남자의 간단한 대답에 다현은 정말 깊이 한숨을 내쉬었다.

사람 좋은 교감 선생님이 복(福) 달아난다고 이런 한숨은 좋지 않다고 했는데. 이 상황을 알게 되면 아마 교감 선생님도 이렇게 긴 한숨을 내쉬었을 것이다.

또, 또 결혼이란다. 참 끊이지 않는 돌림노래구나. 이 무슨 택도 없는 말이란 말인가. 이 남자는 자기가 결혼하자고 하면 내가 얼씨구나 하고 결혼할 거라고 착각이라도 하고 있는 걸까?

"그거 안 하겠다면서요?"

"선생은 하고 싶나?"

"농담해요, 지금?"

발끈해서 눈에 잔뜩 힘을 주고 그를 노려보는 다현의 모습에 저인은 뭔가 애매한 감정에 고개를 갸웃거렸다.

이 여자, 정말 그를 싫어하나 보다. 이걸 좋아해야 하나, 화를 내야 하나.

"그럼 다행이구. 할아버지가 결혼에서 한 발 물러나셨어. 결혼을 전제로 진지한 교제를 한다면 6개월 뒤에 다시 유언장을 작성하신다고."

"진지한 교제요? 그럼, 그래서 내가 얻는 게 뭐지요?"

"여태 얘기했잖아. 선생이나 나나 이 소란에서 벗어날 수 있는 건 이 방법뿐이라구. 이것도 내가 할아버지한테 사정사정해서 얻어낸 결과라구."

남자가 답답하다는 듯 다시 설명했다.

눈앞의 이 남자는 그의 방법과 그녀의 선택이 다를 거라는 생각은 전혀 염두에 없는 모양이었다.

"그래서 감사하라구요?"

"뭐? 그럼 정말 결혼이라도 하겠다는 거야?"

3분 전에 결혼은 농담으로라도 싫다는 의사를 밝혔음에도 불구하고 남자는 그녀의 말은 싹 잊어버린 채 금방 발끈했다.

다현은 정말 그녀가 결혼이라도 하겠다고 하면 어떻게 나올지 이 남자의 반응이 궁금해졌다.

궁금하면 질러봐야지. 애들한테도 항상 이야기한다. 궁금하면 물어보라고. 그리고 또 궁금하면 생각하고 알아보라고. 일단 물어봐야겠다.

"음…… 그럴래요?"

"농담하나, 지금?"

눈도 깜짝 안 하고 다현이 아무렇지도 않게 내뱉은 말에 재인은 그녀가 더 이야기를 꺼내기도 전에 눈빛이 새파래졌다. 누가 봐도 화난 얼굴이었다.

"그렇게 펄쩍 안 뛰셔도 돼요. 나도 싫으니까. 근데 우리가 왜 이러고 있는 거죠?"

"방금 얘기했을 텐데. 우리 할아버지가 굳이 결혼까지 안 해도 찾아주시겠답니다. 대신, 남자 대 여자로 진지하게 만나보는 걸로. 앞으로 우리가 6개월간……."

"저기요, 이재인 씨 할아버지는 어떨지 모르겠지만 난 그쪽이랑 만날 생각이 전혀 없거든요."

남자의 말이 진지해질 듯하자 다현이 중간에 말을 막았다. 이만하면 충분했다. 이 사람이 사기꾼이 아닌 것도 알았고 그녀가 궁금한 것도 해결했다. 안 그래도 바쁜 일이 태산인데 이 성질머리 고약한 남자의 말도 안 되는 결혼 이야기까지 더 들어야 할 이유가 없었다.

"우리 회사, 한 해 매출액이 얼마인지 알려줄까?"

"제 월급이 한 달에 얼마인지 알려드려요?"

"그걸 내가 왜?"

저도 모르게 되물었던 재인은 멈칫하고 다현을 바라보았다.

여자는 그가 이해했음을 깨닫고 머리를 끄덕였다. 확실히 머리가 좋은 여자였다.

"그러니까요. 내가 왜 성현 그룹 매출액을 따지고 있어야 하냐구요. 내 연봉도 헷갈리는 판에."

"한 재산이 생기는 건데? 정말 관심 없어?"

"정말 한 재산이 생기는 거면 관심 있어요. 근데 그게 그쪽하고 결혼해야 생기는 돈이라면 사양할래요. 내가 당장 굶어 죽게 생긴 것도 아닌데 굳이 결혼까지 해서 남의 재산 날로 먹고 싶은 생각, 별로 없어요. 내 인생을 그런 걸로 이상하게 만들고 싶지도 않아요. 그러니까 할아버지한테 잘 말씀드려 보세요. 난 정말 아니라고 한다고."

재인의 눈을 똑바로 마주 보고 조곤조곤 따져대는 그녀는 진심이었다.

이런, 이 여자는 정말로 그와의 결혼에, 아니 더 정확히는 성현 그룹의 재산에 관심이 없었다.

"진심이군."

"네. 지난번부터 주욱, 계속해서 진심이었어요. 아무쪼록 좋은 여자분 만나세요. 그래도 성질은 너무 부리지 마시구요. 아, 그리고 성현 그룹 회장님이 오래오래 사셨으면 좋겠어요."

맹랑한 여선생은 더없이 진지했고, 마지막으로 정중했다. 그리고 그와 더불어 재인에 대한 작은 웃음도 잊지 않았다.

다현이 가고 난 후 덩그러니 혼자 남겨진 재인의 얼굴에 난감한 쓴웃음이 지나갔다.

벽에 딱 부딪혔다. 할아버지는 저 여자 아니면 안 된다 하시고 저 여자는 아무 관심 없다 하고.
 그는 이제 아무것도 할 수 없는 상황이 되어버렸다.
 할아버지가 말씀하신 게 이거였구나.

 —다현이가 6개월씩이나 널 만나줄지 모르겠다.

 저 선생님이 저렇게 질색을 하니 할아버지가 한 발 양보해주시면 좋을 텐데, 절대 그럴 리 없다는 걸 재인도 잘 알고 있다.
 미션이라면서 삼자대면도 거부한 할아버지가 이번 일을 호락호락 넘어가지 않을 것이 분명했다. 그렇다면 어쨌거나 저 선생님은 이번 게임에서 맘대로 돌을 던져서는 안 되는 것이다.
 이봐요, 선생님. 이러시면 곤란한데.
 바깥의 날씨는 모처럼 청명했지만 재인의 얼굴은 잔뜩 구겨졌다.

5.
문제적 남자
— 이러는 건 반칙인데요

노트북에서는 열정이 넘치는 젊은 가수가 열심히 노래하며 감성을 호소하고 있었다. 다현은 지수의 뮤직비디오를 보면서 잠시 다른 생각에 잠겼다.

그 싸가지 없는 인간이 진짜 재벌 3세라는 건 놀라운 일이었다. 평범한 인생에 재벌을 보는 일도 있구나. 근데 하필이면 처음 만난 재벌이 그렇게 싸가지가 없다니. 잘못된 선입관이 마구 생기려고 하고 있었다. 다현은 핸드폰에서 검색한 이규철 회장을 바라보며 고개를 갸웃거렸다.

미국의 전직 대통령과 악수하는 모습, 근엄해 보이는 인물 사진, 문제의 이재인이라는 손주와 함께한 행사장 모습 등등…….

분명 낯이 익기는 했지만 그건 TV에 나오는 유명 인물이기 때문이지 결코 그녀가 아는 사람이라서가 아니었다. 이런 어마어마한 사람을 그녀가 어디서 만난단 말인가.

"이규철 회장님, 저 아세요? 전 모르는데. 근데 이왕 주시려면 그 버릇없는 손자분이 아니라 그냥 돈만 주시지 그러셨어요. 제가 그거 참 잘 써드릴 수 있는데. 그 돈 있으면 우리 지수 옐범도 새로 내고 천사 보육원 땅도 다 살 텐데."

다현은 핸드폰 속의 사진에게 혼자 이야기를 걸다 피식 웃어 버렸다. 뭐 하는 거니, 김다다.

어차피 그 사람들은 다른 세상 사람들이었다.

"그래도 좀 아깝긴 하네. 그래도 뭐, 그 돈이 내 거가 되겠어? 그 사람들이 어떤 사람들인데. 무슨 꿍꿍이가 있을 줄 알고."

여전히 다현이 혼자만의 대화를 하고 있을 때 들고 있던 핸드폰이 요란하게 울려댔다. 화면 창에 뜬 '어마마마'를 보고 다현은 살짝 한숨을 내쉬었다.

이번에는 또 누구일까. 이러다 대한민국 한의사는 다 만나게 될 것 같았다.

"응. 엄마. 어느 호텔? 알아. 근데 엄마, 나 26살밖에 안 됐는데 선을 너무 자주 보는 거 같아. 요새는 36살에 결혼해도 늦는 게……."

'36살'이라는 말에 핸드폰 너머로 펄쩍 뛰는 엄마의 목소리가 들려왔다.

아니, 엄마. 내가 36살에 하겠다는 게 아니라 지금 난 너무 이르다고.

"그럼, 꼭 한의사랑 결혼해야지. 응. 26살이면 딱 좋은 나이지."

26살은 놀기 딱 좋은 나이지 결혼하기 딱 좋은 나이는 아니거든, 엄마.

"다음 주는 안 되고…… 지수랑 보육원 가기로 했단 말이야. 응. 알았어요. 그 다음 주 토요일."

전화를 끊은 다현은 못다 한 소리를 중얼거렸다.

"동양 호텔 20층. 벨벳. 강찬호. 아, 정말 싫다. 금쪽같은 주말에, 얼굴도 모르는 남자랑 선이라니."

이게 다 배신자 서현 오빠 때문이다. 오빠가 미국으로 도망가서 언제 올지도 모를 상황이 되자 대를 이을 한의사에 대한 모든 기대가 그녀에게 집중되고 있었다.

처음에는 그저 한 번쯤 만나보라는 거였는데 이제는 아주 재미를 붙이신 듯했다.

정말 이렇게 인연을 만날 수 있을까? 아니 인연이란 게 정말 존재하긴 하는 걸까?

사람마다 짝이 있다면 굳이 이렇게 선까지 안 봐도 만날 사람은 만날 수 있는 게 아닐까? 〈첨밀밀〉의 그녀처럼. 다현은 얼른 주변을 돌아보았다. 텅 빈 옥탑방에는 당연히 그녀 혼자뿐이었다.

음…… 남자를 만나려면 일단 차를 타든 선을 보든, 뭘 하긴 해야겠구나.

다현은 그렇게 생각하며 피식 미소 지었다.

성현 그룹의 이재인에게 아무 관심도 없다는 김다현이라는 여선생과 헤어진 지 벌써 열흘이 넘어간다. 할아버지는 답을 원하고 있었다. 아마도 재인이 미션 실패를 알리는 순간 그 맹랑한 여선생의 파트너는 태하가 될 것이다.

　재인은 불편한 감정을 꾹 눌러 담은 채 서둘러 호텔 안의 레스토랑으로 향했다. 그의 눈빛이 날카롭게 주변을 살폈다. 직업상 그는 남의 호텔을 자주 방문했다. 그때마다 그는 항상 호텔 로비부터 서비스까지 차근차근 챙기는 습관이 있었다.

　20층의 전망 좋은 레스토랑. 재인이 들어서자마자 그의 어머니가 손을 들어 보였다.

　"오래 기다리셨어요?"

　"금방 왔어."

　아닐 것이다. 진작부터 몇 번이나 출입구를 확인하면서 그가 오가를 기다리셨을 것이다.

　"자식 얼굴 보기가 하늘에 별 따기야."

　"죄송해요. 근데 저희 호텔로 바로 오시죠, 뭐하러 여긴……."

　"니가 거기 자주 들락거리면 불편해해. 그리고 너도 가끔 다른 호텔 리서치도 해야지. 안 그러니?"

　테이블의 배치 간격에서부터 곳곳에 놓인 화분과 동선까지 눈에 담고 있는 아들을 보면서 세희가 피식 웃어 보이자 재인이 머쓱한 미소를 지어 보였다.

"할아버지가 부르셨다면서? 이번에는 또 뭘로 협박하시니?"

누구보다 자신의 시아버지에 대해서 잘 알고 있는 세희가 궁금해했다. 그녀가 보기에는 똑같은 두 사람이었다. 아마도 그런 이유로 이 회장이 재인이 굴복하고 고개 숙이기를 원하는 것일지도 몰랐다. 한 번쯤 져드리면 살아가는 게 훨씬 편할 텐데 아들의 자존심상 그런 일은 절대 없으리라. 두 사람의 팽팽한 신경전이 언제까지 계속될지는 모르지만 그녀는 언제나 아들 재인의 편이었다.

"별거 아니에요. 제 선에서 해결할 수 있어요."

사실 그의 힘으로 온전히 해결할 수 있을지 장담할 수 없는 상황이었다. 그 선생님은 이미 진작에 아니라고 경기판에서 빠진 상태였고, 남은 건 할아버지의 고집뿐이었다. 그리고 또 한 명, 태하. 그 녀석이 어떻게 달려들지는 눈으로 보지 않아도 뻔한 일이었다.

"캐나다, 작은어머니한테 전화는 자주 해?"

조심스러운 질문에 재인은 가볍게 고개를 끄덕였다.

캐나다의 작은어머니. 그를 낳아준 어머니.

한국에서 내내 그를 가슴으로 키운 어머니는 캐나다에 살고 있는 재인의 또 다른 어머니에게 미안해하고 조심스러워했다. 이제는 굳이 그러지 않아도 되는데 말이다.

"지난주에 연락드렸어요. 잘 지내신대요. 데이빗도 있고 수정이도 있으니까 어머니나 제가 걱정 안 해도 돼요."

"그래도 연락 자주 드려. 서운해할 거야."

"알아서 할게요."

다시 고개를 끄덕인 재인은 때마침 낯익은 얼굴을 발견하고는 얼굴이 굳어졌다.

훤칠한 남자와 함께 들어오는 여자는 분명 그 여선생이었다. 조금은 어색하고 조금은 설레는 듯한 두 사람의 모습은 누가 봐도 이제 시작하는 남녀의 모습이었다.

SH 호텔만큼은 아니지만 동양 호텔도 남녀가 처음 만남을 가지기에는 제법 괜찮은 장소였다. 그런데 왜 하필이면 그 주인공이 저 여선생이란 말인가.

남자는 자리에 앉기 전에 정중하게 다현의 의자까지 빼주는 예의를 잊지 않았다. 아니, 저 여자가 얼마나 멀쩡한데 의자까지 빼주고 난리인지. 그리고 그 멀쩡하던 여자는 뭐 하나 빠진 것처럼 배시시 웃음 지었다.

"아는 사람이니? 친구?"

두 사람을 바라보는 재인의 미간이 모아지자 세희의 시선이 다시 재인을 향했다. 재인의 눈빛이 아무래도 심상치 않아 보인 듯했다.

"네? 네, 조금이요."

어머니의 질문에 재인의 시선은 다시 다현에게로 향했다.

사실, 서류상으로는 저 여선생에 대해서 '조금' 보다는 훨씬 더 많이 알고 있었다. 그리고 문제의 할아버지 협박의 주인공이기도 하고. 그런데 나 말고 다른 남자를 만난다고?

여선생 앞에 있는 남자가 또 맹탕스럽게 웃고 있었다. 그 모습에 어머니가 미소 지었지만 재인의 표정은 그렇지 못했다.

"선보는 거 같다. 괜히 초 치지 마. 참한 여자 같은데. 네 친구랑도 어울리는 거 같고."

어머니는 당연히 남자 쪽이 재인의 친구라고 생각한 모양이었다. 재인은 '저렇게 웃음 헤픈 남자는 절대 제 친구 아니에요.'라는 말이 목 끝까지 올라왔지만 그렇다고 여자가 아는 사람이라는 얘기는 할 수 없었다.

재인의 미간이 저도 모르게 구겨지고 있었다.

"넌 결혼 안 해? 아직 그렇게 늦은 건 아니지만 그래도 가정을 꾸리면 훨씬 안정될 거야."

"때 되면요."

어머니의 은근한 재촉에 대답을 하긴 했지만 신경은 온통 창가에 있는 테이블에 가 있었다.

선을 본다고? 나를 놔두고?

허허. 거기다 이제 아주 방글방글 웃기까지 한다.

여자가 다른 남자랑 마주 보고 웃고 있는 게 왜 이렇게 기분이 나쁜 걸까. 상대방이 태하만 아니면 되는 것이다. 저 여자가 다른 남자랑 결혼이란 걸 해버리면 오히려 할아버지와의 계약은 자동 파기될 테니까.

5. 문제적 남자 – 이러는 건 반칙인데요 | 133

때마침, 남자가 여자에게 얼굴을 가까이 가져가며 무어라 속삭였다. 그러자 그에게는 맨날 성질만 부리던 여자가 눈을 반짝이며 수줍게 미소 지었다.

　허허허, 저 여자 봐라. 또 웃는다.

　"적당히 하고 회사 들어와. 너, 성현 그룹 장손이야."

　조금은 걱정이 담긴 어머니의 목소리에 재인은 애써 시선을 돌렸다.

　저 여자와는 진작에 끝났고, 그는 다른 방법을 찾아야 한다. 이재인을 싫다고 한 저 여자가 태하라고 해서 오케이할 일이 없을 테니까.

　"알고 있어요. 근데 그냥 이규철 회장 손자라서, 회사에서 자리 차지하고 있는 거 별로예요. 때 되면 들어가요."

　"단순히 이규철 회장 손자가 아니지. 너, 대한 전자 외손자이기도 해. 필요하면 뭐든 해줄 거야. 나도, 네 외할아버지도. 알지?"

　세희는 진심이었다. 이미 자신의 아버지 또한 재인의 능력에 대해 알고 있었다. 굳이 성현 그룹이 아니더라도 대한 전자의 후계자가 될 수 있을 만한 자격이 있는 아들이었다. 재인이 원한다면 그녀는 자신이 가지고 있는 모든 힘을 쏟아부을 생각이었다.

　재인 역시 어머니의 마음을 알고 있기에 가볍게 고개를 끄덕였다. 그사이 저쪽 테이블에서는 남자가 자기 접시에 있는 스

테이크를 잘라 다현에게 건네주고 있었다.

아무래도 모자란 남자 같다.

그가 알고 있는 김다현이란 선생은 스테이크 칼질을 혼자 못할 정도로 부족한 여자가 아니었다. 남자가 뭐 할 게 없어서 저렇게 대신 칼질을 해주는지 이해가 안 되었다. 친절해도 너무 과하게 친절하다. 아마 저런 행동은 눈앞의 저 여자가 마음에 들었다는 뜻이겠지.

그쪽은 감당 못 할 텐데. 그녀가 얼마나 말똥말똥하고 맹랑한지 알고 있는 사람은 그리 많지 않을 것이라고 재인은 장담했다. 그렇게 생각하고 있는 와중에 접시를 바꿔 받은 여자가 또 한 번 수줍게 미소를 보냈다.

뭐야, 저 여자. 설마, 남자의 저 바보짓이 마음에 들었다는 건 아니겠지?

재인의 얼굴이 점점 더 굳어져갔다.

"저기, 어머니. 아무래도 제가 먼저 일어나야 할 거 같아요."

"무슨 문제가 생긴 거니?"

"네. 아주 큰 문제가요."

그가 만났던 똘똘하고 야무진 여자가 상대 남자처럼 바보가 되려 하고 있었다. 그보다 더 문제인 건 저 여자를 눈앞에서 멀쩡하게 다른 남자에게 뺏길 수도 있다는 사실이었다.

어림없는 일이었다. 단 한 번도 자신의 것을 누군가에게 빼앗겨본 적이 없는 이재인이었다.

"든데 제가 해결할 수 있어요. 금방 바로잡을 겁니다. 걱정 마세요."

재인이 세희를 향해 자신 있게 웃어 보였다.

아직 게임은 끝나지 않았다. 모처럼 승부욕이 활활 불타오르고 있었다.

재인이 비장한 표정으로 몸을 일으켰다.

선보길 잘했다. 눈앞의 남자가 방송국과 연줄이 있다는 사실에 다현의 두 눈이 반짝거렸다.

방송국 시스템이 어찌 되는지는 모르지만 한 명이라도 아는 사람이 있으면 아무래도 유리할 것 같다는 생각에 그녀는 조금 더 남자의 말에 귀를 기울였다.

"정말 방송국 피디분이랑 친하신 거예요?"

"학교 동창이에요. 예전에는 맨날 공부만 하더니 이제는 애들 음악 프로그램도 하고."

어머나, 애들 음악 프로그램이란다. 대박!

갑자기 남자의 머리 뒤로 후광이 비치는 기분이었다.

"아, 음악 프로그램. 거기, 피디분들이 출연자 정하는 거죠? 그죠?"

"잘 모르지만 아마 그렇겠죠."

남자의 대답에 다현의 눈이 반짝거렸다.

아싸! 음악 프로그램 피디란다. 다큐고 뉴스고 드라마고 다 필요 없다. 지금 지수에게 필요한 건 예능국 피디였다. 뭐부터 물어봐야 할까? 다현의 머릿속이 복잡해졌다.

"김다현 선생님, 안녕하세요."

마음 급한 다현의 얼굴이 좀 더 맞선남에게 가까워졌을 때, 낯익은 목소리가 두 사람의 대화를 방해했다.

다현은 금방 문제의 남자가 누구인지 깨달았다.

아니, 저 남자가 여기를 왜?

그 남자의 긴 그림자가 테이블을 덮쳤다.

뭐랄까, 어둠의 신호라고 해야 하나? 애니메이션 속에서 나쁜 대마왕이 등장할 때 생기는 먹구름 같은 그림자였다.

"저는 한 번에 까내시더니 바쁘시네요."

"아니, 이재인 씨가 여기 왜……?"

다현이 살짝 인상을 찌푸렸다. 왠지 예감이 좋지 않았다. 저 남자랑 있었을 때 기분 좋았던 적이 별로 없었던지라 더욱 그랬다.

이 남자가, 왜 여기에 나타난 걸까? 그리고 누가 누굴 까냈다고. 방송국 예능 프로그램 피디를 친구로 두고 있는 한의사 선생님의 표정에도 의문이 지나가는 듯했다.

"나랑은 아직 정리 안 된 걸로 아는데. 이러는 건 반칙 아닙니까?"

5. 문제적 남자 - 이러는 건 반칙인데요

다현의 상대 남자에게 슬쩍 눈인사를 마친 재인은 다현의 옆자리 의자를 빼서 자리에 앉았다.

지금껏 웃고 있던 한의사의 얼굴이 순식간에 굳어지자 다현은 기겁을 해서 고개를 흔들었다. 저 인간이 미쳤나 보다.

"반칙은 무슨."

"우리 아직 안 끝났어요."

우리라니. 남자의 애매한 표현에 다현이 인상을 썼다.

그와 그녀는 결코 우리가 되어본 적이 없는 사람들이었다.

"그러니까 다시 한 번 생각해봐요."

"무슨 생각을 다시 해요. 지난번에 충분히 얘기했잖아요. 그쪽이랑 결혼……."

'안 한다구요.'라고 말하고 싶었지만 '결혼'은 이 상황에서 전혀 어울리지 않는 단어였다.

다현은 저도 모르게 튀어나온 '결혼'이란 단어에 아차 싶어 입을 다물었지만, 이미 늦은 듯했다. 한의사의 얼굴이 더 심하게 굳어지고, 보이진 않아도 옆자리 남자의 얼굴에는 미소가 스쳐 지나가는 것 같았다.

망할 남자 같으니. 아마도 처음부터 이걸 노린 듯했다.

"그러니까요. 다현 씨 원하는 대로 결혼은 일단 미룹시다. 나야 뭐, 내일이라도 사양 안 하지만."

"저기, 그런 거 아니거든요."

다현은 얼른 맞선남에게 양해를 구하고 인상을 쓴 채 남자를 노려보았다.

내일이라도 사양을 안 해? 결혼은 싫다고 질색하던 남자는 당장이라도 식장으로 돌진할 기세였다. 배우를 해도 될 정도의 연기력이었다.

"뭐 하세요, 지금?"

정색한 다현이 최대한 차가운 표정으로 물었다.

정말 남의 선보는 자리에서 뭔 훼방이냐고. 하지만 남자는 여전히 아랑곳하지 않는 눈치였다.

"그런 게 아니면 우리 할아버지 말대로 일단 결혼부터 할래요?"

"결혼은 아니라면서요. 그냥 사귀기만……."

또 한 번 아차 싶었다. 입술을 꾹 눌러 삼킨 다현은 남자를 향해 경고의 눈빛을 쏘아댔지만 그는 아랑곳하지 않는 눈치였다.

이 남자, 아주 약아빠졌구나.

그는 지금 두 사람의 대화가 맞선남에게 어떻게 들릴지 완벽하게 계산하고 다현을 도발하고 있었다. 그리고 그의 계산대로 지금껏 그녀에게 호의적이었던 아버지 친구의 제자라는 한의사의 얼굴은 딱딱하게 굳어 있었다.

"미안합니다. 이게 참, 남녀 간에 만나다 보면 사소한 일에 오해가 생겨서. 연애, 참 어렵네요."

연애? 헐. 남자의 입에서 튀어나온 생소한 단어에 다현은 어이가 없었다. 기가 막혀서 더 할 말이 사라졌다. 그저 그를 향해 혐한 욕설이 튀어나가지 않게 입술을 꾹 깨물고 있을 수밖에 없었다.

방송국 피디를 친구로 둔 한의사 선생님이 엄청 불쾌한 얼굴로 ㅈ리를 뜨자 다현은 아쉬움에 눈을 감았고, 재인은 아주 느긋한 얼굴로 그런 다현을 보았다.

재인은 아무렇지도 않게 몸을 일으켜 다현의 앞자리로 옮겨 누구보다 편안한 모습으로 다리를 포개고 다현을 바라보았다.

"자, 이제 방해꾼도 사라졌고, 우리 다시 시작해볼까요?"

느긋하게 턱까지 받친 그가 그녀를 바라보며 웃었다.

지금 누가 누구보고 방해꾼이라고 하는 건지. 게다가 저 해맑은 미소는 또 뭐란 말인가. 웃는 얼굴이 이렇게 사람을 화나게 할 수도 있구나.

누가 그랬다지. 웃으면 복이 온다고. 웃는 얼굴에 침 못 뱉는다고. 지금 저 남자의 웃음은 딱 재수 없음, 그 자체였다.

"미쳤어요? 도대체 왜 이러는데요."

오랜만에 제대로 열 받은 다현이 그를 노려보았다.

이 남자는 지금 본인이 무슨 짓을 했는지 알지도 못할 것이다. 어쩌면 우리 지수한테 든든한 힘이 될지도 모를 후원자 한 명을 적으로 만들었는데.

"안 미쳤어요. 얘기했잖아요. 다시 시작하고 싶다고."

"뭘 다시 해요? 우리가 언제 시작 같은 걸 했다고."

"그럼 지금이라도 시작하면 되겠네."

재인이 아무렇지도 않게 대꾸했다. 다현이 무어라 쏘아붙이려고 할 때, 핸드폰이 은은하게 울려댔다.
　'마음을 넘어서.'
　지수의 발라드 음악이었다.
　주변을 두리번거리던 다현은 가방에 있는 핸드폰을 찾아내고 화면 위에 떠 있는 상대를 보며 나직하게 절망의 한숨을 내쉬었다.

어마마마

　그 한의사 선생님은 손도 빠른 모양이다. 하긴 나 같아도 이런 불쾌한 상황을 만나게 되면 주선자에게 욕을 퍼부었을 것이다. 중간에서 아버지의 친구라는 그분은 얼마나 당황하셨을까. 다현은 질끈 눈을 감았고, 재인은 흐뭇한 미소로 그녀를 바라보고 있었다.
　"너, 사귀는 남자 있었어? 그럼 진작에 데리고 왔어야지."
　예상대로 핸드폰 너머로 흥분과 기대 가득한 엄마의 목소리가 짜랑짜랑 울려왔다.
　다현은 저도 모르게 깊은 한숨을 내쉬었다. 이 일을 어떻게 설명해야 할지, 그녀 역시 난감했다. 재벌이라는 남자와 나도 모르게 연애하고 있는 상황을 어떻게 엄마가 이해할 수 있게 설명한단 말인가. 나 스스로도 전혀 이해가 안 되는데.

"아니라니까. 몰라. 모르는 남자야."

"모르는 남자는 아니죠."

느긋하게 사태를 주시하던 재인이 상황을 단번에 눈치채고 다현의 대화에 끼어들었다.

눈치라고는 전혀 없는 남자 같았다. 아니, 어쩌면 눈치가 백 단이던지. 다현은 다시 한 번 재인을 흘겨보고 몸을 돌려 핸드폰 속의 엄마에게 집중했다. 어떻게든 이 황당한 상황이 더 크게 번지는 것을 막아야 했다.

"그럼 누군데? 뭐 하는 남자인데? 혹시 한의사니?"

"한의사는 무슨. 약간 정신 나간……."

엄마는 기대가 가득했고, 다현은 발끈했으며, 그 남자는 불만으로 눈썹이 확 올라갔다.

정신 나갔다는 이야기는 싫은 모양이었다. 하기는 뒤에서 욕을 하는 것도 그렇지만 앞에서 대놓고 흉을 보는 것도 그리 좋은 일은 아니다. 아무리 사실이라도 말이다.

그래, 내가 선생님이라 참는다.

"아주 말도 안 되는 남자란 말이야. 아니, 위험한 사람은 아니고……. 알았어. 알았어. 다음 주에 선볼게. 선보면 되잖아. 아니. 아니야. 진짜 아니야. 엄마. 응. 끊어."

한참을 엄마를 달래고 어른 끝에 다현은 겨우 전화를 끝낼 수 있었다.

분노가 머리끝까지 치솟는다는 게 이런 의미였구나. '참을

인(忍)' 자가 왜 필요한지 이제야 확실히 알겠다.

핸드폰을 테이블에 '탁' 하고 내려놓은 다현이 재인을 노려보았다.

"내가 용서할 수 있는 변명을 해봐요."

"변명할 생각 없는데."

겨우 자신을 자제한 다현의 질문에 남자가 어깨를 으쓱해 보였다. 잘생긴 남자의 이런 행동은 영화에서 볼 때는 엄청 멋있었는데 열 받은 상태에서는 더 열 받게 한다는 걸 다현은 이제야 깨달았다.

"나도 그렇게 생각해요. 지금 이 상황에서 무슨 변명이 필요하겠어요. 사과하세요. 그럼 생각해보고 받아줄 테니까."

"사과할 생각도 없거든."

정말이지 뻔뻔하다 못해 양심도 없는 인간이었다. 본인이 뭘 잘못했는지도 모르다니.

다현의 얼굴이 눈에 띄게 찌푸려졌다. 잘못도 모르고 사과도 할 줄 모르고. 아니, 도대체 학교 다닐 때 뭘 배웠길래 이 지경이란 말인가.

"굳이 다른 남자를 만날 이유가 있는 건가? 선까지 봐가면서?"

"내 말이요. 그쪽 때문에 또 보게 생겼잖아요. 금쪽같은 주말에."

이번 일로 인하여 다음번만큼은 찍소리도 못 하고 엄마의 뜻에 따라야 했다. 그리고 어쩌면 한 번이 아닐지도 모른다.

"나랑 사귀면 다 해결되잖아."

흥. 무슨 말도 안 되는 얘기를 하는 건지.

결혼이라는 엄청나고 신성한 일에 재벌, 유산, 거래, 교제 등등의 이야기가 얽이는 게 잘도 해결되겠다.

"그건 복잡하잖아요."

"안 복잡해지게 하면 되지. 보아하니 그쪽은 남자가 필요한 거 같고. 난 선생……님이 필요하거든."

선생……님. 의도적으로 끌어버린 단어라는 걸 눈치챘다.

하지만 그보다 더 기분 나쁜 건 환하게 미소 지으며 나직하게 속삭이는 선생님이 필요하다는 말.

그 말에 그녀는 갑자기 심장이 철렁하고 내려앉았다. 그리고 소름이 좌악 돋았다.

저 남자한테 왜 내가 필요하다는 거야? 난 싫단 말이다.

다현은 단호하고 확실하게 고개를 저었다.

"난 그쪽이 전혀 필요 없는데요."

"아마 앞으로는 필요하게 될 거야. 우리 할아버지가 원하는 건 당신이니까. 그리고 지금 내가 원하는 사람도 그쪽이거든."

그녀의 말은 완전히 무시한 채 남자는 자기 얘기만 하고 있었다. 무슨 벽도 아니고 그는 저 하고 싶은 일에서 조금도 물러설 생각이 없어 보였다.

이 집요함과 자신감의 근거는 도대체 어디서 나오는 걸까.

고집스러운 끈질김은 가끔은 칭찬이 될 수도 있겠지만 그녀가 보기에 이런 집착적인 모습은 정상이 아니었다. 그럼에도 불구하고 남자는 아무렇지도 않다는 눈치였다.

이 인간을 정말.

"좋아요. 한번 해보자구요."

나직하게 혀를 찬 그녀가 문득 씩 하고 웃어 보이자 이번에는 재인이 멈칫거렸다.

뭐지, 저 웃음은? 하여튼 오케이.

일단 그녀가 다시 게임장에 나왔다. 그리고 일단 승부가 시작되면 절대 지지 않는 게 이재인이었다.

―※―

두 사람은 새로운 장소, 새로운 테이블에서 눈을 마주하고 있었다. 이재인은 다른 남자가 앉아 있었던 테이블은 절대 사양이었고, 다현은 파트너가 바뀌어버린 상황이 곤혹스러웠다. 누가 뭐라 하지는 않았지만 호텔의 종업원도 불편한 느낌이었다. 그 애매한 시선에 결국 그들은 커피숍으로 자리를 옮겨 앉았다.

재인은 그가 갖고 있는 모든 인내심을 다 동원해서 그녀에게 그와 그의 할아버지, 그리고 그 빌어먹을 유언장에 대해 설명했다. 그녀가 이해할 수 있도록 최대한 쉽게, 최소한 간략하게.

그녀가 생각만큼 머리가 나쁜 여자가 아니라면 이 정도 얘기 했으면 충분히 알아들었을 것이다.

"당신 말은, 내가 제대로 들은 거라면, 그러니까 성현 그룹 회장님 유언장에 내 이름이 들어 있고 그게 바로 쓸 수 있는 현금이나 뭐 그런 게 아니라 단순히 회사 지분의 하나라구요?"

눈앞에 있는 여선생의 설명에 재인은 또다시 기가 막혔다.

단순히 회사 지분이라구? 그게 얼마짜린데!

이 여자는 아주 희한한 방법으로 그를 미치게 하고 있었다. 하지만 무엇보다 중요한 건 어쨌거나 이 여선생이 요점을 제대로 짚어내고 있다는 것이었다.

"대충 그래요."

"그리고 그건 당신이랑 결혼해야만 얻을 수 있구요."

"그런 거죠."

"결혼을 해도 배당금은 내 몫이지만 처분할 수도 없고 재산 행사는 오직 남편만이 할 수 있구요."

여선생은 재인 앞에서 작은 손가락을 까딱거리며 똘망똘망하게 하나하나 짚어나갔다.

"맞아요."

재인에게 주어진 것은 그녀와 결혼할 수 있는 권리뿐이었다.

"별로 재미있는 조건은 아닌데요."

그녀가 불만스럽다는 듯 얼굴을 찌푸려졌다. 정말 재미없는 눈치였다.

이런, 이 여자는 왜 잘나가다 모자란 소리를 하는 걸까. 재인이 가볍게 혀를 찼다.
 "우리 회사 주식이 지금 한 주에 얼마인 줄 알고나 하는 소리입니까? 당신이 재미없다는 배당금 1년치는 당신 학교 선생들 10년치 봉급을 합쳐도 안 될 겁니다."
 "선생님이요."
 배당금의 정확한 금액을 묻는 쪽이 훨씬 실속 있을 텐데, 그녀는 그저 호칭에 다시 주의를 주었다. 그러고는 잠깐 생각을 모으는 눈치더니 바로 말을 이었다.
 "그리고 당신은 재산엔 별 관심 없는데 주식에 대한 재산 행사만 필요하구요."
 "정확해요."
 "그럼 결국 나랑은 상관없는 일이네요."
 명쾌할 정도로 간단한 다현의 대답에 재인은 가볍게 미간을 모았다.
 이 여자는 지금까지 무슨 이야기를 들었나. 이 많은 재산이 오락가락하는데, 상관없다고? 정말 욕심이 없는 거야, 아님 그런 척하는 거야? 틀림없이 바보는 아닌데. 그렇다고 도를 닦아 재물에 마음을 비운 것 같지도 않고.
 "상관이 없다구? 지금까지, 내 말 제대로 들었어요?"
 "네. 저 머리 그렇게 안 나빠요. 그 정도는 이해해요."
 그녀를 바보 취급하는 게 분명한 남자에게 다현이 불쾌함을 감춘 채 웃어 보였다.

"그런데 상관이 없다?"

"난 지금도 경제적으로 자립해 있어요. 우리 집이 당장 넘어가게 생긴 것도 아니고, 매일 밥을 굶는 것도 아니고. 당신 가족의 그 복잡한 유산 없이도 난 아주 잘 살고 있는데 내가 뭐 하러 굳이 당신과 결혼을 하나요? 그거 없어도 내 인생은 아주 괜찮은데."

다현은 부드럽게 웃었다. 다현의 설명과 당당한 미소에 재인은 당혹스러운 한숨을 삼키며 커피 잔을 들었다.

잠깐이라도 생각할 시간이 필요했다.

6. 거래는 공평하게

— 진지한 교제의 시작

뜨거운 커피를 한 모금 넘기며 재인은 눈앞에 단정하게 앉아 있는 다현을 바라보았다.

이 여자는 그가 생각하는 것보다 훨씬 더 현실적이다. 그리고 모자람 없이 영리하다. 어쩌면 일이 더 어려워질 수도 있겠다.

"당신 이름이 거기 올라 있다는 것만으로도 충분히 선생이랑 관계있어요."

그녀가 말똥말똥한 눈동자를 굴렸다.

또 선생이란다. 이 남자는 보기보다 머리가 나쁜가 보다. 몇 번을 얘기해야 알아듣는 건지. 정말 잔디를 깔아준 걸까?

"둘 중에 하나요. 선생님이든지, 김다현 씨든지."

"김다현 씨."

재인은 한숨을 내쉬었다.

도대체 이 와중에 호칭이 뭐가 중요한 건지.

"우리 대장 유언장에 당신 이름이 올라간 순간부터 이미 문제는 발생했어."

"그게 무슨 뜻인가요?"

그의 낮고 나직한 음성에 어쩐지 불길한 예감이 들었다.

"당신은 결혼만으로 갑부가 될 수 있는 상속녀가 되었다는 소리지. 우리 할아버지는 당신과 결혼하는 사람에게 주식 대리권을 주었어. 무엇보다 당신이 갖게 되는 엄청난 주식의 발언력은 이사회를 장악하게 될 거야."

그녀의 눈동자가 다시 움직였다.

상속녀. 소설에서 본 단어가 여기서 튀어나오는구나. 이러니 다른 나라 얘기 같지.

"그럼 당신은요?"

"아까 말했을 텐데. 할아버지가 나한테 주신 건 당신과 결혼할 수 있는 우선권뿐이라고."

재인이 다현의 얼굴 쪽으로 조금 고개를 디밀었다. 그러고는 약간은 빈정거리며 말을 이었다.

"물론 결혼으로 선생이 손에 쥘 수 있는 현금도 어마어마하지. 아까도 말했지만, 그때도 당신이 지금처럼 관심이 없을지 의심스럽군."

다현은 그가 말한 액수에 눈이 휘둥그레졌다.

교사 봉급 10년치는 너무 거리감 없는 얘기였지만 그가 말한 액수는 진짜로 어마어마했다.

"그보다 더 심각한 문제는 이사회를 장악할 수 있는 권한을 가진 당신을 주위에서 그냥 두진 않을 거라는 거야."

"그게 무슨 얘기예요?"

그녀의 얼굴이 살짝 구겨졌다. 상황이 어떻게 돌아갈지 그림이 그려진 모양이었다. 확실히 똑똑한 여자였다.

"꿀에 벌이 꼬이듯이 주식이 있는 당신에게 날파리들이 몰려들 거란 얘기지. 뭐 그중에 한 사람 꼬여내는 것도 괜찮겠지만."

"그중에 한 사람이 당신은 아니겠지요."

그의 빈정거림에 다현이 웃으며 지지 않고 대꾸했다.

그녀는 표정 하나 안 바꾸고 살짝 어깨를 올렸다. 정말 어림없다는 투였다. 왜 그 표정에 약이 오르는지 모르겠다.

"당신 할아버지는 정말로 정정하시네요."

그녀는 고개를 끄덕이며 말햇다. 마치 다 이해한다는 듯한 표정으로. 그러나 그녀의 알쏭달쏭한 말에 영문을 모르는 재인은 눈썹을 치켜 올렸다.

"그 고약한 성질을 커버해주려면 당신 할아버지 재산만으로는 어림도 없겠어요. 그러고 보면 할아버지께서 진짜 현명하시네요. 그 많은 재산에 당신을 끼워주실 생각을 다 하시고. 덤으로."

'덤'이라는 마지막 덧붙임에 재인이 낮게 기침을 했다.

눈앞의 여선생은 잊지 않고 그가 한 그대로를 되돌려주고 있었다.

한 번 비웃음에 아주 살랑거리는 비웃음.
또 한 번 빈정거림에 그보다 두 배는 더한 빈정거림.
도대체 이 여선생은 하나도 지는 법이 없다.
그는 이제 쓴웃음을 삼켰다.
"그래서 당신이 이렇게 날 붙들고 있는 이유가 뭔가요? 그 유산 때문에 나랑 결혼이라도 하자는 건가요?"
결혼이라구?
노려보는 재인을 무시하고 다현이 아무렇지도 않게 이야기했다
"농담 말아요. 난 그럴 생각 꿈에도 없으니까."
"그나마 다행이군요."
질색을 하고 대답하는 그의 표정을 보며 그녀가 진심으로 고개를 끄덕였다.
"다행? 그렇지는 않을 텐데."
"무슨 뜻이에요?"
"아무것도 해결이 나지 않았다는 소리지. 일단 당신도 귀찮은 일 당하고 싶지 않으면 우리 할아버지 살아 계실 때 이 황당한 유언장부터 막는 게 우선일 겁니다. 물론 당신이 아직도 그 유산에 관심이 없다면 말이지만."
다현은 갑자기 유산에 대한 욕심이 마구마구 생긴다고 얘기하려다 꾹 참았다. 중요한 순간에 이 사람을 약 올리면 어쩐지 위험할 것 같다는 생각이 들어서였다.

"어떻게요?"

"할아버지가 결혼에서 한 발 물러났어요. 당신과 결혼을 전제로 진지한 교제를 하게 되면 지금 유언장을 보류하시고 6개월 뒤에 다시 유언장을 작성하시는 것으로."

"진지한 교제요?"

재인의 설명에 그녀의 눈빛이 짙어졌다. 심각하게 생각하는 표정이었다.

징조가 좋았다. 이건 무조건 관심 없다고 고개를 흔들 일이 아니었다. 바보가 아니라면 말이다.

"할아버지 말에 의하면 속임수 없이, 결혼을 전제로 한 진지한 교제. 아마 다른 사람들 하는 것처럼 일주일에 한두 번 정도 만나면 충분할 거라고 보는데."

"그래서 내가 얻는 게 뭐지요?"

"여태 얘기했을 텐데. 당신이나 나나 이 소란에서 벗어날 수 있는 건 이 방법이 최선이야! 우리한테는 유리한 조건이구!"

그는 급기야 성질을 참지 못하고 소리를 질렀다.

여러 번 되풀이해서 말을 해도 이 여자는 쥐구멍 찾듯이 잘도 핵심을 피하고 있었고, 아무리 설명을 잘해도 아주 쉽게 초점을 흐리게 하고 있었다. 진작부터 정확하게 그의 말뜻을 알아들었음에도 불구하고 그들의 대화는 계속해서 같은 자리를 벗어나지 못하고 있었다.

"나한테 소리 지르지 말아요."

그의 약 오른 얼굴에 대고 그녀가 낮은 목소리로, 하지만 단호하게 맞받아쳤다.

"내가 보기에는 우리가 아니라 당신 쪽이 훨씬 유리한 거 같은데요. 그쪽은 날 만나는 대신에 재산이 그냥 굴러들어 오는 거잖아요. 당신 말대로 할아버지가 그저 당신 골탕 먹이려고 한 일이라면 6개월 진지한 교제 후에 화가 풀리실 거 아니에요? 그 대신에 난 남편이랑 재산을 포기하는 거구요."

또박또박 반박하는 그녀의 말이 계속되자 재인은 더 미간을 모아야 했지만 그가 인상을 쓰든지 말든지 상관없이 그녀는 조금도 기죽지 않았다.

사무실에서는 재인이 이런 인상으로 두어 번 윽박지르면 모두 질려서 입을 열 생각을 못 하는데, 여기 앉아 있는 학교 여선생에겐 아무런 영향도 미치지 못하나 보다.

"아닌가요?"

그녀가 다시 물었다. 물론 정확한 답이었다. 하지만 왠지 그의 입으로 인정하기 싫은 답이기도 했다.

"당신은 재산에 아무 관심도 없다고 한 걸로 아는데?"

"거래하자면서요. 그럼 내가 관심을 가져야 할 텐데요."

더없이 차분하고 누구보다 상냥하지만, 지독하게 날카로운 여자가 재인을 보고 빙긋 웃었다.

재인이 입을 잘못 열면 지금이라도 당장 일어날 준비가 되어 있는 듯한 얼굴이었다.

또 한 점 그가 잃었다. 확실히 상대하기 만만치 않은 여자였다. 그래서 그는 더욱 지고 싶은 생각이 들지 않았다.

"좋아. 행여라도 6개월 뒤에 새로 작성한 유언장에서 당신 몫이 없다면 3년치 배당금만큼은 현금으로 지급하지. 물론 그거야 우리 대장 죽은 뒤의 얘기지만."

머릿속에 솟구치는 화를 애써 내려앉히며 재인이 이를 앙다물었다.

그런 재인을 보고 다현도 맘속으로 혀를 찼다.

으이구, 말버릇하곤. 지난번부터 내내 달고 사는 '대장'이라는 분은 저 사람의 할아버지를 의미할 것이다. 할아버지라는 분이 오래오래 사셔야겠구만.

"고마워요. 뭐, 그쪽은 안 믿겠지만 난 내 주머니에 없는 재산에는 흥미 없어요. 하지만 그래도 거래는 공평해야지요."

그녀는 재인이 나직하게 내뱉는 욕설을 틀림없이 알아들었으면서도 여전히 겉으로는 생긋거리며 웃고 있었다.

재인은 그녀의 웃는 얼굴에 약이 더 바짝 오르는 듯했다.

이번에도 확실히 깨닫게 된 사실이지만 눈앞의 여선생은 절대로 보통내기는 아니었다. 이쯤에서 결판을 내야 한다. 더 이상 촌스러운 여선생한테 끌려다니는 짓은 못 하겠다.

"좋아, 원하는 게 뭐야? 솔직히 얘기하자고. 상관없네 관심없네 하면서 내숭 떨지 말고."

"설명."

"설명?"

"네. 난 그냥 가만히 있어도 한 재산 챙길 수 있는데 뭐 때문에 니가 당신 거래에 응해야 하는지 이성적으로 설명 듣길 원해요. 차근차근, 또박또박."

"선생에게도 손해 보는 장사가 아니라구. 얘기한 대로 어차피 주식 배당금만큼은 내가 주기로 한 거고, 주식이다 이사회다 그렇게 복잡한 거래보다는 내가 주는 현금 챙기는 게 훨씬 쉬울 거야. 그리고 이상한 남자랑 선 같은 것도 안 봐도 되고."

"그런가요? 난 그게 더 복잡할 거 같은데요? 내가 결혼만 해버리면 현금 주는 거야 당신이 생색낼 필요는 없는 거구. 내 주식에 꼬이는 사람들은 아마 나한테 엄청 잘할걸요? 돈도 많고, 주식도 내 거고, 거기다 남편까지 생기는데 내가 뭣 때문에 쉬운 길 놔두고 어려운 길로 돌아가요? 아, 그리고 아까 그 사람, 이상한 남자 아니었거든요. 전도유망한 추나요법 한의사 선생님이었어요. 당신이 전부 다 망쳤지만."

그녀가 생긋 웃자 다시 그의 머리에 열이 확 오르려 하고 있었다. 천하의 이재인이 이 맹랑한 여선생에게 말리고 있었다.

"당신 머리 좋구만."

"나쁘다는 소리는 안 듣지요."

그가 노려보자 그 여선생은 또 한 번 생긋 미소 지었다.

조금은 예상했었다. 맹랑한 여자일 거라고. 어쩐지 이 여자가 만만치 않으리라고, 힘든 일이 될지도 모르겠다고 몇 번쯤 생각했었다. 그리고 예상대로, 생각대로 이 여자는 만만치도 않았고, 생각보다 훨씬 영리했다.

"좋아. 선생이 원하는 게 뭐지? 미리 말해두겠는데, 난 당신과 결혼은 안 해."

"고마워요. 나도 그럴 생각은 없으니까. 우선 첫 번째로······."

"첫 번째? 원하는 게 한 가지가 아닌 거야? 처음부터 욕심이 너무 심한 거 아니야?"

"우선 첫 번째로 선생님, 아니면 김다현 씨. 벌써 여러 번 말하는 거예요. 이 정도는 쉽게 들어줄 수 있지요?"

그녀가 빙긋 웃었다. 맘속은 어떨지 모르겠지만 젊은 여선생의 표정은 머리 나쁜 아이를 대하듯 상냥했다.

"이런 젠장할."

"욕도 좀 삼가줬으면 좋겠는데요."

"알아들었어요. 김다현 씨. 김다현 선생님."

재인은 할 수 없이 고개를 끄덕였다. 여자의 거듭된 요구에 재인은 어쩔 수 없이 말을 고쳐야 했다.

호칭 정도야 얼마든지 맞춰줄 수 있다. 험한 소리도 참아낼 수 있다. 그래서 마지막으로 그가 이기면 되는 거니까.

"그래서 원하는 게 돈이야, 성현 그룹이야? 아니면, 뭐 다른 게 있는 거야? 말해. 알아야 협상이 가능하니까."

"말하면 다 돼요?"

다현의 도발에 재인의 표정이 순식간에 바뀌었다. 마치 그럴

6. 거래는 공평하게 – 진지한 교제의 시작 | 159

줄 알고 있었다는 듯.

ㅈ 재수 없는 표정이라니. 그는 순식간에 그녀를 꽃뱀 취급하고 있었다. 돈이 많으면 많았지 저 무례한 태도는 도대체 뭐란 말인가.

그래, 당신이 정 원한다면 꽃뱀이 되어주지. 다현은 그렇게 생각하고 재인을 향해 환하게 웃어 보였다.

남자의 얼굴이 다시 일그러졌다.

어런, 지금껏 전혀 몰랐었는데 아무래도 내 미소가 확실히 꽃뱀의 웃음이었던 모양이다.

재인은 자신을 향해 만족한 표정으로 웃고 있는 여자를 노려보았다. 지금까지 계속 튕기기에 정말 돈 따위에는 관심이 없는 줄 알았는데 그렇지도 않은 모양이었다.

"말해요. 어디까지 해줄 수 있는지. 그래야 흥정을 할 거 아니어요."

"돈으로 해줄 수 있는 범위 안에서는."

그녀의 거듭된 질문에 그가 이를 앙다물고 대답했다. 그는 다현의 조롱이 담긴 어조 따위는 전혀 귀에 담을 생각이 없어 보였다.

그를 만난 첫날 눈치챘었지만 이 남자는 정말이지 본인이 보고 싶은 것만 보고, 듣고 싶은 것만 듣는 사람이었다.

그녀가 어떤 말을 해도 그에게 그녀는 남자를 꼬셔내는 꽃뱀일 뿐이리라. 이왕 꽃뱀이 된 거, 확실하게 꽃뱀이 되어주마. 살아보니 내 얼굴로 이런 날도 있구나.

남자의 눈에서는 불꽃이 튀고 있었지만 다현은 아니었다. 돈으로 할 수 있는 건 다 해준다는 사람을 만나는 건 그리 흔한 일이 아니잖은가. 그녀는 갑자기 이 상황이 흥미진진해졌다.

"이재인 씨, 돈 많은가 봐요. 갑자기 욕심나는 게 많아지네요."

"솔직해지니까 훨씬 얘기하기가 좋네. 원하는 게 뭐야?"

재인의 물음에 여자의 눈빛이 반짝거렸다.

결국 탐욕인 건가? 뭔가 아쉽기는 하지만 지금껏 상대하던 여자보다는 재인에게도 이편이 훨씬 익숙하고 깔끔했다. 하지만 아직은 이 맹랑한 여선생에게 틈을 보여서는 안 된다.

"음…… 우리 학교 도서실에 디지털 시스템?"

"뭐?"

"교육청에서 예산 없다고 짤렸거든요. 좋은 책들도 같이 오면 더 좋구요. 비 오는 날 맘 놓고 뛰어놀게 실내 운동장도 필요하고 운동장에 펜스도 새로 칠했으면 좋겠고. 아, 다용도실에 큰 거울도 있었으면 좋겠는데. 제가 댄스 동아리 전담이거든요."

여자가 줄줄이 읊어대는 내용들은 재인이 생각하고 있던 것들과는 전혀 다른 것이었다. 이 여자, 감히 맹랑하게도 지금 그를 놀리고 있다. 재인은 다시 입술을 꾹 누르고 성질을 참아내야 했다.

"또 없나?"

양다문 입술 사이로 비집고 나온 질문에 그녀가 짧은 한숨과 함께 웃어 보였다.

"하늘의 별도 따줄래요? 과학실에 비치해놓게."

"별은 곤란해. 뭐, 우주 사업 정도야 앞으로 성현 그룹 미래 프로젝트에 포함될지는 모르겠지만. 그리고?"

남자는 무섭도록 진지했다. 분명 이성적인 사고를 가지고 있음에도 불구하고 지금은 농담도 진심도 구분할 생각이 전혀 없는 듯했다. 이 남자, 뭔가 질리려고 한다.

"저기요, 농담한 거거든요."

"난 아니야. 원하는 거, 그게 다야?"

그의 딱 떨어지는 답변과 간단한 질문에 다현은 잠시 말을 멈추고 눈앞의 남자를 바라보았다. 이 사람, 어쩌면 나름대로 절박한 사람이구나. 한 치의 농담도 받아들일 생각 없이 원하는 걸 손에 넣어야 만족하는 이 남자는 조금도 여유가 없는 사람임에 분명했다.

다현은 허리를 똑바로 펴고 시선을 마주했다. 이 사람의 절박한 진심에 그녀가 농담으로 상대하면 안 될 것이다. 그녀 역시 절박한 무언가가 있으니.

재인은 다현의 눈빛이 달라지자 고개를 갸웃거렸다.

뭐지, 이 여자? 방금 전과는 주변의 공기조차 달라지게 하는 진심이 보였다.

"다른 건 학교에서 알아서 할 거니까 다 필요 없고. 우리 지수, 소속사 좀 해결해줘요."

"뭐? 누구?"

"노래도 잘 부르고 애가 연기도 잘해요. 얼굴은 또 얼마나 잘생겼는지. 조금만 밀어주면 금방 스타가 될 거예요. 근데 소속사가 완전 거지 같아. 아니, 좀 횡포가 심해서요. 노예 계약에 걸려서 꼼짝도 못 하고 있어서요. 소송까지 갈지도 몰라요. 무슨 위약금을 애한테 3억을 달래요. 그게 말이 돼요? 그 변호사님은…… 그런 것도 할 수 있나요? 제가 지수 팬클럽 회장이거든요."

흥분한 여자가 지금껏 보아온 것보다 훨씬 더 길게, 여느 때보다 훨씬 더 많이 감정적으로 말을 쏟아내고 있었다. 문제는 그녀가 원하는 게 뭔지 정확히 접수가 안 된다는 거였다. 이해가 안 되는 다현의 요구에 재인은 다시 한 번 그녀의 말을 머릿속으로 정리했다.

아이돌. 위약금. 소속사. 팬클럽.

뭐지, 이 여자? 나이가 몇 살인데 아이돌 팬클럽 회장을 하고 다닌단 말인가.

"그러니까 정리하자면 김다현 선생님이 팬클럽 회장으로 있는 아이돌의 계약 문제를 해결해달라, 그건가?"

"네. 딱 그거예요. 머리 좋으시네요."

"나쁘다는 소리는 안 듣지."

방금 전 재인이 한 얘기를 그대로 되풀이하는 맹랑한 여선생에게 그 역시 그녀와 똑같이 답해주었다. 그가 칭찬이 아니었던 것처럼 그녀도 아마 칭찬이 아니었으리라. 그래도 서로가 상대에게 해줄 수 있고 원하는 게 있으면 협상은 진행된다.
 "정말, 원하는 게 그거야? 진심으로?"
 연속적인 그의 물음에 그녀가 열심히 고개를 끄덕였다.
 흔들리지 않는 눈빛이었다.
 벌써 몇 번째 이 여자를 만났지만 이렇게 간절해 보이는 그녀는 또 처음 본다. 이 생소함은 도대체 뭘까?
 "이번에는 나도 농담 아니에요. 언제 어떻게 될지 모르는 당신 할아버지 유언장보다 훨씬 중요한 얘기거든요. 창창한 애, 인생이 걸린 거니까."
 "그거야 선생……님 생각이고. 그리고? 그리고 또 없습니까?"
 아직 돈 이야기가 나오지 않았다. 이 여자, 도대체 무슨 생각인 거지? 재인은 마지막까지 긴장의 끈을 놓지 않았다.
 "없어요. 그렇게만 해준다면 난 이재인 씨가 원하는 어떤 조건에도 응할 용의가 있어요. 물론 당신 말대로 결혼은 빼구요."
 "정말 돈에 관심 없어, 당신?"
 이 의심 많은 남자의 반복되는 질문에 다현이 터져 나오려는 한숨을 참기 위해 볼을 빵빵하게 하고 눈을 굴렸다.
 도대체 무슨 이야기를 듣고 싶은 걸까, 이 남잔.

유산에 관심 있다고 하면 펄펄 뛸 거면서, 아니라고 하니까 또 이렇게 못 믿고 계속 물어댄다. 고집도 세고, 의심도 많고. 그러니 할아버지가 재산을 안 주려고 하지. 한 번도 보지 못했지만 할아버지란 분이 정말 현명하신 거다.

"아니요. 돈에 관심 많아요. 하지만 내 지갑 속의 현금만이 흥미 대상이에요. 생길지 말지 모르는 남의 돈에 신경 쓰기엔 난 할 일이 많답니다."

그녀의 딱 떨어지는 대답에도 여전히 재인은 의심스러운 표정을 감추지 않았다. 그는 이 여선생을 믿어야 할지, 아니면 무슨 다른 계략이 있는 건지 고민스러웠다. 하지만 그가 선택할 수 있는 길은 그리 많지가 않았다. 이 여선생과 담판을 짓든지, 아니면 할아버지의 농간에 놀아나든지.

재인의 입장에서는 닳고 닳은 할아버지에게 고개 숙이는 것보다는 이 맹랑하기만 한 여선생과의 한 판이 훨씬 승률이 높았다.

어쩌면 이 여자, 똑똑한 줄 알았는데 생각보다 순진한 모양이었다.

"오케이. 계약 성립. 나중에 마음 변하지 말아요."
"좋아요. 그럼 계약서를 작성할까요?"
"뭐라고?"
"당신 말을 어떻게 전부 믿어요? 우린 거래를 했고, 그러니까 확실하게 서면으로 계약을 해요. 당신도 그러고 싶잖아요. 날 안 믿잖아요."

'나도 전혀 당신을 믿지 않는다.'는 표정으로, 젊은 여선생은 눈도 깜짝하지 않고 이야기했다.

순진하긴 누가 순진해. 그는 방금 전의 판단을 바로 후회했다. 사실 그가 하고 싶은 말이었다. 그는 아직 그녀를 믿지 못한다. 아마 앞으로도 믿을 수 없을 것이다.

일이 잘못돼서 중간에라도 할아버지의 유언장이 공개되어 태하가 눈에 불을 켜고 여선생한테 접근한다면 그건 참지 못하리라. 이 여선생은 이미 그가 점찍었고, 그의 여자였다. 태하 같은 녀석에게 넘겨줄 순 없었다.

작은……어머니의 재산이 되어야 할 백화점을 가로챈 고모부도 용서할 수 없고, 사사건건 그와 부딪히는 고종사촌 관계인 태하도 맘에 안 들긴 마찬가지였다.

아마 유언장 내용을 알고 나면 고모부라는 사람은 펄펄 뛸 테고, 태하는 어떤 방법을 써서라도 다현에게 접근할 것이 분명했다.

태하 그 녀석이 물불 안 가리고 다현을 꼬여내리라는 건 안 봐도 훤했다. 그럼 할아버지의 재산은 고스란히 그 녀석 손에 들어갈 테고, 안 그래도 소외받고 있는 그의 작은……어머니는 상처받으리라.

젠장, 왜 돌아가신 작은……아버지의 재산까지도 당신이 넘보시는지. 할아버지가 이번엔 제대로 찔러오셨다. 젠장 맞을.

"사양 안 하지. 좋아. 서면으로 합시다, 우리."

"그럼요. 나중에 내 이름이 상속자 명단에 없더라도 오늘 거래만은 잊지 마세요."

"거래한 거야."

"그래요, 공정하게. 6개월간 진지하게 만나지요 뭐, 우리."

'우리'라고 말한 그녀가 씩 웃으며 손을 내밀었다.

우리. 이제, 그들은 같은 편인 '우리'가 된 것이다.

모처럼 만족스러운 재인이 그녀의 손을 잡았다. 작은 손이 재인의 커다란 손에 쏙 잡혀 들어온다. 그리고 열정적으로 흔들린다.

정말 같은 편, 우리가 된 느낌이었다.

재인은 한 시간 전에 김다현이라는 학교 선생님과 머리를 맞대고 작성한 계약서를 형준의 테이블에 던져놓았다. '교제 계약서'라는 희한한 제목의 서류를 넘기던 형준은 낯선 이름을 발견하고 고개를 갸웃거렸다.

"이게 뭐야? 지수? 얜 또 누구야?"

암튼 유별난 녀석. 여자를 만나도 이렇게 까탈스럽다. 교제 계약서라니. 이런 걸 쓰면서 무슨 여자랑 제대로 사랑을 하겠는가. 사랑, 그 설렘 같은 순간을 과연 이 녀석이 경험할 수 있을까. 형준은 씁쓸한 시선으로 재인을 향했다.

"그 여자. 아니, 그 선생님이 최종적으로 원하는 거."

"선생님?"

금방 수정한 말의 의미를 알아듣고 형준이 피식 웃자 재인은 머쓱한 표정을 지어 보였다.

이건 그저 약속이니까 지킨 거다. 세뇌가 아니라.

"이걸 어쩌라구?"

"너 갖다주래. 나는 끝까지 못 믿겠으니 변호사님한테 공증받아서 한 부 달랜다."

재인의 툴툴거림에 형준은 고개를 갸웃거렸다.

어? 뭔가 이상하다. 이 희한한 문서의 주인은 재인이 시작한 게 아니라 아무래도 그 여자 선생님인 모양이었다. 그렇다면 또 이야기가 달라진다.

서류를 보는 형준의 눈빛이 조금 바뀌었다. 생각보다 세부 조항들이 꼼꼼하게 채워져 있었다.

"뭐? 와우, 진짜 강적이었네."

"응. 이번엔 할아버지가 제대로 골랐어. 여우야. 완전 머리 좋은 여우."

분개한 재인의 어조에 형준은 다시 한 번 새어 나오는 웃음을 감추었다. 머리가 좋다고 다 여우는 아니다. 그녀는 그저 영리하고, 어쩐 일인지 재인이를 다루는 방법을 알고 있을 뿐이다. 그런 의미에서 이 선생님, 아주 맘에 든다.

❖❖❖

옥탑방의 현관문이 벌컥 열렸지만 다현은 느긋하게 뒤를 돌아보았다. 비밀번호를 알고 있는 사람은 그녀와 그녀의 친구인 현진뿐이었다. 전공의 과정 1년 차인 현진은 아주 여성적이고 가냘픈 외모와는 달리 털털하고 불같은 성격을 가지고 있다.

모르는 사람들은 현진의 외모에 속아서 그녀를 금방이라도 깨질 유리처럼 떠받들지만 그건 천만의 말씀이다. 자신의 장점과 단점을 완벽하게 알고 있는 현진은 예상치 못한 공격에도 충분히 방어하고 지루한 싸움에서도 지지 않고 이겨내는 끈질김이 있었다.

"힘들어."

입만 열면 반복되는 단어를 입에 담으며 발을 이용해 다현을 침대 밑으로 밀어내는 데 성공한 현진은 이제야 좀 살겠다는 듯 대자로 뻗어 누웠다.

"이 우악스러움을 너희 환자들도 알아야 하는데 말이지."

"왜 이래. 난 우리 병원, 꽃보다 예쁜 공주님이야."

현진이 소아과 꼬마 아이가 붙여준 별명을 자랑하며 눈을 감았다. 하얀 얼굴이 피곤으로 더 하얘져 있었다.

남들은 다크서클이 내려오면 더 칙칙해지기 마련인데 현진은 더 예뻐진다. 하얀 얼굴에 피곤이 가득한 모습은 당장이라도 쓰러질 것 같은 가냘픔과 더불어 왠지 여자인 다현조차 지켜주고 싶은 보호 본능이 물씬 들게 한다. 이거야말로 진짜 불공평한 일이었다.

"죽고 싶은데 죽을 시간이 없어."

"참아. 네가 선택한 거잖아."

"오빠 가운에 반한 죄야."

현진의 중얼거림에 다현이 픽 하고 웃음을 삼켰다. 사실 현진의 의대 선택은 부모님에게는 완벽한 패배였고 완전한 타격이었다. 서현 오빠에 이어 현진이까지 배신이라니.

'본인이 원하는 걸 해야지.' 하면서도 실망하던 부모님의 모습은 현진으로 하여금 입학 원서를 바꾸어야 할지를 고민하게 만들 정도였다.

"넌 불평할 자격 없어. 네 죄를 받고 있는 거야."

"나도 알아. 요새 급 후회하고 있는 중이야. 응급실은 어떻게 재미있는 일이 하나 없니."

"난 재미있는 일 있는데."

반짝거리는 다현의 어조에 현진이 겨우 침대에서 몸을 일으켰다. 그리고 잠시 후 다현이 던지는 문제의 계약서를 손에 들고 흥미진진한 얼굴로 읽어 내렸다.

"이게 뭐야?"

"나, 남자 만나. 그것도 재벌."

당당한 선언과 함께 다현에게서 그동안의 자초지종을 듣는 동안 현진의 얼굴이 굳어졌다 풀어졌다를 반복했고, 끝내는 웃음으로 마무리되었다.

"무슨 아파트 계약도 아니고 제목을 교제 계약서로 했다니?"

"쉽잖아 그게. 괜히 말 어려우면 내가 옴팡 뒤집어 쓸 것 같아 사람이라 쉬운 말로 골라 썼어."

"네 의도는 충분히 반영된 거 같다. 근데 세부 내용, 기가 막힌다."

첫 줄에 적힌 글을 보고 현진이 혀를 찼다.

"딱 6개월만 진지한 교제를 한다. 그 이후로는 아무 조건 없이 헤어진다."

"앞에 건 그 사람 할아버지 요구 사항, 뒤에 건 우리 합의 내용."

그도 그녀도 만나는 시간보다 헤어지는 조건에 훨씬 더 집착한 듯했다. 어차피 서로의 끝은 정해져 있는 사이였다. 그 끝을 최대한 깔끔하고 조용하게 정리하는 일이 더 중요하다는 사실을 두 사람은 확실히 알고 있었다. 다행히도 말이다.

"어차피 결혼은 절대 안 할 거라고 하니까 며칠을 만나건 그건 중요하지 않은데, 진지한 교제의 정의가 언제부터 일주일에 한 번 이상 공개적인 곳에서 만나는 걸로 변질됐는데?"

계약서를 채우고 있는 희한한 정의에 현진이 고개를 갸웃거렸다. 얼굴에 찌든 피곤이 뜻밖의 호기심으로 인해 싹 사라져 버렸다.

"보통 사귀는 사람들은 그 정도 만난대. 그리고 보는 사람이 있어야 할아버지 귀에 들어간대."

"웃기네. 둘 다 연애라고는 한 번도 안 해본 사람들이구만."

이 무슨 말도 안 되는 조항인지. 현진의 눈꼬리가 살짝 치켜 올라갔다. 어쩌면 둘 다 '연애 고자'일지도 모르겠다. 그렇다면 둘이 어울릴 수도 있는 일이었다.

순진한 다현에게는 닳고 닳은 선수보다는 다현의 연애 페이스를 맞춰줄 만한 남자가 필요했다.

"진짜 연애는 안 보이는 데서 진지해지는 거야."

"진짜 연애까지 갈 생각 없거든. 그냥 진지한 교제에서 참아줬으면 좋겠어."

현진이 그 남자를 몰라서 저런 소리를 하는 거다. 연애라니. 다른 건 몰라도 확실히 그 남자와 연애는 아니다. 그저 진지한 교제일 뿐이다.

그런데 정말 그와 진지한 교제가 가능한 걸까? 거짓은 없지만 그렇다고 진실이 가득하지도 않다. 그렇다면 착실하기라도 해야 하는 걸까. 다현의 얼굴에 잠시 갈등이 스쳐 지나가자 현진이 혀를 찼다.

"허 참, 뭐가 틀린지 모르겠네. 멀쩡한 남녀가 진지한 교제를 하는데 연애가 빠진다구요?"

"연애는 아니라니까."

다현이 대놓고 비웃는 현진에게서 계약서를 휙 뺏어 들었다.

"교제 뜻 몰라? 서로 사귀어 가까이 지냄. 또는 어떤 목적을 달성하기 위한 수단으로 남과 가까이 사귐. 우린 후자야."

"그러다 정들면?"

"정들면 뭐? 남녀 사이에 정들면 다 연애해?"

"응. 남자랑 여자는 다르거든. 서로 정이 들면 여자끼리는 친구가 되지만 남자하고는 애인이 되는 거거든."

"그럴 일 없어. 이 사람이랑은 정들기 전에 원수가 될 거야."

다현은 자신만만했고, 또 단호했다. 성격 좋은 다현이 저만큼 질색을 하는 남자는 도대체 어떤 사람일까.

"위험한 사람은 아니지?"

"위험하기보다 좀 까탈…… 아니다. 지랄스러워."

다현이 얼른 그를 설명하는 단어를 바꿔 말하자 현진이 웃음을 터뜨렸다.

다현이 입에서 '지랄'이라니. 직업이 그래서인지 다현은 험한 소리나 욕을 할 줄 모른다. 최대한 곱씹어서 내뱉는 단어가 그나마 '지랄스럽다'였다. 그런데 딱 그 남자가 그렇다니.

"일주일에 한 번씩 6개월을 만나면 최소한 24번은 만나야 하잖아."

"그러게. 바쁘게 생겼어."

정말 바쁘게 생겼다. 그런데 문제는 계약 후 그 남자와는 아직 첫 만남도 가지지 못했는데 그 사정을 알 리 없는 엄마는 계속해서 진주 저 멀리에서도 참한 남자를 들이밀고 있다.

이것 참. 올해는 아주 남자 복이 터진 해인가 보다.

"너, 어머니한테는 얘기했어?"

"아니. 너도 입 다물어."

다현이 현진에게 엄중한 목소리로 경고하자 그녀의 충실한 친구가 고개를 끄덕였다. 그리고 바로 다현의 핸드폰이 울리자 둘은 잔뜩 긴장한 채 다현의 핸드폰을 노려보았다.

> 어마마마

설마 벌써 들킨 건가? 세상의 엄마들에게는 안 보이는 레이더가 있나 보다.

"너, 설마……."

"난 이 계약서 지금 봤어."

의심의 눈초리로 노려보는 다현의 시선에 현진이 얼른 고개를 흔들었다. 하긴 아무리 유현진이라도 이런 희한한 걸 다른 어디에서 봤겠는가. 그럼 아직은 들킨 게 아닌 게 분명했다. 다현은 겨우 마음을 진정시키고 핸드폰 화면 창을 밀어냈다.

"어, 엄마…… 또 남자?"

역시나였다. 다현은 애써 미소를 지어 보였고, 현진은 겨우 웃음을 꾹꾹 눌러 삼키고 있었다.

엄마가 찾아낸 남자는 토요일에 시간이 난단다.

좌절하는 다현을 바라보며 현진이 끝내는 웃음을 참지 못하고 이불을 뒤집어쓰고 웃음을 터뜨렸다. 역시나, 다현의 집에 오기를 잘했다. 그동안 쌓였던 피곤과 스트레스가 한 번에 싹 날아간다.

"나 좀 바쁜데……"

다현이 작은 캘린더를 바라보며 약간의 반항을 시도했다. 현진은 재미있어 했지만, 다현의 표정은 심각했다. 현진의 피곤이 다현에게로 옮아온 거 같았다.

토요일은 그 남자와 약속이 되어 있다. 그 남자는 내가 다른 남자를 만난다고 하면 뭐라고 할까?

이재인.

문득 의심스러운 눈초리로 자신을 바라보던 그가 생각났다.

그는 그녀가 본 남자 중에서 제일 잘생긴 남자였다. 지나치게 경직되어 있기는 하지만 단정하고 정갈한 얼굴이었다.

환하게 웃으면 훨씬 사람 같아 보일 텐데. 웃는 모습을 본 적이 없는 것 같다. 슬쩍 입가를 스치는 미소는 본 듯하지만.

어떤 사람이길래, 무슨 사연이 있길래 할아버지라는 사람이 그 많은 재산과 손자를 매물로 함께 내놓았을까?

궁금했다. 호기심이 발동한다.

엄마의 생각에는 어쩌면 곧 사위가 될지도 모를, 한 번도 본 적이 없는 남자에 대한 엄마의 설명이 길어질수록 이상하게 다현의 머릿속은 이재인이라는 남자가 자리 잡았다.

"너 언제 시간 나는데? 그 사람이 다음 달에는 영국에 간댄다."

머뭇거리는 그녀로 인해 엄마의 재촉이 분명해지자 다현이 살짝 미간을 모았다.

그 남자와 만나는 6개월 동안은 다른 남자와 선보는 일은 피하고 싶었지만 엄마에게 남자 얘길 했다가는 당장에 웨딩드레스를 사러 가야 할 테고, 아마 재인은 그날로 집에 인사를 올려야 될 거다. 그럼 그가 그렇게 펄펄 뛰는 결혼을 해야 할지도 모른다.

혹시라도 그렇게 되면 아주 볼 만하겠군. 날 잡아먹으려고 들 거야. 안 봐도 상상이 되는 남자의 무시무시한 얼굴 표정을 떠올리며 다현은 고개를 흔들었다.

"그 남자가 그렇게 바쁘면 나중에 봐도 되는데……."

"그렇게 바쁜데 널 꼭 보고 싶다고 하잖니. 어쩌면 인연일지도 몰라."

그런 식으로 따지면 그동안 인연 아닌 인연들이 수백 번 스쳐갔다. 다현의 입에서 깊은 한숨이 새어 나왔다.

도대체 결혼 안 한 남자들이 왜 이렇게 많은 건지.

엄마가 권하는 사람을 대충만 걸러도 일주일에 한 번 꼴로 선을 봐야 한다. 이 핑계 저 핑계로 피해 가기는 하지만 너무 완강한 거절은 엄마의 독촉을 더 심하게 할 가능성이 있으므로 요령껏 행동하는 게 중요하다. 이번 남자는 아무래도 빠져나가지 못할 것 같았다. 그렇다면 쉽게 하자구. 이재인과 맞선

남을 한꺼번에 보면 되는 거다.

"알았어요. 대신 저녁보다 낮에 만나는 게 더 좋을 거 같은데. 그치, 엄마?"

마음의 결정을 내린 다현이 진지하게 웃으며 엄마의 동의를 구했다. 당연히 엄마는 오케이 할 것이다. 낮이건 밤이건 만나는 게 중요했다.

"그래. 네가 서울에 올라갔다가 저녁에 그 사람이 인천까지 바래다주면 딱 좋겠다."

다현의 반응에 기분이 좋아진 엄마가 얼른 동의하자 다현은 피식 웃음을 삼켰다. 그런 다현을 바라보며 현진도 웃음을 꾹 눌러 참았다.

진주에 계신 어머니가 다현에게 또 말리고 있었다. 순진하기 이를 데 없는 토끼 같은 다현이 가끔 여우가 될 때가 있다. 지금처럼 말이다.

"흠, 그럼 너희 진짜 연애 아니구나."

"아니라니까."

전화를 끊고 다이어리에 메모를 하는 다현을 바라보며 현진이 다시 테이블 위에 덩그렇게 올려진 계약서에 시선을 던졌다.

"하기는. 재벌 따위 피곤할 거야."

"당연하지. 난 진짜 연애를 하고 싶어. 선이나 계약이나 이런 거 말고."

내 나이 이제 스물여섯이다. 급할 건 하나도 없다. 드라마 속에서 오그라드는 연애를 보게 되면 가끔 가슴 두근거리는 사랑을 꿈꾸기도 하지만 인연이 억지로 생길 거라는 생각은 하지 않는다.

언젠가 나한테도 운명의 상대가 나타날 것이고, 그와 달콤한 연애도 하고 가끔은 투닥이면서 남들과 같은 결혼도 하게 될 것이다. 지금은 말고, 언젠가는 말이다.

"그 남자, 어떤 남자야?"

"대마왕 같은 남자."

거의 잠에 빠져 있는 현진이 나직하게 물어왔을 때 다현이 나직히 대답했다.

그는 딱 대마왕이었다.

King of the devil. 악마 중의 악마답게 제멋대로인 남자.

세상을 멸망시킬 나쁜 놈인데도 불구하고, 마지막에는 동정표를 얻는 남자. 그래서 조심하고 또 조심해야 할 사람이었다.

스르륵 잠에 빠지면서 다현은 그렇게 다짐했다.

7. 그들의 첫날
— 달라도 이렇게 다를까

이규철 회장의 최측근이었던 강동석 전 비서, 그러니까 지금은 강 부장이 된 동석은 애써 호기심과 궁금증을 참고 있는 이 회장을 바라보며 슬쩍 웃음을 삼켰다. 지나치게 깐깐하고 자로 잰 것보다 훨씬 더 엄격할 때도 많지만 가끔씩 이렇게 애들같이 엉뚱한 구석이 있다.

옆에 자리를 하고 있는 그의 사수, 장 비서실장의 얼굴에도 희미하게 미소가 지나갔다.

"보고 안 해?"

"뭐 말씀입니까?"

짐짓 강 부장이 모른 척 회장을 바라보자 이 회장의 짙은 눈썹이 쓰윽 올라갔다.

"재인이 말이야. 어떻게 됐어?"

"제가 지금 이재인 본부장을 모시고 있는 부하 직원인 건 아십니까?"

7. 그들의 첫날 — 달라도 이렇게 다를까 | 181

당연히 알고 있으시겠지. 지랄스러운 이 회장 밑에서 해방되나 했더니 더 지랄스러운 이재인 밑으로 발령 낸 사람이 이 회장 본인 아닌가.

"지난 얘기는 뭘 하고 그래. 힘들다고 해서 좀 쉬라고 보내준 거잖아."

쉬라니, 무슨 말도 안 되는.

10년을 개고생한 강 부장이 회장의 외관상 은퇴와 함께 원한 건 해외 파견 자리 정도나 그도 아니면 지방의 조용한 지사 정도였다.

이재인의 프락치 자리는 결코 아니었다.

강 부장이 원망 가득한 눈빛으로 자신을 바라보자 이 회장도 이번만큼은 시선을 돌렸다.

"실장님도 그렇게 생각하십니까?"

"나는 아무 말도 안 했어."

이규철 회장의 은퇴에도 불구하고 그룹의 비서실을 굳건히 지키고 있는 장 비서실장이 얼른 고개를 흔들었다. 그래도 그를 훈련시킨 대선배이자 직속 사수였던 비서실장은 최소한의 양심은 있는 분이었다.

"그래, 어찌 됐나?"

"본부장님 기분이 썩 좋아 보이지 않는 게, 아마도 두 분이 만나기로 결정은 하신 것 같습니다. 앞으로의 일은 시간을 두고 지켜보면 알겠지요."

"뻔하지. 시간을 두고 볼 일까지 뭐 있어."
"그럼 회장님은 벌써 본부장님이 결혼이라도 하실 거라고 믿으십니까?"
말도 안 된다는 듯한 표정으로 강 부장의 눈썹이 올라갔다. 우리 본부장이 결혼을?
그것도 회장이 억지로 밀어 넣은 여자랑? 어림없다.
"결혼은 무슨. 두 녀석 다 서로를 어떻게 이용할까 그것만 생각할 거야. 둘 다 바보가 아니니까."
"본부장님이야 그러시겠지만, 그 아가씨가 우리 본부장님을 이용한다구요?"
무슨 말도 안 되는 추측이란 말인가. 강 부장이 알고 있는 재인은 협상의 대가였다.
재계에서도 내로라하는 그가 설마…… 그 여릿한 아가씨에게 이용을 당한다고?
그건 있을 수도 없는 일이었고 그로서는 상상도 안 되는 일이었다.
"다현인 보통이 넘는 아이야. 틀림없이 재인이 그 녀석이 휘둘리고 있을걸."
"뭘 믿고 그러시는 겁니까?"
강 부장의 얼굴에 아직도 의심이 차 있자 이 회장은 빙긋 미소를 지었다.
"내 말이 맞아. 하지만 누가 누구한테 휘둘리건 제 짝은 알아들 보겠지. 그리고 재인이 녀석이 제 짝이라고 생각한다면 다현이가 뭐라 그러든 절대 놓치지 않을 거야. 바보가 아니니까 뭍이지."

이 회장은 아주 만족한 표정이었다. 결론까지 다 낸 그의 표정에 웃음이 스쳐 지나갔다. 그리고 그를 바라보는 장 비서실장의 눈에도 웃음이 담겨 있었다.

저 두 분, 정말 이재인 본부장을 아는 사람들인지 모르겠다.

⇝⇜

유글리 화창한 토요일, 호텔은 바빠지고 있었다.

한국은 벌써 주말이지만 미국은 아직 다들 업무에 매진 중인 금요일 저녁이었다. 그리고 호텔리어에게 주말은 더더욱 바쁜 날 중 하나였다. 이 정신없는 와중에 똘망똘망한 여선생이 기다리고 있다.

재인은 흘끗 손목시계를 바라본 후 자신의 앞에 서 있는 젊은 차장에게 조용히 지시를 내렸다.

"회의 내용 요약해서 대표님께 보고하세요. 요우커 유치 계획 수립하는 건 우리가 합니다."

서늘한 목소리로 지시를 끝낸 재인은 인상을 있는 대로 박박 긋고는 서둘러 사무실을 나왔다. 계획적이든 전략적이든 어쨌거나 이건 첫 데이트다.

그는 최선을 다하겠다고 할아버지와 약속했고 그녀와는 공정한 거래를 했다.

그나마 고마운 건 그녀가 인천까지 데리러 오라고 하거나 그곳으로 내려오라고 하지 않고 순순히 그가 있는 호텔로 오겠다고 한 일이었다.

하지만 그녀와의 약속을 위해 그가 라운지로 내려갔을 때 그녀는 없었고, 한 2분 정도 지나서야 허둥지둥 로비 저쪽에서 그녀가 나타났다.

허둥지둥 나타난 그녀는 잠시 걸음을 멈췄다. 숨이라도 고르는 걸까 싶었는데 몸을 돌려 로비 구석구석에 거울처럼 반짝이는 창문에 자신의 모습을 바라보더니 인상을 썼다. 그러더니 또 시계를 흘긋 바라보고 또 급히 움직였다. 참 짧은 시간에 다이내믹하게도 움직인다.

재인은 좀 난감했다. 저 김다현이라는 여선생과 뭘 해야 할지 감이 서지 않았다.

남자와 여자가 만나서 할 수 있는 일에 능숙한 그였지만 저 똘망똘망한 애들처럼 생긴 여선생은 아무리 봐도 여자로 보이질 않는다.

정말이지 어디로 튈지 모르는 생판 남인 그녀와 어디서부터 시작해야 할지 당황스러웠다. 젠장. 아무튼 오늘 저녁 음악회에는 틀림없이 참석해야 하니까 오늘 하루는 거길 가면 해결되겠지.

"미안합니다. 제가 좀 늦었지요."

"3분 늦었군요. 뭐, 괜찮아요. 고작 몇 분이고 나도 온 지 얼마 안 됐으니까."

그녀가 정말 미안한 표정으로 웃어 보였고, 그는 최대한 관대한 표정으로 그녀가 자리에 앉는 걸 지켜보았다.

"제가 방향치라서요. 길눈이 좀 어두워서요."

그녀는 쾌적한 커피숍 안에서도 덥다는 듯 손부채질을 했다. 똘똘하게 생긴 눈망울로 바라보며 하는 변명이 독특하다.

"음, 고맙습니다."

그녀는 자리에 앉자마자 그에게 정중하게 고개를 숙여 인사했다.

고맙다니, 뭐가?

그가 뭐라 말하기 전에 그녀가 말을 이었다.

"돈이 정말 많으신가 봐요. 그걸 하루아침에 다 해주시고."

지난주 내내 그녀의 학교는 어수선하고 부산했다.

성현 그룹에서 보낸 뜻하지 않은 기부 물품으로 교장 선생님과 학교 운영 위원회는 그 이유도 모른 채 당황스럽고 정신없는 일주일을 보내야 했고, 다현은 내심 그의 신속함에 혀를 내둘러야 했다.

"약속을 지킨 거죠. 그러니까 지금부터는 김다현 선생님이 지킬 차례예요."

"그러게요. 이렇게 약속을 잘 지키는 분인 줄 알았으면 몇 개 더 부탁……."

남자의 눈썹이 올라가자 다현이 그를 향해 배시시 웃어 보였다. 그녀의 한쪽 볼에 희미하게 보조개가 파였다.

어? 이 여자한테 보조개가 있었던가? 하긴 서로 맨날 화만 내는 통에 제대로 웃는 얼굴은 처음 본 것 같았다. 재인은 뜻밖에 발견한 여자의 보조개에 고개를 갸웃거렸다. 그녀의 작은 보조개가 왠지 마음에 들었다.

"6개월, 금방 가겠죠?"

"뭐, 그랬으면 좋겠는데 그럴 거 같지는 않군요."

"어머, 나도 그렇게 생각했는데. 우리가 결혼 말고 의견이 맞는 것도 있군요. 그나마 다행이네요."

그녀가 그를 바라보며 생긋 웃었다. 그새 보조개가 사라진다. 아무튼 이 여선생은 뭐 하나 지는 게 없다. 재인은 자신을 향해 웃고 있는 여자를 슬쩍 노려봤지만 언제나처럼 그녀는 끄덕도 하지 않았다.

"이제 오늘부터 시작인데, 뭘 할까요?"

"뭐 하고 싶은 거 있어요?"

"글쎄요. 뭘 할까요?"

그녀가 앞에 놓인 오렌지 주스를 마시다 눈빛을 빛내며 고개를 들었다.

"우선은 난 오늘 저녁 때 음악회에 참석해야 하거든. 거기 갔으면 좋겠는데."

"음악회요?"

그녀가 살짝 얼굴을 찌푸렸지만 재인은 미처 보지 못했다. 음악회라니. 이 사람은 정말로 내가 뭘 좋아하는지 모르는군. 다현은 속으로 한숨을 내쉬었다.

음악회라……. 아마도 이 남자가 가자고 하는 음악회 장소는 가요 프로그램 공개 방송이라든지, 아이돌 콘서트는 절대 아닐 것이다.

짐작컨대, 분명 클래식이나 그와 유사한 음악 장르일 게 분명했다.

다현이 세상에서 제일 힘들어하는 것 중 하나가 클래식을 들어야 하는 일이었다.

"우리 호텔이 후원하는 문화 행사인데, 내가 거기 참석해야 하거든."

거기 가면 할아버지 측근들을 볼 수 있을 테고 재인이 어떤 여자랑 둘이 왔다고 하면 곧바로 그 정보가 할아버지의 귀에 들어갈 것이다. 그러면 할아버지는 재인이 약속을 충실히 이행하고 있다고 안심하리라.

재인은 그걸 노리고 있었다.

일석이조. 한꺼번에 할아버지와 이 여자를 해결할 수 있다.

"그보다 난 배가 고파요. 우리 밥 먹으러 가요."

난데없는 밥 얘기에 재인은 잘못 들었나 싶어 그녀를 응시했지만 그녀는 아무렇지도 않은 표정이었다.

정말 밥을 먹고 싶은 건가? 무슨 여자가 오자마자 배고프다고 하나, 원.

"아직 5시밖에 안 됐는데……."

"그래도 난 배고파 죽겠어요."

그가 흘끔 시계를 쳐다보았다. 저녁 시간으로는 아무래도 일렀다.

하지만 여자의 표정은 지금 당장이라도 밥을 먹어야 할 것 같은 기세였다.

"그럼 간단히 요기하고 음악회 끝나고 저녁 먹읍시다."

"음악회는 조금 이따 걱정하자구요. 난 배고프면 아무것도 못하는 타입이에요. 밥 먹고 나서 생각해요."

재인의 타협에 여자가 고개를 끄덕이고 몸을 일으켰다. 여자의 행동을 보건대 정말 배가 고픈 모양이었다. 어쨌거나 저녁은 먹어야 할 것 같았다.

"좋아, 뭘 먹을까?"

"삼겹살?"

그녀는 진지하게 생각하더니 불쑥 내뱉었다. 그 음식 이름에 재인은 기가 막혔지만 차마 얼굴을 찌푸리지는 못했다.

삼겹살? 이 여자는 진짜 이재인에게 관심이 없는 여자로군. 첫 데이트라고 할 수 있는 오늘 먹고 싶은 게 삼겹살이라고? 진짜 그게 먹고 싶어도 참아야지. 처음 시작한 오늘, 내 앞에서 입을 쫙 벌리고 삼겹살을 먹겠다고?

하지만 그는 속으로만 구시렁대고 일단은 다현이 원하는 곳으로 향했다.

어쨌거나 오늘은 두 사람의 첫날이었다.

※※※

재인이 다현을 안내한 곳은 깨끗하고 정갈한 실내 분위기와 고급스러운 내부로 꾸며져 있어 마치 고급 한정식집 같아 보였다. 경험상 이런 데는 가격만 비싸지 별로 맛이 없다.

그녀는 멋지게 세팅된 삼겹살 접시와 주위를 둘러보고 슬쩍 머리를 흔들었다.

어거나, 세상에. 고기를 구워왔어. 게다가 젓가락에 가위가 아니라, 포크에 나이프야.

"이번에는 또 뭐가 불만인데요."

남자가 나이프를 들기도 전에 물어왔다.

하여튼 눈치는. 내심 중얼거린 그녀의 불만을 어느새 읽었나 보다.

"꼭 한정식 집 같아서요. 고기 굽는 냄새도 안 나잖아요. 삼겹살은 막 구워 먹어야 맛있는데."

"옷에 냄새 배면 안 돼요."

단호한 남자의 대답에 이번만큼은 다현도 순순히 고개를 끄덕여 그의 선택을 인정했다.

그녀는 아니었지만 삼겹살 냄새가 옷에 배면 안 되는 사람들도 분명히 있을 것이다. 그래서 이 사람이랑 남들처럼 편하게 삼겹살을 먹는 관계가 되는 건 더 상상이 어렵다. 딱 이게 이 사람과 그녀와의 관계였다. 형식적인. 다른 냄새 안 풍기는.
  어쨌거나 그냥 만나기만 하면 되는 거다. 어디서 굽건 삼겹살을 먹으면 되는 것처럼.
  다현은 눈을 반짝거리며 식탁 쪽으로 다가앉았다.
  하루 종일 물과 커피 말고는 들이켠 게 없어서 텅텅 비어 있는 그녀의 위장이 얼른 음식을 들여보내라고 대뇌에 자꾸 신호를 보냈다.
  재인은 겉으로는 호리호리해 보이는 다현의 먹는 모습에 놀랐다.
  그녀는 말 그대로 음식을 초토화시키고 있었다. 처음부터 특별히 그를 의식하지 않는 것은 진작에 알고 있었지만 이거야말로 의외였다.
  내숭이라든가, 얌전이라든가 하는 말은 그녀의 사전에는 없는 모양이었다.
  이제껏 그가 만나 온 여자 중에 삼겹살을 같이 먹어본 여자는 없었던 것 같다. 개인적으로 만난 여자와 이런 곳도 처음이었고, 그의 앞에서 저렇게 씩씩하게 밥을 먹는 여자도 처음인 것 같았다.
  "원래 이렇게 잘 먹어요?"

믿도 않고 열심히 먹던 다현이 서둘러 음식을 눌러 삼키는 모습은 생각만큼 보기 흉하지 않았다. 오히려 그 모습은 그녀를 아주 배고픈 어린아이처럼 보이게 했다.

"먹는 걸 좋아해요. 하지만 오늘은 좀 심한 거예요. 평소엔 이 정도는 아니에요."

변명하듯 대답한 그녀가 약간 쑥스럽다는 듯 씩 웃어 보였다.

"아침 점심을 다 굶었거든요."

"아니 뭐 하느라 여태 밥도 못 먹고 다닙니까? 주말인데."

"아침에 늦게 일어났어요. 점심은 바빠서요."

간단한 설명을 끝낸 후 그녀가 열심히 고기를 쌈 위에 올려놓았다.

"아침은 이해할 수 있지만 주말인데 학교도 안 나가면서 뭐가 그리 바쁩니까?"

"2시에 만난 사람을 5시에 보내려고 해봐요. 바쁘지."

먹느라 고개도 들지 않는 다현을 바라보는 재인의 표정이 일그러졌다.

"그럼 이전에 약속 있었습니까?"

"네. 인천 사람한텐 서울 올라오는 게 일이거든요. 올라올 때 한꺼번에 처리해야 좀 편해요."

처리한다고? 여자는 아주 간단하게 그들의 만남을 설명했지만, 재인은 기가 막혔다.

그녀는 오늘 그와 만나는 것도 다른 일과 한꺼번에 처리해야 할 일로밖에 보이지 않는 건가. 천하의 이재인이 이렇게 취급받기는 정말이지 처음이었다.

"그럼 그 만난 분도 5시에 약속 있는 거 알아요?"

"당연하지요. 안 그러면 무슨 수로 보냈겠어요. 그냥 아무 말 없이 보내면 실례지요."

"순순히 좋아하던가요?"

비즈니스라면 하루에 두 사람을 만나는 걸 실례라고는 할 수 없다. 하지만 주말 오후에 학교 선생님이 사업적 거래를 할 리는 없을 것이다.

그런데 이 여자가 사정 설명까지 해야 하는 상대는 도대체 누구일까? 재인은 갑자기 궁금해졌다. 그녀가 만난 사람이 누구인지.

"좋고 말고가 어딨어요. 그 사람한텐 결정권이 없는데. 그런데 뭐가 궁금하세요?"

"아니, 그 사람도 우리 일을 알까 싶어서."

"그쪽 여자 친구도 나에 대해서 아나요?"

그제서야 고개를 든 그녀가 그를 똑바로 보고 물었다.

역시 남자군 그래. 그럼 저 말쑥한 옷차림은 나를 위한 게 아니었군.

연한 핑크빛 블라우스에 흰색 레이스 스커트를 차려입은 그녀는 상큼해 보였다. 그리고 질끈 묶여 있던 머리는 아주 얌전하게 어깨 위로 세팅되어 있었다. 학교에서 보았던 얌전하고 정숙한 여선생과는 완전히 다른 이미지였고, 별반 인정하고 싶지는 않지만 그녀에게 잘 어울렸다.

"지금 다른 남자를 만나고 왔다고 얘기하는 겁니까?"

재인은 은근히 약이 바짝 오르고 있었지만 애써 성질을 죽이고 물었다. 재인의 질문에 그녀는 먹는 걸 중단하고 그를 바라보았다.

드디어 무언가 이상하다는 낌새를 차린 듯했다.

"그렇게 얘기하니까 내가 무슨 불륜이라도 저지른 것 같잖아요. 그런 거 아닌데. 어감은 좀 이상하지만, 굳이 따지면 대충은 그래요."

"그러니까 정말 양다리를 걸쳤다고?"

생각보다 덤덤한 그녀의 답변에 재인의 목소리가 조금 커졌다. 뭐지, 이 불쾌한 기분은?

나 말고 감히 다른 남자를 또 만나? 말짱하게, 순진하게 생겨서 양다리라니.

"양다리는 아니죠. 그냥 하루에 이재인 씨를 포함해서 두 사람을 만난 거죠."

"다른 사람은 그런 걸 양다리라고 해."

"그거야 우리가 진짜 사귀는 경우에나 그렇죠."

"진짜 사귀는 거야."

단 한 번도 진짜 사귄다는 생각은 해본 적 없었지만 그는 저도 모르게 이 교제가 진짜라고 우겼다. 이 여자, 이상한 재주가 있다. 이재인을 평상시와 다르게 더 조급하고 덜 신중하게 만든다.

"진지한 교제. 잊었어?"

재인은 잔뜩 미간을 모으고 교제의 진지함에 대해 설명했다. 그녀에게, 또 스스로에게.

어쨌거나 이 만남은 시작되었고, 재인은 그녀를 다른 남자와 공유할 생각이 전혀 없었다.

하지만 눈앞의 선생님은 그의 생각에 동의하는 눈치가 전혀 아니었다.

"왜 이러세요. 서로 아닌 거 알고 있으면서."

"그래도 일단 그렇게 시작했잖아."

재인은 속으로는 성질을 죽이느라 애쓰면서 낮은 목소리로 얘기했다.

왜 성질이 나는지 모르겠다. 이 여자가 누구하고 만나든, 뭘 하든 전혀 상관없는 일일 텐데 어쩐지 약이 오른다. 그는 수완 좋은 장사꾼이다. 그런데 그가 지금 손해를 보는 듯했다. 그것도 아주 어마어마한.

"그리고 공짜 아니잖아."

"맞아요. 그런데 이재인 씨도 공짜는 아닐 텐데요."

그는 약이 올랐지만 논리 정연한 여선생의 말에 대꾸할 말이 없었다. 이 여자는 사업을 해도 아주 잘할 거다. 확실한 소질이 보인다.

"우리 할아버지가 알면 틀림없이 나한테 뭐라 그럴 거야."

그는 이 문제의 시작인 할아버지를 거론하며 구시렁댔다.

"아닐걸요. 당신 할아버지가 당신이 말한 반만큼이라도 대단하시다면 내 입장을 충분히 이해하실 거예요."

무슨 말을 해도 답이 준비되어 있었다.

그녀는 전혀 신경 쓰지 않는 눈치였지만, 재인은 영 개운치 않았다.

"하지만 당신은 뭔가 내게 말 안 한 게 있다구."

바짝 약이 오른 그가 인상을 썼다. 그러자 밥 먹느라 눈을 아래로 뜨고 있던 그녀가 고개를 들고 그를 직시했다.

그 짙은 눈빛이 한 치의 빗겨감도 없이 아주 똑바르게 그를 향했다. 그 영민한 눈빛에 재인은 한쪽 가슴이 서늘해졌다.

"그건 피차 마찬가지 아닌가요?"

그녀가 긴 속눈썹으로 반짝이는 두 눈을 가리고 다시 살랑거리는 미소를 지어 보였다.

미소 속에 감춰진 그녀의 눈빛은 한순간이었지만 마치 날카로운 비수처럼 예리했다.

처음부터 알고 있었지만 그녀는 절대 쉬운 상대가 아니었다.

"당신이 나한테 100% 정직하다고 말하지 말아요. 믿지 않을 테니까요. 당신은 당신대로 실리를 챙기세요. 난 나대로 그럴 테니. 그래야 공평하지 않겠어요?"

그녀는 조금도 흥분하거나 짜증 내지 않았다. 오히려 봄날의

꽃처럼 방긋거렸다.

　재인은 한 방 먹었다는 생각에 속으로 한숨을 내쉬었다. 어째서 이 여선생에게는 항상 휘둘리기만 할까. 이재인이 이러고 다닌다면 누가 믿으랴. 어쨌거나 시작부터 한 점 먹고 들어갔다.

　재인은 불퉁한 심정으로 차려진 음식을 열심히 해치우고 있는 여선생을 바라보았다.

　재인의 약 오른 표정과 상관없이 그녀의 접시와 식탁의 음식들은 깨끗하게 사라져가고 있었다.

　저녁 시간이 다가오면서 주변에는 사람들이 하나둘 늘어나기 시작했다.

　재인은 후식으로 나온 맑은 수정과를 마시는 다현을 지켜보며 흘긋 시계를 바라보았다.

　음악회 시작은 7시. 지금 움직이면 딱 맞을 시간이었다.

　"식사 다 했으면 가자구."

　"어딜요?"

　"어디라니? 음악회 가기로 한 거 같은데."

　그가 그녀를 재촉했지만 그녀는 자리에서 움직일 생각은 않고 말똥말똥 그를 응시했다.

　"거기 정말 가야 해요?"

"무슨 문제 있어요?"

재인은 일어서려다 말고 그녀의 곤혹스러운 표정에 도로 주저앉았다.

지금껏 한 번도 본 적 없는 표정이었다. 불편하고 어색하고 마음에 안 드는. 음악회에 무슨 문제가 있는 걸까? 아니면 지금 그녀에게 무슨 문제가 생긴 걸까?

"음…… 난 영 음악회 체질이 아니라서요."

음악회 체질이 따로 있다는 얘기는 들어본 적이 없었다. 그녀의 의중이 궁금해진 재인은 다현의 얼굴을 유심히 살폈다.

"그쪽은 정말 취미 없어요."

정말 곤란한 얼굴을 하고 그녀가 빠르게 말을 이었다. 체질도 아니고 취미도 아니란다.

모든 사람이 클래식을 좋아하는 건 아니니까 이해는 된다. 하지만 그렇다고 이렇게 버티는 것도 이상하다.

"내가 좀 예민한 타입이기는 해도 잠들기 위해서 한 장에 십 몇만 원씩 하는 표가 필요하진 않다구요."

재인은 겨우 그녀의 말을 이해했다. 그리고 터져 나오는 웃음을 꾹 눌러 참아야 했다. 정말이지 솔직하게 엉뚱한 여자였다. 열 받게 하다, 또 웃게 하다…… 확실히 그녀에게는 이상한 재주가 있었다.

"자려고 음악회 가는 게 아니니까, 그러니까 좀 참아보죠."

"그게 문제라니까요. 난 클래식 음악회는 20분이 한계라구요.

거기다 엄청 먹었겠다, 또 거긴 무지 따뜻할 거라구요."

그녀는 이제 아예 절망스러운 표정이었다.

그는 또다시 웃음이 터지는 걸 애써 참으며 나름 진지한 얼굴을 하려고 노력했다.

"난 선생님이 원하는 걸 먹었으니까 당신도 내가 원하는 걸 들어야지. 그래야 그쪽 말대로 공평한 거지."

"그건 아니지요. 삼겹살 먹는 걸 좋아하던데요. 하지만 난 그 고상한 음악 듣는 걸 원치 않아요."

재인이 더 이상 아무 말 않고 단호한 표정을 짓고 있자 그녀는 작게 한숨을 쉬고 단념했다.

클래식은 아무리 음악을 집중해서 들어도 그 노래가 그 노래 같다. 아주 간단한 소곡도 그리 다르지 않았다. 다르지만 똑같이 들리는 노래를 반복해서 듣게 되면 그 끝은 언제나 깊은 숙면이었다. 지수 노래는 딱 한 번을 들어도 구분이 되는데 희한하게 클래식만큼은 아니었다.

"앞으로 두 시간, 진짜 걱정이네."

"그건 나도 마찬가지야. 당신은 2시간이 문제지만 난 앞으로의 6개월이 걱정스러워. 가자구요, 얼른."

혼잣말 같은 중얼거림에 재인이 진심을 담아 대꾸했다.

6개월의 시작이 왠지 평탄치 않았다. 여자 만나서 시간을 때우는 일이 이렇게나 어려운 일이었나.

"저기요, 재인 씨. 너무 멀리 바라보지 말고 코앞의 문제나 해결해요. 아직 늦지 않았어요."

"지금은 당신이 내 문제거든요. 그것도 아주 골치 아픈."

재인은 다현의 입에서 처음 나온 자기 이름이 맘에 들었다. 하루 종일 심사를 꼬이게 한 그녀가 처음으로 마음에 드는 소리를 했다.

'차츰 나아질지도 몰라.'

재인은 싱긋 웃으며 스스로에게 중얼거렸다.

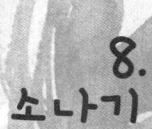

8.
소나기

— Close your eyes and I'll kiss you

그녀의 말은 엄살이 아니었다. 한 20분은 제법 고개를 까닥거리며 버티던 그녀가 20분이 더 지나자 작게 하품을 하며 졸음을 참아내고 있었다. 옆에서 봐도 눈꺼풀이 무거워진 채 긴 속눈썹이 자꾸만 아래를 향하고 있었다.

초대를 받아 지휘자가 한눈에 보이는 VIP석에 앉은 이재인의 파트너가 조는 일은 절대 있을 수 없는 일이었다. 급기야 다현의 머리가 옆으로 기울어지면서 어깨에 기대듯이 와 닿자 재인은 황당한 헛웃음을 삼켜야 했다.

이게 도대체 뭐 하는 짓인지. 정말 클래식이 이 정도로 질색인 건지, 아니면 옆에 앉아 있는 그에게는 손톱만큼의 관심도 없는 건지. 아마도 둘 다겠지.

전자라면 그럴 수 있다 생각하고 지금의 모습도 귀엽다 하겠지만 이재인이 남자로 안 보이는 건 뭔지 모르게 은근 자존심이 상한다. 아니, 엄청 약이 오른다.

뭐가 됐건 간에 이대로 좋게 놔둘 수는 없는 노릇이었다. 게다가 아까는 눈에 보이지 않았던 기자들이 뒤쪽에서 재인을 향해 흘끔거리는 게 느껴졌다.

이재인이 공식 석상에 여자를 동반한 일은 그가 집을 뛰쳐나오고 3년 만에 처음이었으니 어쩌면 그들에게는 꽤나 흥밋거리일 수도 있을 것이다. 그런데 이렇게 잘 주무시는 파트너라니. 망신도 이런 망신이 없다.

잠시 긴장하고 슬쩍 주변을 살펴보던 재인은 다현의 어깨에 턱하니 손을 올리고 그녀를 자기 쪽으로 끌어당겼다.

손끝에 닿는 부드러움과 코끝을 스치는 달콤한 향기에 재인이 잠시 멈칫거릴 틈도 없이 그녀가 움찔하며 눈을 동그랗게 뜨고 그를 바라보았다. 그리고 그 영리한 머리로 바로 사태를 깨달았는지 얼른 몸을 바로 세우려고 했다.

하지만 재인은 감싸고 있던 어깨에 더 바짝 힘을 주었다. 망신은 나중의 이야기이고 일단 이 온기와 향기를 빼앗기고 싶지 않았다.

"왜 이러는데요? 사람들 보거든요?"

그녀가 나직하게 속삭이며 탄탄한 그의 가슴을 밀어냈지만 어림없었다.

"내가 하고 싶은 말이야. 사람들 보거든?"

"미……미안해요."

드디어 상황을 파악한 그녀는 본인도 꽤나 당혹스러운지 작게 중얼거렸다. 하지만 그의 품을 빠져나오려는 행동은 여전했다. 재인은 그녀를 더 끌어당기고 코앞까지 얼굴을 가까이한 채 귓가에 작게 속삭였다.

"다음에 내가 어떻게 할지 궁금하면 또 졸아봐요."
"어, 어떻게 할 건데요?"
"Close your eyes and I'll kiss you."

그가 마치 노래라도 부르듯, 다현의 눈을 똑바로 바라보며 천천히 중얼거렸다.

이게 누구 노래더라? 많이 들어본 음악인데. 모르는 건 클래식이나 똑같다. 그보다 중요한 건, 더할 나위 없이 친밀하게 다가오는 남자였다.

이 인간, 진짜다. 입가에 닿는 남자의 숨결과 어깨를 부여잡은 확실한 손길에 다현은 침을 꼴깍 삼켰다.

제목이 뭔지도 모르는 웅장한 음악이 클라이맥스로 치닫고 있었다.

두근. 두근. 두근.

"건들기만 해봐요."

"주무시기만 해봐요."

빈정거림이 가득한 남자의 답변에 단번에 잠이 사라졌다. 남은 한 시간 동안 다현의 눈빛은 더할 나위 없이 초롱초롱했고, 목적을 훌륭하게 달성한 재인은 왠지 비식거리고 터져 나오는 미소를 참아야 했다.

이재인 승. 이제 겨우 승부가 이루어지고 있었다.

※※※

어쨌거나 음악회는 성공적으로 끝났다. 최소한 재인에게는 그랬다. 지휘자와 만나서 훌륭한 공연에 대해서 치하했고, 회사 이미지를 훌륭하게 해줄 홍보 사진도 찍었다. 더구나 오늘 이재인이 여자를 동행했다는 사실은 분명 할아버지 귀에도 들어갈 것이다.

하지만 눈앞의 선생님에게는 썩 만족할 만한 음악회가 아니었나 보다. 그를 바라보는 그녀의 눈빛이 심상치 않았다.

"어디 가서 얘기 좀 해요."

"좋아. 첫 데이트인데 바로 집에 가기는 그렇지."

"그런 거 아니거든요."

재인이 순순히 고개를 끄덕이자 다현의 눈꼬리가 올라갔다. 이 남자는 본인이 무슨 짓을 했는지 모르는 모양이다. 하기는 원래부터 뻔뻔하고 양심 없는 인간이었다.

"그럼?"

"계약서 다시 써요."

"이유는?"

잔뜩 화가 난 게 분명한 다현을 바라보며 재인이 천천히 입을 열었다.

"그때는 생각 못 했는데, 계약서에 빠진 게 있어요."

"빠진 거?"

재인은 문득 결혼 상대 후보자가 자신과 태하 두 명이라는 것을 이 여자가 모르고 있다는 사실을 깨달았다.

설마, 그걸 눈치챈 걸까?

형준은 입을 열 사람이 아니었고, 할아버지는 이 여자를 만날 틈도 없었다. 그런데 왜 계약서 얘기를 하는 걸까? 재인은 애써 긴장감을 감춘 채 조용히 입을 열었다.

"뭐가 빠졌는데?"

"스킨십이요."

예상치 않은 그녀의 답변에 재인의 눈썹이 올라갔다.

스킨십. 하기는 그래도 연애라고 하는데 그게 빠지면 이상하지.

아기 같은 피부에 붉은 입술은 가끔씩 재인에게 묘한 유혹을 느끼게 한다. 저 여자를 안고, 저 여자에게 키스하는 상상이 몸 한구석을 묵직하게 하는 사실을 알고 있는 걸까. 하지만 그녀는 아쉽게도 그와 같은 의도로 스킨십 얘기를 꺼내는 것 같지는 않았다.

"그런 걸 정말 계약서에 넣고 싶어요? 원하면 그냥 해도 되는데. 그래도 같이 자는 건 좀 천천히 하죠?"

"쿨럭."

마시던 물이 목에 걸린 듯했다. 남자는 마냥 느긋한 손짓으로 그녀에게 테이블 위에 있는 냅킨을 건네주었다.

이 망할 남자 같으니. 누가 누구랑 자?

"뭘, 그렇게까지 좋아할 건 없는데."

"누가 하재요! 손가락 하나만 까딱해봐요, 정말."

"그건 내가 곤란한데. 그래도 진지하게 사귀는데 진도는 나가야지."

재인이 당연한 표정으로 고개를 흔들자 여자의 얼굴이 벌게졌다 다시 창백해졌다. 금방금방 반응을 보여주는 눈앞의 여자를 놀리는 게 은근히 재미있어지고 있었다. 작고 당돌하고 지나치게 씩씩한 그녀에게 끌리기는 하지만, 딱 거기까지였다.

지금 그녀와 정말 진지한 남녀 사이로 진전되는 건 아무래도 위험했다. 게다가 재인의 취향은 저런 어린 소녀 같은 타입이 아니었다. 그에게는 적당히 섹시하고 적당히 응석 부리고 알아서 빠질 줄 아는 다 큰 성인이 필요했다.

"누구 맘대로 진도를 나가요. 난 싫거든요."

"그럼 계약을 하지 말았어야지. 그 아이돌, 가수 생활 영영 못 하게 할 수도 있는데."

재인이 그녀의 눈을 바라보고 느긋하게 대꾸했다. 그 아이돌 가수의 계약서만 문제가 아니란 걸 그녀가 이제는 알려나 모르겠다.

모든 계약에는 의무와 책임이 있고 그에 따른 법률적 효과가 발생한다. 그녀가 원하는 일들은 이미 진행되고 있고, 그가 원하는 건 앞으로의 시간이다. 그리고 이재인은 그 계약서에서 얻어낼 수 있는 모든 것을 다 받아낼 생각이었다.

"협박해요, 지금?"

방금 전까지 새빨갛던 여자의 얼굴이 금세 굳어졌다.

허리를 곧추세우고 턱 끝을 올리는 여자의 눈빛이 전투욕으로 불타오르고 있었다. 혈관이 두드러질 정도로 꽉 쥔 하얀 손을 보니 그만해야 할 듯했다.

아무래도 그녀에게 협박은 먹히는 방법이 아닌 듯했다. 그리고 앞으로 6개월을 좀 더 쉽게 지내려면 이쯤에서 마무리해야 할 것 같았다. 어쨌거나 그들은 이제 사귀는 사이가 아닌가.

"설마, 사귀는 사인데 협박이라니. 그래도 너무 걱정 말아요. 스킨십 진도는 좀 천천히 뺍시다. 뭐, 그래도 김다현 선생님께서 정 원한다면……."

"나 같은 사람 질색이라면서요. 싫다면서요."

재인이 말을 마치기도 전에 다현이 발끈해서 노려보았다. 마치 '나도 너처럼 네가 질색이야.' 하는 듯한 눈빛으로.

또 한 번 이재인의 자존심이 상하는 순간이었다.

왜 이 여자는 날 남자로 보지 않는 걸까?

"할아버지가 당신을 그렇게 마음에 들어 하시는데 손자인 내가 참아봐야지. 안 그런가?"

"웃기시네. 자기가 언제부터 그렇게 착한 손자였다고."

혼잣말처럼 중얼거린 그녀가 살짝 눈을 흘겼다. 그래서 이번만큼은 빙긋 웃으며 재인이 당당하게 그녀의 시선을 받아냈다. 언제나 그녀가 그에게 그랬던 것처럼.

두 사람의 팽팽한 눈싸움을 멈춘 건 핸드폰 소리였다.

다현의 것이었다. 그녀가 두리번거리면서 핸드폰을 찾아 헤매자 재인이 테이블 옆에서 핸드폰을 찾아 건넸다.

가만 보니 이 여자는 자기 물건을 잘 못 챙기는 버릇이 있다. 똘똘한 평상시의 행동과는 다른, 굉장히 의외의 모습이었다.

그에게서 빼앗듯 핸드폰을 손에 든 그녀는 화면 창을 바라보며 나직하게 한숨부터 내쉬었다. 그 모습에 재인의 얼굴에 호기심이 어렸다. 누구지? 누군데 저렇게 순식간에 좌절한 표정인 걸까?

"어. 잘 만나고 왔어……. 그럼. 당연히 좋다 그랬겠지. 엄마 딸이잖아. 근데 내가 싫어. 그 남자, 별로야."

싫단다. 별로란다.

흠. 결국 아까 만났던 다른 남자는 선을 본 관계였고, 이 당돌한 선생님은 그 남자가 마음에 안 들었다는 얘기군. 아주 바람직한 결과였다. 재인은 만족한 얼굴로 고개를 끄덕였다.

"여자 친구 있대. 응…… 또?"

다현이 슬쩍 재인의 눈치를 보더니 몸을 돌려 핸드폰에 무어라 속삭였다.

또? 뭐가 또라는 거지?

다현의 통화에 귀 기울이는 그의 눈빛이 번득였다.

"다음 주 토요일? 그건 좀 곤란한데."

그녀의 목소리가 다시 작아지며 재인의 눈치를 살피는 기색이 느껴졌다. 뭔지는 알 수 없었지만 왠지 그녀보다 그에게 좋은 일이 아닌 듯했다. 통화 내용의 의미를 어렴풋이 눈치챈 재인의 눈이 가늘어졌다.

"아니. 그게…… 남자 친구 없다니까."

통화 내용의 정체를 파악한 재인이 다현의 핸드폰을 빼앗은 건 순식간이었다. 그리고 그는 조금은 빠르게 핸드폰 속의 주인공에게 인사를 전했다.

"안녕하세요. 이재인이라고 합니다."

너무 빠르게, 또 너무 급작스럽게 이루어진 일이라 다현은 처음에는 이재인이라는 남자가 무슨 짓을 하는지 미처 깨닫지 못했다. 그만큼 그의 행동은 재빨랐다. 그리고 겨우 눈치를 챘을 때는 이미 재인은 느긋하게 핸드폰 속의 어머니와 인사까지 다 끝낸 후였다.

"미쳤어요?"

뜻하지 않은 재인의 행동에 기겁을 한 다현이 그의 옆자리로 옮겨서 핸드폰을 빼앗으려고 했지만 그는 단호했다. 그는 한 손으로 다현의 양 손목을 잡아 자리에 앉히고 통화를 계속했다. 이 우악스러움이라니. 애초부터 이길 수 없는 싸움이었다.

"네, 어머니."

헐. 어머니란다. 다현이 기겁을 했지만 남자는 능수능란했다. 부드러운 목소리로 인사를 하고 전화기 속 상대에게 기분 좋은 웃음까지 지어 보냈다. 안 봐도 진주에 있는 엄마의 얼굴이 그려진다. 다현은 질끈 눈을 감았다.

"지난번에 그 남자, 맞습니다."

"이 남자가 정말!"

"다현 씨, 아무리 속삭여도 옆에서 그런 말 하면 다 들려요."

그는 다현이 지금껏 이재인에게서 들어본 말 중에서 가장 달콤한 목소리로 전화 속의 엄마를 상대로 중얼거렸다. 시선은 다현을 똑바로 향한 채로. 이재인은 지금 더할 나위 없이 괜찮은, 매너 좋은 남자가 되어 통화를 계속하고 있었다. 덕분에 다현은 어이가 없다 못해 이성이 날아가려고 했다.

"다뇨. 진지하게 만나고 있는 중입니다. 그럼요. 다른 남자, 이제 필요 없습니다. 네, 나중에 인사드리겠습니다."

황당한 다현의 표정에도 불구하고 이재인은 뻔뻔스럽게 예의까지 차리는 중이었다.

세상에, 세상에. 이렇게까지 나쁜 놈이었다니. 진작에 알았는데 생각했던 것보다 훨씬 더 약아빠지게 나쁜 놈이었다.

"이재인 씨!"

"네. 다현이가 어머니 바꿔달라는데요."

다현의 경고를 제멋대로 왜곡한 재인은 이번에는 순순히 핸드폰을 내밀었다.

헐, 다현이란다. 뭐 이런 약아빠진 인간이 다 있을까. 잔뜩 재인을 노려보던 다현은 전화기 속에서 폭풍처럼 몰아치는 엄마의 질문에 눈을 감아야 했다.

"어. 나, 다다. 아니라니까. 그게 아니라 나중에, 나중에 얘기해요. 내가 설명할게요. 엄마! 엄마?"

끊겨진 전화를 바라보는 다현의 눈빛이 분노와 전투욕으로 새까맣게 번득였다. 머리끝까지 약이 오른다는 의미가 뭔지 오늘에야 정확히 깨달았다. 그리고 우발적 살인이 왜 발생하는지도. 세상의 모든 일이 '참을 인(忍)' 자로 참을 수 있는 게 아니었구나.

"이게 무슨 짓이에요, 도대체?"

천천히 재인을 향해 몸을 돌린 다현이 추궁하듯 말했지만 그는 아랑곳하지 않는 눈치였다. 오히려 얼굴 가득 만족한 미소를 지우지 않고 있었다. 그 표정에 또 한 번 성질이 확 돋았다. 이 남자는 본인이 무슨 짓을 했는지 너무 잘 알고 있었다. 그래서 더, 더 나쁜 놈이다.

"다다가 누구예요?"

"지금 그게 중요해요? 뭐 하는 짓이냐구요?"

"양다리 싫다고 했을 텐데."

그녀가 성질을 꾹꾹 눌러 참으며 말했지만 그는 아주 당당했다.

"양다리 아니라니까요."

"그건 당신 생각이고…… 진지하게 만나는 날 두고 다른 남자랑 선보는 건 양다리야."

재인이 그녀를 똑바로 보고 인상을 썼다. 경고하듯 한 마디 한 마디 끊어 말하는 그의 어조에 다현이 가볍게 혀를 찼다. 하여튼 성질머리하고는. 아무튼 저 사나운 인상 긋기부터 익숙해져야 할 듯했다.

"우리 계약서에 그런 조항 없었잖아요."

"왜 없어? 계약서까지 써가면서 진지하게 만나는데 다른 남자가 될 법이나 한 소리야?"

정색을 한 그의 답변에 다현이 헛웃음을 지었다.

이 남자, 정말 말 잘한다.

"우리 엄마가 오해했잖아요. 그건 어떻게 할 건데요?"

"오해가 아니라 진실을 아신 거지. 그리고 사귀는 사이에 다현이 어머님한테 인사 정도는 해야 나도 마음이 편하지."

약이 올라 발끈한 다현에게 남자가 더없이 친절하게 그녀의 말을 바로잡았다. 세상에 놀랄 노자다. 맨날 성질만 부리더니 이 남자, 아까부터 목소리에 꿀 발랐다. 그래서 더 열 받는다.

"그런데 다다가 누구야?"

"미치겠네, 정말."

"그래서 다다가 누군데? 당신이 다다?"

"우와, 이재인 씨 진짜 집요하다."

분개해서 노려보는 다현과는 상관없이 남자의 관심은 '다다'는 호칭뿐인 듯했다. 처음 만날 때부터 조금은 느꼈지만 이 남자는 정말이지 악착같고 끈질기게 집요한 면이 있었다.

"내가 다다예요. 집에서는 그냥 다들 '다다'라고 불러요. 근데 지금 그게 중요해요?"

"다다? 왜 다다야?"

그는 다현의 말은 깡그리 무시한 채 본인의 궁금증에만 집중하고 있었다.

암만 그래봐라. 내가 말해주나.

"사람들이 이재인 씨, 집요하다고 안 그래요?"

"조금?"

"그거 욕이거든요."

아무렇지도 않게 답변하는 재인에게 다현이 혀를 찼다.

"괜찮아. 뒤에서 욕하는 건 상관없으니까. 오래 살 생각이거든. 그런데 왜 다다야?"

확실히 그는 정말 오래 살 것 같았다. 까칠함과 집요함으로 도배하고 가끔씩 걷잡을 수 없는 오만방자함까지. 주변에서 그를 욕하는 사람이 분명 하나둘이 아닐 것이다.

지금도 그렇다. 그녀가 눈앞에서 아무리 구시렁거리며 흘겨봐도 그는 끄떡도 안 하고 '다다'라는 이름에만 관심이 있는 눈치였다.

"다다다, 이러고 다녀서?"

하여튼 눈치는 빨라요. 이제는 만사 포기한 다현이 어이없는 웃음을 지어 보이자 그제야 답을 얻은 남자의 얼굴에 만족한 미소가 스쳐 지나갔다.

8. 소나기 — Close your eyes and I'll kiss you

"다-다."

그가 천천히 느릿하게 다현의 애칭을 입에 담았다. 딱 두 글자가 이렇게 여유롭게 들리기는 처음인 듯했다. 다현은 이제 허탈한 미소로 그의 입에서 나오는 '다다'라는 이름에 반응했다. 가족 말고, 다다라는 이름이 또 다른 사람 입에서 불리고 있었다.

"다다. 그것도 어울리네."

"그러니까요. 뭔들 안 어울리겠어요."

고개를 끄덕이며 다시 한 번 '다다'라고 불러대는 남자에게 이제는 다 포기한 그녀가 툴툴거렸다.

"그래도 그쪽 부르라고 만든 애칭 아니거든요."

"다-다."

"다-다-다."

"다다."

안 된다고 하니까 일부러 더 천천히 도발하듯 중얼거리는 재인을 바라보며 다현은 혀를 찼다.

가만 보니 초등학생 수준이다. 아니, 초등학생이 아니라 유치원 수준이다. 우리 반 애들도 그녀가 하지 말라고 하면 안 하니까.

"원래 연애할 때는 서로 애칭도 부르고 그러는 거거든."

연애는 무슨. 그녀의 눈이 세모가 되자 그가 씩 웃어 보였다. 궂기는. 이게 그렇게 재미있는 일이란 말인가?

"정말 자꾸 이럴 거예요? 사람이 느물느물. 늙어서 그래요?"

"32살이 늙었다고? 무슨 말도 안 되는 얘기를. 지금이 한창 때거든."

늙었다는 말에 발끈한 남자를 보며 다현이 작게 혀를 찼다.

정말 유치원생 수준이구나. 뒤에서 욕을 해도 끄덕도 없다던 32살 먹은 남자가 늙었다는 얘기에 금방 반응을 보며 인상을 쓰다니.

"뭐 정 그러고 싶으면 그런 걸로 해두죠. 근데, 그건 그렇고 왜 말이 점점 짧아지는데요?"

"6살이나 많잖아. 늙었거든."

그가 기다렸다는 듯 대꾸했다. 하여튼 그냥 지는 법이 없는 남자였다.

"뭐 정 억울하면 당신도 말 놓든지. 난 상관없으니까. 같이 늙어가는 사이에."

"재인 씨한테 반말할 만큼 난 안 친해요."

잔뜩 열 받은 다현이 재인에게 쏘아붙였다.

같이 늙어가는 사이. 또 한 번 느끼지만 이 인간, 뒤끝 장난 아니구나. 그리고 정말 말 잘한다.

거리에는 비가 내리고 있었다. 일기예보에서도 비 온다는 말

은 없었는데. 다현은 차창을 두드리는 빗줄기를 바라보며 잠시 미간을 모았다. 우산 안 가져왔는데. 그렇다고 이 남자에게 집 앞까지 데려다 달라기에는 조금 위험하고.

그런 다현의 마음을 눈치챘는지 남자가 무뚝뚝하게 중얼거렸다.

"소나기예요. 금방 그칠 거야."

"그걸 어떻게 알아요?"

"많이 겪어봤으니까. 10살. 20살. 그리고……."

나직하고 듣기 좋은 남자의 목소리가 요란한 빗소리에 잠겨들었다. 어둠 속에서 생각에 빠진 남자의 옆모습이 눈에 들어왔다.

10살, 20살? 그때도 소나기가 내렸었나? 얼마나 인상적인 일이었으면 그때의 소나기를 기억하고 있을까? 첫사랑이라도 만났던 걸까? 어쩌면 생각보다 감성적인 사람인지도 몰랐다. 사람을 너무 첫인상으로만 판단해서는 안 되는 건데. 아이들한테도 그렇게 가르치고 있지 않은가. 다현은 스스로를 반성했다. 뭐 그렇다고 해서 이 남자가 나쁜 놈이라는 소리는 또 아니지만 말이다.

봄날 밤, 아직은 서늘한 바깥 날씨에 훈훈한 바람을 뿜어내는 차 안에 부드러운 피아노 음악이 흘러나오자 다현에게서 큰 한숨 소리가 들려왔다. 그런 다현을 흘끗 바라본 재인은 상황을 눈치채고 곧 음악을 중지시켰다.

"미안. 음악 좋아하지 않는 걸 깜박 잊었어. 습관이 돼서."

"난 날 재우려고 흑심 품은 줄 알았지요."

그의 변명에 다현이 밉지 않게 비죽거렸고, 재인은 비식 옅은 웃음을 지어야 했다. 하기는 오늘 그가 한 행동은 오해를 불러일으킬 만했다. 하지만 어쩐지 앞으로 6개월, 적어도 심심하지는 않을 것 같았다.

"나도 음악은 좋아해요. 다만 음악회 체질이 아니라는 거지. 근데 재인 씨는 클래식을 엄청 좋아하나 봐요. 쇼팽을 아까 듣고 또 듣는 거 보면."

"어? 이 음악을 알아?"

조금 전에 켰다 끈 곡은 쇼팽의 피아노 곡이다. 클래식이라면 질색이라던 이 여선생이 이 음악을 알고 있다. 생각했던 것만큼 문외한은 아닌 모양이다.

"그렇게 놀란 눈으로 보지 말아요. 사람들은 원래 취약한 부분에 더 신경을 쓰게 돼 있어요. 덕분에 우리 반 애들은 클래식 귀신이 됐지만."

"당신 반 애들이랑 무슨 상관이 있는 거지?"

"난 정말 음악에 대해선 꽝이거든요. 특히 클래식은 더해요. TV CF에 나오는 배경 음악이 있었는데 그렇게 많이 들어도 제목을 기억 못 하겠더라구요. 현진이…… 제 친구가 두 손 들었다는 거 아니에요."

"무슨 곡이었는데?"

"슈베르트의 숭어요. 커피 광고였는데 아마 한 10번은 가르쳐줬을걸요. 솔직히 말하면 10번 넘을지도 몰라요."

얼굴을 보지 않아도 그녀의 찌푸린 얼굴이 보이는 듯해서 그는 차마 재미있어 하는 표정을 짓지 못했다.

"저 음악이 바로 숭어라고 그렇게 가르쳐줬는데도 그 광고 나올 때마다 '저게 뭐라고?' 하고 묻는데 생각이 안 나는 거예요. 무슨 생선 이름인 거는 확실한데······."

그녀는 다시 생각해도 절망스럽다는 듯 고개를 저었다.

"붕어밖에는 생각이 안 나는 거 있지요."

뜻밖의 대답에 재인은 터져 나오는 웃음을 참느라 턱 근육이 아플 지경이었다.

이 여자, 사람을 엉뚱하게 웃게 한다. 생선 이름도 모자라 붕어라니. 한 번도 생각해보지 못한 창의적인 답변이었다.

"웃어도 돼요. 어떨 땐, 생각하면 나도 웃기니까."

진작부터 눈꼬리가 웃고 있는 재인을 보며 다현이 한숨을 내쉬었다.

"난 우리 반 애들이 나 같은 경험을 하길 원치 않아요. 그래서 으리 반은 점심시간에 클래식을 틀어놔요. 걔들은 나 때문에 의무적으로 일주일 내내 같은 곡을 들어야 해요. 내 수준에 맞춘 거니까 할 수 없지요."

"뭐 당신 같은 선생, 아니 선생님 밑에 있는 애들은 그래도 적어도 숭어가 어떤 곡인 줄은 알 거 아니야."

그가 겨우 웃음을 그치고 말했다.

'선생'에서 '선생님'. 확실히 사람은 가르치면 나아지긴 하는구나. 다현은 내심 고개를 끄덕였다.

"애들은 이틀만 들으면 그 음악이 뭔지 알아요. 하지만 난 아직도 아니에요. 난 진짜 그 분야에는 학습 장애가 있나 봐요."

그녀가 잔뜩 심각한 얼굴로 코에 주름을 잡으며 얼굴을 찡그렸다.

"어쩌겠어요. 아무래도 내 취향이 아닌걸."

"내 취향도 아니야."

"아닌 것 같은데요. 굳이 위로까지 안 해줘도 돼요."

음악회에서 두 시간을 듣고 또 클래식 듣는 사람이 클래식 취향이 아니라고 하면 누가 믿겠는가. 딱 봐도 아마 이 사람의 오디오 MP3에는 분명 클래식 음악밖에 없을 것이다.

"그냥 즐겨 듣는 거야. 가사 없으니까 신경 안 써도 되고, 요새 음악같이 시끄럽지 않아서 생각하기 좋고, 음악이라고 나오니까 심심하지 않고. 특별히 조예가 있는 게 아니라."

"그게 나랑 달라요. 난 그걸 들으면 훨씬 심심하고 갑갑해요."

다현은 생각만 해도 아주 질린다는 듯 작게 몸서리를 쳤다. 그 모습에 재인은 또다시 미소를 지었다.

빗방울이 거세지고 와이퍼는 요란하게 움직였다.

음악도 없이 빗소리만이 차 안을 채웠고, 별다른 대화 없이 두 사람은 차 안의 조용한 침묵을 즐겼다.

재인의 차가 다현의 집에 도착할 때쯤 비가 그쳐가고 있었다. 정말 소나기였나 보다. 빗소리가 멈추자 와이퍼의 움직임도 멈췄다.

하늘엔 어느새 달이 하얗게 떠오르고 있었다. 어느 집 마당에 피어 있는지 바람결에 섞인 희미한 봄꽃 내음도 상쾌한 공기만큼이나 달콤했다.

"아, 그 지수인가 하는 가수는 우리 쪽 전문 변호사가 기획사랑 협의 중에 있어요."

"알아요. 고맙습니다."

"알아?"

뜻밖의 인사에 재인이 고개를 갸웃거렸다. 상황을 보고받은 게 오늘이었다. 그런데 그가 오늘 알게 된 일을 그녀가 진작에 알고 있었다고?

"그럼요. 그게 제일 중요한 일이었는데요."

"변호사가 어제 찾아간 걸로 알고 있는데, 벌써 알고 있는 거예요? 그렇게 친해요?"

지금껏 괜찮았던 기분이 갑자기 나빠지려고 하고 있다. 상대가 십대의 애송이건 혹은 결혼할 적당한 나이의 남자인지는 중요하지 않았다.

이재인이 아닌 다른 남자를 만나는 건 일단은 반칙이었다.

그게 선으로 처음 만난 남자이거나 아이돌이거나 상관없이 말이다.

"제가 팬클럽 회장인데요. 당연히 우리 지수 오빠 일은 알고 있어야죠."

"오빠? 그 친구, 18살 아닌가?"

"원래 잘생기면 다 오빠예요."

당연한 듯 너무나 진지한 그녀의 대답에 재인은 어이없다는 표정으로 눈썹을 치켜 올렸다.

오빠라니. 6살이나 많은 나한테는 이름도 잘 안 부르면서 왜 하필 그 꼬맹이가 오빠냐고. 이 여자, 호칭 진짜 이상하게 쓴다.

"진심으로 고마워요. 그만큼 신경 써준 거."

재인이 뭐라 따지기도 전에 그녀가 고개를 숙여 인사했다. 재인은 그녀가 생각한 것 이상으로 지수에게 해주었다. 그러니까 오늘 그가 한 짓의 절반은 용서해주어야 할 것 같았다. 나머지 절반은 적어두고 조심해야겠지만.

"약속은 약속이니까."

"그래도 고마워요. 그래도…… 재인 씨랑 재인 씨 할아버지 덕에 일이 잘 풀린 거 같아요. 얼굴도 모르지만 감사드린다고 전해주세요."

꾸벅 인사를 한 다현이 차에서 내리려고 하자, 재인이 얼른 그녀의 팔목을 잡았다.

"정말 몰라?"

"네?"

"진짜 우리 대장, 할아버지 모르냐고. 이제 진실을 알았으면 좋겠는데."

설마 정말 모를까 하는 은근한 눈빛으로 그가 그녀를 압박하고 있었다.

하여튼 속아서만 살아왔나. 진짜 집요한 남자였다. 그렇게 설명하고 또 설명했건만 이제 또 할아버지 타령이었다. 이럴 거면 계약을 왜 했느냐고.

"의심 많은 거 타고난 거예요? 아니면 자라면서 망가진 거예요? 난 아무래도 후자 같은데."

"망가져?"

발끈한 재인은 당장 인상을 구겼지만 그의 반응과 상관없이 다현은 차 문을 열고 밖으로 향했다. 그러곤 창문을 똑똑 두드렸다. 창문이 스르르 내려가고 그새 열 받은 재인의 얼굴이 보였다.

"다음 주에 봐요. 조심해서 내려가시구요. 웬만하면 오늘 밤은 스설 같은 거 쓰지 말고 그냥 자요. 나이도 있으신데."

다현이 생긋 웃으며 또 한 번 그의 염장을 질렀다. 나이도 있단다. 잔뜩 약이 오른 재인의 차가 붕 달려나갔다.

하여튼 성격하고는. 다현은 고개를 절레절레 흔들며 미소 지었다. 어쨌거나 6개월 중에 하루, 그날이 지나갔다.

오밤중에 재인의 성화에 못 이겨 와인 바에 도착한 형준은 한쪽 구석에 자리를 차지한 채 와인을 홀짝이고 있는 재인을 보며 인상을 썼다. 친구라고 하나 있는 게 손이 참 많이 간다.

턱하니 재인의 옆자리에 앉은 형준은 불퉁한 얼굴로 손목 위의 시계를 바라보며 한숨을 내쉬었다.

"이 시간에 왜 전화질인데. 너, 내 연애 방해하는 거 알아?"

"연애는 무슨. 넌 바람이지. 어장 관리하는 거잖아."

정곡을 찌른 재인의 대꾸에 형준이 머쓱하게 웃어 보였다.

하여튼 귀신같은 녀석.

"어장 관리가 아니라, 썸. 그러는 넌, 연애 실컷 하고 온 거야?"

"할아버지가 만족할 만큼?"

온기라고는 없는 재인의 대꾸에 형준이 다시 깊은 한숨을 내쉬었다.

'연애'의 '연' 자도 모르는 놈. 연애라는 게 다른 사람을 만족시키기 위해 하는 게 아니란 걸 이제는 알 만한 나이인데도 저 모양이다. 저러면서 누구보고 바람이라고 타박인가.

"회장님 말고, 너랑 그 선생님이 좋았냐고."

"난 괜찮았지. 그 선생은……."

재인이 말을 멈추고 형준을 바라보았다. 웃지도 화내지도 않

8. 소나기 – Close your eyes and I'll kiss you

는 둔덤한 무채색의 표정에 위험한 기색이 가득했다.

"왜 그렇게 보는데?"

긴장한 형준이 의자 뒤로 몸을 떨어뜨렸다. 재인이 이런 식으로 그를 바라볼 땐 분명 뭔가 있다. 그리고 꼭 그럴 때는 무언가 후유증이 있다.

아니나 다를까, 재인이 털어놓은 음악회에서 있었던 일에 형준의 미간이 더 심하게 모아졌다.

"기자들, 네가 막아. 그게 계약 내용이니까."

계약서에 분명 언론에는 절대 노출하지 않는다고 되어 있었다. 하지만 아무리 재인이 본사를 떠나 있는 상태일지라도 성현 그룹의 이재인은 어디에서나 시선을 끄는 사람이었다. 눈썰미 좋은 기자들이 그걸 놓칠 리가 없었다.

이럴 줄 알았다. 망할 녀석.

"그걸 변호사가 어떻게 막아? 그룹 차원에서 막을 일이지."

잔뜩 얼굴에 힘을 준 형준이 재인을 노려보았다.

"그럼 그러든지."

"사고는 네가 치고 마무리는 내가 하니? 그런 공식 행사에 네가 여자랑 같이 나타나면 기자들이 눈 동그래서 덤벼들 걸 모르고 그런 거야?"

"전혀 모르지는 않았어. 설마에 걸었는데 역시나야. 네가 막을 수 있다는 것도 알고 한 일이니까 책임지고 막아."

재인의 청산유수 같은 답변에 형준이 짧게 한숨을 토해냈다.

하여튼 머리 하나는 좋은 놈이라니까. 당연히 재인이 저 녀석이 눈앞에서 벌어질 상황을 모를 리가 없었다. 사고를 쳐도 꼭 이렇게 약아빠지게 친다.

다시 한 번 느끼는 거지만 이재인이 친구라서 천만다행이었다. 이 녀석이 적이 되면 이보다 백배는 피곤할 게 분명했다.

"그건 그렇고, 그래서 음악회는 정말 어땠어?"

"생각보다 프로그램이 잘 짜여져 있더라."

형준이 뭘 궁금해하는지는 알고 있었지만, 재인은 모른 척 비켜섰다.

"어이, 그 선생님이랑 어땠냐니까? 호감 같은 건 있는 거야?"

SH 호텔에서 주관하는 음악회야 당연히 최고였을 테니 궁금할 것도 없다. 하지만 소위 말하는 첫 데이트를 한 재인은 달라야 하지 않는가.

"뭘 달랑 하루 만나고 호감 같은 게 생겨."

"남자랑 여자는 달랑 1분을 만나도 불꽃이 탁 튈 때가 있는 거거든."

모처럼의 대화에 흥미진진해진 형준이 '탁' 하고 손을 튕겼다.

남녀가 함께 있을 때 일어나는 스파크.

그 긴장되고 흥미진진한 야릇한 감정.

재인이 고개를 갸웃거렸다.

그 여자랑 그런 순간이 있었나?

"불꽃은 모르겠고, 아무튼 다른 여자랑은 확실히 달라."

진심이었다. 그는 다현을 잘 모르지만 그가 여태 만났던 다른 여자들과 그녀가 확실히 다르다는 건 잘 알고 있었다.

그녀는 흥미롭고 남다르다. 그리고 지루하지 않았다.

볼 때마다 성질을 돋우고 또 어느 순간에는 웃게 된다.

형준은 재인의 얼굴에 스친 미소에 고개를 갸우뚱거렸다.

"더쭈? 웃어?"

"안 웃었어."

"너, 웃었거든. 분명히. 뭐야, 무슨 일인데."

뭔가 있다, 이 녀석.

재인이 언제 이렇게 웃었는지 형준은 기억도 나지 않는다. 찰나의 순간이지만 설렘이 묻어 있는 그 미소가 형준은 아주 마음에 들었다. 별반 평범치 않은 그의 친구가 다른 사람들처럼 평범하게 살았으면 좋겠다.

초소한 사랑만큼은 그렇게 했으면 좋겠다.

그렇다면 오늘의 기사는 막아볼 가치가 있는 일이었다. 시작되는 내 친구의 사랑이 방해받지 않도록. 혹시 모를 남의 말에 흔들리지 않도록.

술잔을 기울이는 재인을 바라보며 형준은 그렇게 생각했다.

9. 불공정한
— 원래 연애는 그런 거야

이규철 회장의 아침은 일찍부터 시작된다.

새벽 4시 30분 기상.

16살 남의 집살이를 하면서부터 잠은 사치였고, 20살 건설 현장을 떠돌기 시작했을 때 부지런함은 그의 재산이었다. 그리고 그때의 습관은 지금까지 계속되고 있었다. 덕분에 그의 측근 비서들도 새벽잠 없이 움직여야 했다. 돋보기를 찾아 든 이 회장은 테이블 위에 올려져 있는 신문을 흘긋 바라보고는 지난밤 한국은 물론이고 세계 각국의 주요 경제 기사 내용을 스크랩해놓은 파일을 손에 들었다. 그리고 첫 장을 넘기자마자 인상을 쓰고 비서실장을 바라보았다.

"이게 뭐야? 아니 재인이 이 녀석 무슨 짓을 한 거야?"

"다행히 어제 마감이 끝난 시간이라, 인터넷 몇 군데하고 조간 몇 판에만 실렸습니다. 그나마 오밤중에 김변이 사방으로 막고 다녀서."

온라인 기사 내용은 짧지만 강렬했다. 성현 그룹 이재인이 미모의 여성과 동반하여 공식 행사에 나타났다는 내용이었다.

규철은 다시 한 번 그 짧은 기사를 눈에 담으며 작게 실소를 터트렸다.

"죄송합니다. 워낙 늦은 밤이라 대처를 할 수가 없었습니다."

"됐어. 작정한 놈을 어떻게 이겨."

비서의 사과에 규철은 고개를 흔들었다. 제 뜻대로 하지 못한 지인의 작은 복수였다. 하여튼 지고는 못 사는 놈이었다.

"한 방 먹었네."

"이 정도면, 이 본부장이 많이 참은 거죠. 워낙에 회장님의 요구가 무리였을 수도 있습니다."

노회장은 장 비서의 평가에 눈썹을 치켜 올렸다.

지금도 그룹의 비서실을 지키고 있는 장 비서는 이미 그와 30년을 같이 지냈고 이제는 같이 늙어가는 사이였다. 재인이만 아니었으면 진작에 은퇴를 하고 강 부장이 장 비서의 역할을 대신 수행하고 있었을 것이다. 재인이 그 녀석은 자신이 그의 오른팔을 가져간 것을 알고 있나 모르겠다. 아마 알아도 모른 척할 게 분명한 녀석이었다.

"무리라고 생각하나, 자네는?"

"다른 사람은 몰라도 이 본부장한테는 무리지요. 회장님도 아실 텐데요."

장 비서 역시 아주 어려서부터 재인을 보아왔다. 똑같은 두 사람이 똑같이 싸우는 모습도 끊임없이 지켜봤다. 그가 아는 한 이재인은 상대가 이 회장이라고 해서 승패를 포기할 남자가 아니었다.

"그렇지. 누가 시킨다고 들을 녀석이 아니니까."

"그런데 왜 그렇게 그 아가씨가 탐이 나십니까. 본부장님 배필로는 더 좋은 조건의 괜찮은 아가씨들이 줄을 설 텐데요."

좋은 조건의 괜찮은 아가씨. 그룹에 도움이 되고 재인의 내조를 완벽하게 수행할 수 있도록 교육받은 여자. 성현 그룹이 작정하고 찾으면 못 찾을 것도 없었다.

"그렇지. 찾으려고 든다면 그 아이보다 괜찮은 아이들도 많겠지. 하지만 난 장사꾼이야. 감이 온다구, 그 아이한테."

"그것만으로 이 본부장한테 그 아가씨를 밀어붙이셨습니까?"

겨우 감이라니. 장 비서가 조금은 어이없는 얼굴로 이 회장을 바라보았다. 사실 이번 일만큼은 장 비서 역시 이 회장의 의중을 잘 이해하지 못하고 있었다.

비서실장인 그는 처음 이 회장의 명령을 받고 강 부장과 함께 그 여선생님의 이력을 정말 열심히 뒤졌었다. 그런데 아무것도 없었다. 그가 발견하지 못했으니 분명 이재인 본부장도 발견하지 못했을 것이다.

무엇 때문에 이 회장이 재인의 반발을 감수하면서까지 이번 일을 진행하는지 아직도 그는 그 내심을 파악하지 못했다.

'더 좋은 조건의 아이들은 아마도 집안을 잘 타고 태어난 거겠지. 본인들의 능력은 검증이 하나도 안 됐고. 다들 재인이 녀석 비위 맞추느라 정신이 없을 거야. 그 녀석 앞에 당당할 수 있는 여자라야 재인이의 눈이 번쩍 뜨일 거야."

"그럼 그 아가씨는 검증이 되었습니까?"

"아마도 그렇다고 봐야겠지. 그 아인 회장이거나 장사꾼이거나 아님 쓰러져가는 할아범이라도 똑같이 대할 거야. 그건 쉽지 않지. 회장인 나에게 잘해준 사람들은 많지만 인간 이규철한테 손을 내밀어준 사람은 그 애뿐이야."

"그렇게 생각하십니까?"

'그럼 난 뭡니까?'라는 어투와 표정으로 비서의 눈에서 조금은 억울한, 그리고 의도된 섭섭함이 보이자 이 회장이 손을 휘휘 저었다.

"아니, 적어도 그날 말이지. 그날 여기에서 인천, 그리고 다시 회사 본사까지 갔을 때 아무도 내게 그런 배려와 아량을 베풀어준 사람은 없었네. 오직 그 아이 하나뿐이야."

변명처럼 중얼거리던 이 회장의 표정이 다시 진지해졌다.

"그게 우연인지 아니면 타고난 성품인지 그건 나도 몰라. 물론 서류상에는 '다정하고 예의 있는'이라고 표현되어 있긴 하지만."

그가 다시 장 비서를 향했다.

"그런데 말이야, 누군가 정말 필요할 때, 자기 시간과 돈을 지

불하면서까지 아량을 베푸는 사람은 그리 많지 않아. 그 아인 진심이었다구. 누구에게나 진심으로 사람을 대할 수 있는 건, 그것만은 진짜 쉽지 않네. 거짓 없음. 그게 어렵다는 거, 자네도 알고 있지 않나."

"그렇지요. 그럼 두 분이 잘될까요?"

"자네가 그랬지 않나? 그 녀석은 날 너무 많이 닮았다고. 나보다 장사 수완은 나은 놈이야. 제 놈 앞에 진짜 보석이 굴러 들어갔는데 그걸 못 알아볼 바보 녀석은 아니야. 문제는 다현이지."

회장의 말에 장 비서의 눈빛이 조금 달라졌다.

정말 재인이 이 회장의 진심을 알아낼 수 있을지, 그 여선생님의 진가를 찾아낼 수 있을지 궁금했다. 더불어 그 여선생님이 이규철 회장이 말하는 것처럼 정말 괜찮은 여자이기를 소망했다. 그래야 회장도, 재인도, 그리고 무엇보다 그도 살아가기가 좀 편할 터이니. 더불어 재인 옆에서 오늘도 고전하고 있을 강 부장도.

※※※

아무리 최선을 다하여 기사를 막아도 볼 사람은 이미 다 보게 되고, 알 만한 사람은 다 알게 되는 게 남의 연애사고 남의 뒷담화이다. 특히나 성현 그룹 이재인의 일이라면 더더욱 그렇다. 게다가 천하의 이재인이 여자랑 나란히 다정한 모습으로 공식적인 행사에 참석하는 일은 흔치 않았다.

이재인의 정체를 알고 있는 모든 사람들이 어젯밤의 사건에 대해서 수군대고 있었다. 이재인 본부장과 함께 일하는 전략기획실의 놀라움은 특히나 컸다.

"그 기사 봤어? 우리 본부장한테 드디어 여자가 생겼대."

"언제는 없었나."

"아니야, 이번엔. 그런 게 아닌가 봐. 우리 호텔 음악회, 거기 데리고 왔대."

시큰둥한 유경의 대꾸에 창수가 답답하다는 듯 핸드폰을 들이밀었다. 공식 기사는 진작에 삭제되었지만 어느새 누군가의 블로그에 소문처럼 그 흔적이 남아 있었다.

> SH 에메랄드 호텔 본부장, 미모의 여성 동반

직원들의 속삭임에 강 부장은 미미하게 미간을 모았다. 본부장이 어떤 이유로 여자를 사귀고 있는지 알고 있는 그는 이번 일이 과연 그룹 전체에 어떤 영향을 끼칠지 내심 진지하게 고민 중이었다.

"부장님, 어떤 여자래요?"

"그걸 내가 어떻게 알아. 기사라고 단 두 줄 났는데."

강 부장이 시큰둥하게 고개를 저었다.

알아도 몰라야 할 일이었다. 회장님에서 장 비서실장님, 이곳저곳에서 대충 들은 얘기는 한 보따리지만 그렇다고 직속상관의 이야기를 가십으로 만들어 떠들고 다닐 만큼 그는 사회생활이 미숙하지 않았다.

"정말 여자를 만나는 거면 누군지 알아야 하는데."

유경이 심란한 얼굴로 고개를 갸웃거리자 사무실 안의 시선이 모두 그녀에게 쏟아졌다.

"왜? 뭐야, 혹시 유경 씨도 우리 본부장님한테 마음 있었어?"

"미쳤어요? 도시락 싸들고 다니며 말릴라 그랬지."

말도 안 되는 소리라는 듯 그녀가 발끈한 얼굴로 직원들을 노려보았다.

"너무 그러지 마. 우리 본부장님도 여자 생기면 뭔가 달라지긴 할 거야."

"정말?"

"당연하지. 음양의 조화가 맞는데 쓸데없이 성질부리겠어?"

왠지 그럴듯하게 들렸다. 아주 신빙성이 없는 건 아니었다. 누군지 몰라도 불쌍하기는 하지만 그래도 사랑하는 사람이 생기면 뭔가 달라지는 게 자연의 이치 아니겠는가.

때마침 벌컥 하고 안쪽의 문이 열렸다. 문제의 우리 본부장님 되시겠다.

"10분 뒤에 회의 소집합니다. 총지배인님, 황 이사님, 다 참석하시라고 연락하세요."

유경은 슬쩍 핸드폰의 시계를 바라봤다.

11시 45분. 15분만 있으면 점심시간이다. 어쩌면 스케줄이 있는 이사님들은 벌써 사무실을 나섰을지도 모를 일이었다.

"15분 뒤면 점심시간인데······."

"그래서요?"

이재인 본부장의 눈썹이 치켜 올라갔다. 먹는 것 따위가 감히 돈 버는 일에 우선하느냐는 눈빛이었다. 그 눈빛에 질려버린 우경은 조용히 회의 소집을 위해 전화기를 들었다.

그럼 그렇지. 음양의 조화 좋아하네. 저게 어디가 여자가 생긴 남자란 말인가. 하루하루 더 지랄 같기만 하다. 그나저나 그 여자, 불쌍해서 어쩌나.

━━━━━

다현은 핸드폰을 무심히 뒤적거리다 검색어에 올라온 '이재인'이라는 이름에 시선을 주었다. 예전 같았으면 모르고 지나칠 이름이었지만 지금은 관심 정도는 가질 만한 상대였다. 그의 주장대로 어쨌거나 사귀는 사이니까.

이재인은 확실히 유명한 사람이었다. 그리고 생각보다 훨씬 더, 더 나쁜 놈이었다.

> **SH 에메랄드 호텔 본부장, 미모의 여성 동반**

핸드폰 한구석을 당당하게 차지하고 있는 헤드라인에 다현은 인상을 썼다. 뭐야, 이게.

기사 내용을 읽어 내리던 그녀는 헛웃음을 지었다.

어젯밤 음악회의 목적이 이거였구나. 나쁜 자식! 이 인간, 죽여버릴까? 땅에 묻어버릴 수도 없고.

기사 밑으로는 댓글이 만 개가 넘어가고 있었다. 댓글 창이 막히지 않을까 생각될 만큼 위험스러운 글들이 난무하고 있었다.

ㄴ그럼, 이수진이랑은 헤어졌나?

이수진? 이수진이 누구지? 맞다. 그 고양이 같은 눈을 가진 가슴 큰 여배우.

다현은 잽싸게 핸드폰을 눌러 '이수진'을 검색했다. '이수진'이라는 이름과 함께 '이재인'이 자동 검색되었다.

흐음, 이것만 봐도 뭐가 있다는 거겠지. 헐, 이 남자, 진짜 선수였다. 이수진, 강미라, 연서희라……. 배우에, 가수에, 여자친구들만 모아놔도 빵빵한 매니지먼트 회사를 하나 차릴 것 같았다. 이 인간, 완전 바람둥이였구나.

잔뜩 인상을 쓰고 핸드폰을 뒤지던 다현의 앞에 향기로운 장미꽃 다발을 쥔 지수가 훤한 얼굴로 나타났다.

"선생님!"

"어, 왔구나."

"선물이에요."

지수는 가지고 있던 꽃다발을 다현에게 안겨주었다. 물기를 촉촉이 머금은 붉은 장미가 마분지 천에 곱게 포장되어 있었다.

세상에, 이렇게 센스 있는 선물이라니. 애인은 고사하고 '남자 사람'한테도 꽃다발을 받아본 적이 언제인지 모르는데 이렇게 소담하고 예쁜 꽃이라니.

지수를 바라보는 다현의 눈빛이 더없이 부드러워졌다.

"뭐 이런 걸. 꽃다발은 팬클럽 회장이 스타한테 사줘야지."

"제가 진짜 스타가 되면 꽃다발이 아니라 화환으로 보내드릴게요. 선생님, 감사해요. 그 변호사님이 아무 걱정 말래요. 불공정 계약이래요."

지수의 눈에는 더없는 감사와 애정, 그리고 앞으로의 기대감과 설렘이 담겨 있었다. 그래. 이거면 된 거다. 지수의 눈빛만으로도 그녀는 이재인과 옳은 계약을 한 것이다.

"음…… 지수 네 일 완전히 해결될 때까지는 땅에 묻는 건 생각해봐야겠다."

"뭘 묻는데요?"

"그런 거 있어. 문제투성이."

지수의 걱정스러운 눈빛에 다현이 괜찮다는 듯 웃어 보였다. 일단 문제투성이 그 남자가 지수를 위해서 좋은 일도 하나 했으니 미모의 여성인 김다현이 이번만큼은 꾹 눌러 참아야 했다.

"우선, 걱정 말고 기다려봐. 우리나라 최고 변호사라고 그랬어. 다음에 새 기획사랑 계약 맺을 땐 제대로 검토하고 사인하자. 응?"

"네. 그래서 쉬는 동안 공부 열심히 하려구요."

"잘 생각했어. 지난번 문제집은 다 푼 거야? 뭐, 물어볼 거 없어?"

다현은 지수의 문제집을 테이블 위로 밀어놓으며 책장을 폈다. 그리고 다시 한 번 마음을 가다듬었다. 신문에 난 가십 따위는 이 아이의 인생에 비하면 정말이지 사소한 문제였다.

대학 2학년 때 봉사 활동에서 만난 천사 보육원과 지수와의 인연은 벌써 6년째 이어지고 있었다. 그때부터 묵묵히 자신의 꿈을 향해 노력하는 지수였지만, 매사 쉽게 풀리는 법이 없었다. 그런데 어쩌면 지수에게 기회가 올지도 몰랐다. 다현은 그에게 기회라는 걸 주고 싶었다.

다현은 흘긋 시계를 보았다. 모처럼 서울까지 왔으니 오늘 하루 일정을 다시 짜봐야 할 듯싶다.

이재인, 그 남자의 변명을 들어봐야겠지.

❀

재인은 퇴근 무렵 혼잡한 커피숍에서 한눈에 다현을 찾아냈다. 푸른 체크 무늬 셔츠에 하얀 스커트를 캐주얼하게 차려입은 그녀는 발랄해 보였다. 26살 선생님이 아닌, 20살 대학생이라고 해도 믿을 만큼 어려 보였다.

"웬일이지? 아직 일주일 안 됐는데. 뭐, 매일 보고 싶다면야."

그녀 앞에 마주 앉은 재인이 느끼한 멘트를 내뱉으며 뻔뻔스럽게 웃어 보였다.

허허, 이 남자 봐라. 양심도 없다. 하기는 양심이 있었으면 이런 짓을 할 리가 없었다. 그 와중에도 재인의 핸드폰은 열심히 울려댔다. 바쁘기는 정말이지 엄청 바쁜 사람인가 보다.

핸드폰을 바라보던 재인은 소리를 묵음으로 전환시킨 후 뒤집어놓았다. 어제의 짧은 기사는 이재인의 핸드폰을 폭발시키고 있었다. 어떻게 그룹 내에서도 대외비인 그의 핸드폰 번호를 알게 되었는지는 중요하지 않았다. 그들은 성현 그룹의 후계자가 될지도 모를 이재인의 결혼에 모든 관심을 집중시키고 있었다.

"뭐 찔리는 거 없어요?"

"없는데?"

다현이 뭘 말하는지는 알고 있었지만 재인은 단번에 고개를 흔들었다.

"정말 없어요?"

"별로."

정말 양심도 없었다. 약이 오른 다현의 눈에 불이 났다.

만날 때마다 일을 만들고 화를 돋우는 데 일가견이 있는 남자였다. 어떻게 앞으로 하루 빠진 6개월을 버텨낼 수 있을까.

반듯하게. 정직하게. 그녀가 그녀의 반 아이들에게 강조하는 덕목이었다. 초등학교 3학년 아이들도 거짓말을 하면 반성을 하고 노력이라는 걸 하고 있다. 이 눈앞의 문제아 어른과는 전혀 다르게 말이다.
　"알고 있었죠? 거기 기자들 있는 거. 내 기사 쓸 거라는 거."
　"조금은."
　이 남자 봐라. 아주 부정을 안 하네. 몰랐다고 싹싹 빌어도 용서를 해줄까 말까인데. 거짓말 안 하는 걸 칭찬해야 할지, 이런 계획적인 나쁜 짓에 화를 내야 할지 헷갈렸다.
　"그런데 일을 이 지경으로 만들어요? 8조, 언론에……."
　"언론에 공개할 시에는 모든 책임을 감수한다!"
　다현이 읊조리려 하는 계약 조항 뒷부분을 재인이 대신 말했다. 둘이 머리를 맞대고 만든 계약서였고, 언론 공개 부분은 재인이 먼저 우려하던 조항이었다. 그런데 지금 이 남자가 그 조항을 교묘하게 피해가고 있었다.
　"그럼 책임져요!"
　"좋아. 책임질게. 그래도 지금 당장 결혼은 좀 그런데."
　이 여우같이 능글맞은 남자 같으니. 처음에 만났을 때는 결혼의 '결' 자만 나와도 폭탄이라도 맞은 것처럼 펄쩍 뛰더니 이제 제 입으로 결혼을 이야기한다.
　"누가 결혼하재요? 지금 그 얘기가 아니잖아요. 사과할 생각은 안 하고. 본인이 뭘 잘못했는지 아직도 몰라요?"

"사과할 필요가 없잖아. 사람들이 당신을 어떻게 알겠어? 김다현 씨 얼굴도 모르고 이름도 몰라. 대한민국의 반이 여자인데 걱정할 게 뭐가 있어."

"내가 알고 이재인 씨가 알고…… 또 누가 알게 될지 어떻게 알아요?"

"걱정 마. 소문낼 생각 전혀 없으니까. 다다만 조심하면 돼."

허허, '다다'란다. 대놓고 능글맞은 웃음에 열이 난 다현은 벌떡 일어나서 가방과 장미 꽃다발, 그리고 이번에는 잊지 않고 핸드폰도 챙겼다.

하여튼 대화가 안 된다. 변명조차 안 하겠다는 뻔뻔한 남자였다.

물끄러미 그 모습을 바라보던 재인이 다현의 어깨를 눌러 다시 앉혔다.

"뭐예요, 지금?"

그의 힘에 밀려 자리에 주저앉으며 다현이 인상을 썼다.

폭력은 아닌데, 묘한 강제성이 느껴지는 움직임이었다.

"궁금한 게 있어서."

지금은 그가 뭘 궁금해할 때가 아니었다. 지금 필요한 건 그의 사과였다. 하지만 재인의 표정은 사과 따위하고는 거리가 멀어 보였다.

"뭐가 궁금한데요?"

"웬 꽃다발이지? 나 주려고 산 건 아닐 테고."

재인의 시선이 예쁘고 소담하게 포장된 장미 꽃다발에 멈춰 있었다. 아무리 생각해도 다현이 돈 주고 산 것 같진 않았다.

"뭐가 이쁘다구요!"

"그럼, 설마 남자한테 받은 건가?"

다현이 버럭 인상을 썼지만 눈앞의 남자는 더 구겨진 얼굴이었다. 그는 테이블 위에 올려진 꽃다발을 당장이라도 없앨 듯 노려보고 있었다.

"그랬으면요."

"또 선본 건가?"

재인이 골똘하게 머리를 굴렸다. 다현의 어머니는 그의 존재를 알고 있었다. 그러니 남자가 있는 다현에게 굳이 선까지 보게 할 리가 없었다. 재인을 직접 보자고 했으면 몰라도.

그렇다면 누구지? 매주 선보는 남자 말고 그럼 또 다른 남자가 있는 건가? 뭐야, 이 여자. 왜 이렇게 남자가 많은 건데?

"그게 왜 궁금한데요."

"누구지?"

"누구라고 하면 알아요?"

남자의 집요함에 다현이 낮게 혀를 차며 인상을 썼다.

지수가 줬다는 얘기를 해서는 안 될 것 같았다. 지난번에도 가수 생활 못 하게 하겠다고 대놓고 협박한 사람 아닌가.

"그러니까…… 남자를 만났단 말이지? 그것도 방금 전에. 확실히 계약서에 뭔가 빠진 게 있긴 있는 거 같아."

재인이 이를 앙다문 게 느껴진다. 아니 무슨 꽃다발 하나 받았다고 저렇게 화를 내는 건지. 자기가 사준 것도 아니면서.

"뭐 빠진 게 하나둘이겠어요? 나머지는 상식적이고 합리적인 수준에서 해결해야 하는 거지."

"그래, 내 말이 그거야. 우리가 진지하게 사귀는 중인데 당신한테 다른 남자가 있는 게 합리적이고 상식적인 거야?"

다현이 말한 상식적이고 합리적인 수준은 아무리 대한민국 사람이 모른다고 해도 그녀에 대한 기사 내용이 한 줄이라도 나가서는 안 된다는 뜻이었다. 하지만 눈앞의 남자는 그게 아닌 모양이었다. 오히려 본인이 더 정색을 해서 인상을 쓴다. 진짜, 이 사람과 합리적이고 상식적인 수준의 대화를 할 수 있을지. 게다가 그놈의 사귄다는 소리에 아주 질리겠다.

"계약서 다시 써."

"좋아요."

그녀가 원하던 일이었다. 진작부터 고치고 싶었다. 제멋대로의 스킨십은 물론이고 쓸데없는 일로 협박하지도 말고 괜한 일로 성질부리지 말라고 하고 싶었다.

하지만 남자가 생각하는 계약서의 수정 내용은 그녀의 생각과는 다른 듯했다.

"다른 남자, 절대 안 돼."

잠시 다현을 바라보던 남자가 딱딱하게 굳은 얼굴로 제안했다. 아니, 확실하게 압력을 넣고 있었다.

재인은 체계적이고 이성적인 사람이었다. 그리고 이번에도 냉철하게 생각하려 마음먹고 있었다. 하지만 이번 일만큼은 그게 잘 되지 않았다. 솔직히 스스로도 자신의 마음을 잘 이해하지 못하고 있었다.

왜 그럴까? 그녀가 누구를 만나건 그게 뭐 그리 중요한 일일까? 왜 이 여자의 또 다른 사생활이 이렇게 신경 쓰이는 걸까…….

아마도 할아버지가 눈치챌까 봐, 그래서 그런 거겠지. 그렇겠지. 그렇지 않으면 내가 이렇게 화가 날 이유가 없을 거야. 그 이유일 거야.

하지만 뭐라고 설명을 하건 자신이 왜 화가 났건 간에 재인은 이런 기분이 마음에 들지 않았다. 어쨌거나 그가 만나는 여자가, 다현 그녀가 또 다른 녀석을 만난다고 생각하면 온몸의 피가 머리에 한꺼번에 몰리는 느낌이었다.

"다른 남자의 기준이 어디까지인데요."

그녀가 의심스럽다는 어조로 물었다.

기준이라……. 이참에 뭐든 확실하게 하는 게 좋을 것 같았다. 특히나 그를 만날 때마다 이상한 남자를 하나씩 만나고 오는 건 딱 질색이었다. 물론 그를 만나지 않을 때도 다른 남자는 절대 안 된다.

"친구 같은 건 말도 안 되는 거고. 가족 빼고는 오다가다 만나는 사람이랑도 거리 둬."

"그럼 이재인 씨도 나 만날 때 다른 여자는 가족 빼고 전부 거리 둘 건가요?"

그녀의 역습.

다현이 진지한 눈빛으로 그의 답을 기다리고 있었다. 잠시 멈칫거리던 재인이 고개를 끄덕이자 이번에는 그녀가 미간을 모았다.

"꼭 안 그래도 되는데."

"그럴 거야. 꼭!"

그녀의 낮은 중얼거림에 또 빈정이 확 상하려고 한다. 이렇게 그에게 관심 없는 여자도 있었나?

재인은 맹세하듯 이를 앙다물고 대답했다.

"그럼 이수진, 강미라, 연서희. 그 여자들이랑은 이제 안 만날 거예요?"

뜻밖에 그녀의 입에서 줄줄이 나온 배우와 가수의 이름에 재인은 나직하게 한숨을 내쉬었다.

인터넷의 전형적인 폐해다. 쓸데없는, 몰라도 되는 정보들이 너무 많이 돌아다닌다.

"인터넷에 돌아다니는 거, 10분의 1만 믿어."

"그럼 그 한 명은 누구였어요?"

또 한 번의 역습.

진작부터 알고 있었지만 머리 좋은 여자였다. 단어 하나를 그냥 놓치는 법이 없다.

"정말 애도 있어요? 미국에서 키운다면서요?"

그를 바라보는 눈빛이 호기심으로 반짝거린다. 그에게 이렇게 대놓고 스캔들을 물어본 여자는 또 처음이다.

재인은 저도 모르게 나직한 한숨을 내쉬었다. 남자, 그 자체에 흥미가 있는 게 아니라 그깟 가십에 더 관심을 갖는 여자라니. 이게 뭐라고 또 묘하게 그의 자존심을 긁고 있었다.

"애가 있었으면 연애를 할 게 아니라, 와이프를 찾았겠지."

"아, 그래서 당신 할아버지가 재인 씨보고 결혼하라는 거예요?"

이제야 이해했다는 듯 그녀가 고개를 끄덕였다.

도대체 지금껏 내 말을 뭘로 들은 건지. 생각보다 똑똑한 여자가 아니었나? 그것도 아니면…… 날 놀리는 거겠지. 망할.

예상했던 대로 그녀의 눈빛이 웃음으로 반짝거렸다.

"명예훼손에 유언비어 유포 죄로 고소당하고 싶어?"

나지막해서 더 무서운 목소리였지만 그녀는 그다지 겁을 먹는 눈치가 아니었다. 하기는 처음 만났을 때부터 그랬다. 그가 뭐라건 눈도 깜짝하지 않는 여자였으니 이제 와서 겁을 먹을 일이 없다.

"알았어요. 뭐, 어차피 내가 애 엄마를 해줄 것도 아니니까."

"애 없다니까!"

약이 올라서 버럭 소리 지르는 재인에게 다현이 씩 하고 웃어 보였다. 이 여자에게는 감정 변화가 없다고 소문난 이재인의 성질을 돋울 줄 아는 희한한 재주가 있었다.

"알았다니까요. 중요한 건 그게 아니라…… 그럼 재인 씨도 내 몸에 손대지 말아요. 함부로 손목도 잡지 말고. 키…… 암튼, 스킨십 금지예요."

차마 '키스'라는 단어는 입에 담지 못하고 결론을 내버리는 다현을 바라보며 재인이 피식 웃어 보였다. 음악회에서의 일을 아직도 기억하나 보다. 하기는 그때 많이 가깝기는 했지.

"왜 웃는데요?"

다현의 눈이 가늘어졌다. 그녀는 저 의미심장한 미소가 마음에 들지 않았다.

"연애, 한 번도 안 해봤구나."

"아니거든요."

"그럼 어디 고자들만 사귀었나. 뭘 몰라서 그러는 모양인데, 손잡고, 키스하고, 같이 자는 거, 사귀면 다 하는 거야. 남녀 간에 아주 자연스러운 거지."

재인은 아무것도 모르는 순진한 학생에게 아주 중요한 내용을 가르치듯 다현에게 말했다.

"어디서 순 바람둥이만 만났나. 뭘 몰라서 그러는데, 그건 사귀면 하는 게 아니라 좋아해야 하는 거거든요."

다현은 그의 말도 안 되는 연애관에 혀를 찼다. 지금 누가 누구한테 뭘 가르치나 모르겠다. 여태 그러고 여자를 사귀었으니 할아버지가 손자 연애에 직접 나서지. 그 이유를 이제야 알 것 같았다.

"그러니까, 그래서, 당신은 날 안 좋아한다?"

"당연하지요."

당연하다는 듯 그녀는 고개를 끄덕였다.

하기는 애정 따위는 그들의 계약서에 없는 내용이었다. 이게 좋았다. 서로의 거리가 딱 지켜지는 사이. 더 나아가서는 서로가 곤란할 일이었다. 성현 그룹의 이재인은 절대 눈앞의 여선생과 결혼할 수 없었고, 그의 취향도 아니었다. 다행히도 말이다.

"잘됐네. 주욱 그러라고. 나한테 반하지 마. 안 그럼 복잡해지니까."

"내 말이요. 어쨌거나 됐구요. 오늘 만났으니까 다음 주 건 재껴요."

"그건 곤란한데. 일주일에 한 번 이상 만나야 하거든. 횟수 제한이 있는 게 아니야. 일단 나가지. 여기 답답하니까."

재인은 일어서면서 한 손으로는 다현의 손을 잡고, 나머지 한 손으로는 꽃다발을 집어 들었다. 그리고 재인이 다현의 손목을 부여잡아 그녀가 놀라 멈칫거리는 사이 그는 가차 없이 꽃다발을 휴지통에 집어넣었다.

"미쳤나 봐."

기겁을 한 다현이 눈을 동그랗게 뜨고 얼른 꽃다발을 주우려 했지만 재인은 단호했다.

그는 다현의 한쪽 어깨를 돌려서 꽉 잡은 채 그녀를 거의 질질 글다시피 해서 커피숍을 벗어났다. 하여튼 성질 더러운 남자였다.

얼마 만에 받은 꽃다발인데. 그리고 저 예쁜 아이들을 휴지통에 처박아놓다니. 이 남자, 정말 마음에 드는 구석이 한 개도 없다.

다현이 좌악 재인의 뒤통수를 노려보았다. 정말이지 한 대 딱 때려주고 싶다.

10. 사업적 관계

— 그러니까, 나한테 반하지 마요

그 남자가 데리고 간 곳은 요즘 한창 뜨는 뮤지컬 공연장이었다. 굉장히 유명한 배우가 더블 캐스팅이 되고 난 후 표 구하기가 하늘의 별 따기인 공연이었다.

하지만 다현은 재인을 의심스러운 눈빛으로 살피고 있었다. 분명 무슨 꿍꿍이가 있다. 음악회처럼 기자들이 진을 치고 있든지 아니면 또 누군가에게 보여줘야 할 이유가 있든지.

"왜 갑자기 공연장인데요?"

"호텔에서 후원하는 거야."

아, 후원. 음악회도 그 비슷한 거였다. 한숨이 절로 나온다. 이 남자는 정말 날 안 좋아하는구나.

"클래식 말고 연극도 싫어하는 거야?"

"아뇨. 그게 아니라…… 재인 씨 말이 맞았어요. 확실히 인터넷에 나온 이야기는 믿을 게 못 돼요."

"뭐?"

뚱딴지같은 다현의 이야기를 알아듣지 못한 재인이 되물었다.

"이 여자 저 여자 요란하기는 한데 제대로 여자 만난 적은 없죠? 하긴, 그래도 생긴 건 멀쩡해 보이니까 여자는 만났을 거고. 맨날 차였죠? 그죠? 그래서 이렇게 사람이 망가진 건가."

그에게 질문을 쏟아대던 그녀가 이제야 모든 걸 이해했다는 듯 제멋대로 결론을 내리고 혼잣말처럼 중얼거렸다.

뭐라는 거야? 누가 차여. 그는 이재인이었다. 여자가 아쉬운 적은 지금껏 경험해본 적이 없었다.

"그게 무슨 말도 안 되는 얘기야. 태어나서 단 한 번도 여자한테 차여본 적 없거든."

"차인 줄도 모르고 차인 거죠. 장담하는데요, 그 여자들, 당신 별로 안 좋아했을 거예요. 성현 그룹 이재인을 좋아했겠지."

발끈한 재인에게 다현이 불쌍하다는 듯 고개를 흔들었다.

이제야 겨우 모든 걸 이해했다는 표정으로 그녀가 그를 동정 어린 시선으로 바라보고 있었다.

뭔가 꽤나 측은한 듯 보는 그녀의 시선에 재인의 미간이 모아졌다. 마음에 안 드는 눈빛이었다.

"뭘로 그렇게 확신하는데?"

"여자를 만나면서 회사 일을 하잖아요, 지금! 누가 좋아해요, 그런 남자를."

"어차피 해야 할 일이니까. 일석이조지. 시간도 아끼고."

시간을 아낀단다. 다현은 나름 이해했다. 처음부터 그런 줄은 알고 있었지만 확실히 그들의 관계는 비즈니스였다. 그녀가 그를 만나기 위해 서울로 올라오면서 낯선 남자와 선을 보고, 지수를 챙기는 것처럼 그 역시 그런 것이다.

일석이조. 시간도 아끼고 서로의 당면 과제도 해결하고. 그렇게 생각하면 이번 일은 그에게 뭐랄 게 아니었다. 나름 공평했다.

"다행이네요."

"뭐가?"

"이재인 씨가 나한테 반하지 않아서요."

다현이 재인을 똑바로 바라보고 말했다.

마치, 나도 그렇다고 말하듯이.

"그걸 어떻게 아는데?"

그가 궁금하다는 듯 그녀에게 물었다. 그는 그녀에게 말해주고 싶었다.

당신한테 전혀 끌림이 없는 건 아니라고. 비록 절대로 반하거나 애정이 깊어지면 안 되는 관계이기는 하지만 재인은 그녀가 싫지 않았다.

"좋아하는 여자를 만나면서 시간을 아끼는 사람은 한 명도 없거든요. 보통은 없는 시간도 쪼개지. 좋아요. 주욱 그러세요. 나한테 반하지 말아요. 뭐, 쉽지 않겠지만."

방금 전 재인이 한 억양 그대로 그녀가 되받아쳤다.

재인은 그런 다현 때문에 피식 웃음이 터져 나왔다.

한마디도 지지 않는구나.

"아무튼 됐고. 가요."

"어딜?"

"어디긴요. 지난번에는 재인 씨 맘대로 음악회 갔으니까 이번에는 내가 가고 싶은 데 가야죠. 공평하게."

뮤지컬 공연장에 들어서기도 전에 다현이 분명하게 그의 손목을 잡아끌었다. 사실 이 뮤지컬이 아주 욕심나지 않는 건 아니었다. 그래도 원칙은 지켜야 할 것 같았다. 그래야만 앞으로 남은 기간 내내 이 남자한테 휘둘리지 않고 시간을 채워갈 수 있으리라.

그녀가 안내한 곳은 아이들 장난감 가게였다. 아니, 더 정확히는 장난감을 조립할 수 있는 공간이었다. 주말이라 그런지 아이들이 부모들과 로봇에서 우주선까지 작은 부속품을 조립하느라 테이블에 머리를 박고 집중하고 있었다.

"이걸 하자고? 정말?"

"네."

주변을 돌아보다 황당스러워진 재인의 질문에 다현이 고개를 끄덕였다.

"당신이 10살짜리 애야? 이런 걸 하고 싶게."

"우리 반 애들이 10살이거든요."

다현이 그를 향해 빙긋 웃어 보였다. 닥치고 앉으라는 미소 같았다.

'끙' 하고 어이없는 신음이 저절로 새어 나왔지만 그녀의 말대로 공평한 거래에서 빠져나갈 수 있는 방법이 없었다. 그놈의 공평. 계약서에 그런 단어 따위는 넣지 말았어야 했다.

"최소한 무대감독한테는 인사했어야 하는데……."

"나중에 혼자 가서 해요."

다현은 그의 미련을 중간에서 딱 잘라냈다.

이제는 포기할 때도 됐는데 참 성격하고는. 무슨 남자가 하나도 손해를 안 보려고 한다.

"재인 씨, 뭐 하고 싶어요? 스타워즈로 할까요? 아님 로봇도 있는데……."

"다 싫어."

"시간을 아껴야죠. 일석이조."

진지한 다현의 대답에 재인이 살짝 눈을 흘겼다.

하여튼 이 여자, 그냥 넘어가는 게 없다.

다현이 신중하게 골라온 장난감이 테이블 위에 올려졌다.

8~16세용

 박스 안에 쓰여 있는 숫자를 보니 더욱더 난감해졌다. 이걸 26살짜리 여자와 32살 먹은 남자가 정말 해야 한단 말인가?
 "저기, 다현아. 다시 생각해보지 않을래?"
 남자가 그윽하게 그녀의 이름을 불렀다. '다현아'란다. 이재인이 왜 이렇게 다정하게 부르는지 그 저의는 진작에 알고 있음에도 바보처럼 그 다정함에 그녀의 심장에서 '툭' 하고 소리를 내버렸다.
 정말 큰일이었다. 안 돼. 난 잘생긴 남자한테 너무 약해.
 그녀는 두근거리는 가슴을 부여안고 테이블에 있는 스타워즈 상자를 그에게 밀어주었다.
 "왜요. 괜찮을 거 같은데. 어려서 이런 거 안 해봤어요?"
 "안 해봤는데."
 스타워즈를 바라보는 그의 목소리가 다시 불퉁해졌다. 뭐라 꼬셔도 그녀가 마음을 바꿀 것 같지 않으니 그는 본래의 이재인으로 10초 만에 되돌아가버렸다. 다행이었다.
 이런 뻣뻣한 이재인이 다현에게도 편했다. 그러니까 갑자기 다정한 척하지 말란 말이다. 심장 떨리게.
 "그럼 뭐 했는데요?"
 "바이올린, 골프, 수영, 발레, 영어, 중국어, 스페인어……."
 "나랑은 정말 다르다."

이재인이 읊어대는 것 중에서 그녀는 영어를 빼놓고는 한 게 없었다. 물론 영어를 배웠다는 거지, 잘한다는 소리는 아니었다.

중국어에 스페인어라니. 우리 둘은 뭐 하나 공통점이 없구나. 아, 수영은 경험을 했었다. 아빠가 잠깐 한눈을 판 사이에 빠져 죽을 뻔한 이후로 물가에는 얼씬도 하지 않아서 지금도 여전히 물에 뜨지 못한다.

확실히 그들은 너무 다른 사람들이었다.

"당신은 뭐 했는데?"

"축구, 피아노 두 달, 만화 보기, 종이 인형 맞추기."

"축구?"

공주님처럼 자랐을 거라는 생각은 안 했지만 생각보다 활동적인가 보다. 하기는 애들이랑은 잘 노는 것 같았다.

"오빠가 축구광이었거든요. 아, 그리고 태권도도 했어요. 발차기 잘해요, 나."

"믿어지지 않는데."

재인이 슬쩍 찡그렸다. 다현은 딱 봐도 몸치였다. 몸으로 뭘 하는 데 재주가 있어 보이지 않았다.

"믿어봐요. 정 필요하면, 재인 씨 상대로 한번 차볼까요?"

"그런 건 나쁜 놈 상대로 해야지."

"그러니까 재인 씨 상대로 해야죠."

그녀가 씩 하고 웃어 보였다. 재인도 어쩔 수 없이 설핏 미소 지을 수밖에 없었다.

"알튼, 우리 정말 다르네요. 그래도 뭐, 괜찮아요. 로봇 조립은 나도 처음 해보니까."

"근데, 왜 여기를!"

"우리 반 애들이 좋아할 거예요."

버럭 하는 재인에게 다현이 엄숙하게 말했다. 마치 자기네 반 아이들의 행동이 세상만사의 진리라도 되는 것처럼 말이다. 어쨌거나 다현은 절대 이 일을 포기하지 않을 것 같았다.

―⫸⫷―

하루하루 매시간 긴장을 풀지 못하고 잠자는 시간도 아까울 만큼 바쁘게 사는 이재인이었다. 그럼에도 불구하고 그 금쪽같은 2시간을 소비하며 장난감을 맞춰가면서 확실히 알게 된 건 다현은 자기네 반 아이들만큼 조립 능력이 없다는 사실이었다. 하나씩, 한 페이지씩 넘겨야 하는 걸 왕창 쏟아놓고 맞추길 바라는 것 자체가 욕심이었다.

입술을 꼭 다물고 눈빛을 반짝이며 골몰하는 다현의 모습을 바라보며 재인은 문득 아주 예전의 시간으로 되돌아간 기분이었다.

사촌 형도 로봇 조립을 좋아했었다. 그보다 달랑 3살 위였지만 10살의 재인에게는 언제나 닿을 수 없는 어른 같았고, 언제나 기운 센 형이었다.

재인의 10번째 생일, 자르지 못한 케이크와 열지 못한 선물 상자를 생각하면서 어머니의 손에 이끌려 도착한 곳은 언제나 영웅이었던 사촌 형의 장례식장이었다.

10살 재인도 장례식의 의미는 알고 있었다. 하지만 죽음을 이해하기에는 분명 어린 나이였다.

그날 갑작스럽게 쏟아지던 소나기 속에서 재인은 자신이 움켜쥐고 있던 손수건을 큰어머니에게 건네주었을 때 그에게 와 닿는 사람들의 시선을 그때는 전혀 이해하지 못했다.

"이거 아무래도 뭐가 잘못된 거 같아요."

나직하게 투덜거리는 다현의 목소리에 재인이 과거에서 장난감 카페로 다시 돌아왔다. 반쪽짜리 로봇이 그를 삐딱하게 바라보고 있었다.

"지금 바꿔달라면 바꿔줄까요? 불량품 같은데."

"멀쩡한 거야."

재인이 할 수 없다는 듯 다현의 장난감을 그의 앞으로 끌어왔다. 이곳에서 두 시간이면 충분했다. 조금이라도 빨리 벗어나기 위해서는 어쩔 수 없는 일이었다.

재인의 손길 몇 번에 반쪽짜리 로봇이 금방 기세당당한 모습이 되어가자 다현이 작게 감탄했다.

"재인 씨, 이런 데 소질 있나 봐요."

"애들도 하는 거야. 다다가 못하는 거지."

다현이 변명처럼 그를 추켜세우자 재인이 냉정하게 대답했다. 그러곤 턱 끝으로 포장 박스에 크게 쓰여 있는 사용 연령을 가리켰다.

8~16세용

다현이 뚱한 얼굴로 그를 향해 눈을 흘겼다. 우씨! 못할 수도 있지.
부속품 하나를 제대로 못 찾은 건 그저 단순한 실수였다.
"이런 게 창의력과 집중력에 좋대요."
"그럼 다다는…… 집중력도 창의력도 부족한 거야?"
"재인 씨!"
그녀의 입술이 불쑥 튀어나오자, 재인이 손가락으로 꾹 눌러 보고는 씩 하니 웃었다. 화들짝 놀라서 반걸음 정도 자동으로 물러나는 다현을 보고 재인이 다시 웃었다.
이 사람이 정말. 애들도 아니고, 웃음이 나오니?

⋙ ⋘

조립한 장난감을 포장하고 나오니 어느새 캄캄해진 거리에는 비가 쏟아지고 있었다. 아까까지는 날씨가 좋았는데 어느새 먹구름이 몰려오고 있었나 보다.
"소나기인가 봐요."

"그러네."

"금방 그치겠죠?"

"글쎄."

장난감 가게 처마 밑에서 미처 우산을 준비하지 못한 사람들이 급하게 거리를 뛰어가는 모습을 바라보며 재인이 낮게 중얼거렸다.

소나기.

언제나 갑작스럽게 다가오고, 참고 또 참으면 지나가던 모든 것들.

후드득 쏟아져 내리는 빗방울이 드세졌다. 바닥에 새겨지는 물방울도 더 커졌다.

"기다릴까요?"

"그럴래?"

"아뇨. 그냥 가요. 이번에는 한번 맞아보죠."

재인의 표정을 잠시 바라보던 다현이 결심한 듯 대답했다. 그리고 재인이 미처 준비할 틈도 없이 그녀가 재인의 손을 부여잡고 거리를 뛰어가기 시작했다.

거리에는 뛰어가는 사람들로 붐볐고, 그 안에 다현과 재인도 있었다.

어느새 함빡 옷이 젖어들었고 머리에도 눈썹 밑에도 빗방울이 떨어졌지만 그리 나쁘지는 않았다. 그의 손을 더 꼭 잡은 다현이 그의 옆에서 웃고 있었다.

그들의 연애 아닌 진지한 교제는 생각보다 괜찮았다. 최소한 재인에게는 그랬다. 그녀는 많은 걸 요구하는 스타일이 아니었다. 그리고 불평이 많은 사람도 아니었다.

여기저기 끌고 다니는 일도 없었고, 먹는 게 까탈스럽지도 않았으며, 데이트를 빙자해 회사 일을 함께 수행하는 재인을 두고 혼자 즐기는 방법도 진작에 터득한 듯했다.

가끔씩 수업 중에 꺼놓은 핸드폰을 다시 켜놓는 걸 잊어버려서 연락이 두절되는 황당한 상황이 야기되거나 그를 코앞에 두고도 길을 못 찾아 헤매는 걸 빼면 꽤나 만족스러운 데이트 상대였다.

"우리가 좀 일찍 왔나."

형준이 주위를 둘러보며 중얼거렸다. 그런 형준을 바라보는 재인의 눈초리가 영 마땅치 않아 보였다.

"야, 얼굴 좀 펴."

"네가 여길 왜 따라 나와?"

노골적으로 불만스러워하는 재인을 바라보며 형준은 어이없는 웃음을 터뜨렸다.

이게 지금 두 사람만의 시간을 방해해서 심통이 난 건지, 아니면 두 사람의 사업적인 관계가 들통날까 봐 불안한 건지 도무지 알 수가 없었다. 사실 형준은 그 여선생님이 너무 궁금했다. 물론 진작에 만나보기는 했지만 그 선생님과 재인이 어떤 데이트를 하는지 호기심으로 몸살을 앓을 정도였다.

"원래 연애하면, 친구도 소개하고 그러는 거거든."

"시끄러워. 왜, 할아버지가 알아보래? 우리가 어떻게 사귀는지?"

우리. 아무래도 두 사람의 시간을 방해한 게 틀림없는 모양이다.

형준은 애써 비어져 나오는 웃음을 삼켰다.

"아니. 두 사람 사귀는 건 회사 행사 일정만 보면 누구든 다 알아. 음악회에 미술관에, 너 안 보이는 데가 없더라. 듣는 내가 다 한심하더라."

노골적인 형준의 비웃음에 재인의 눈썹이 올라갔지만 그의 친구는 아랑곳하지 않는 눈치였다.

"그게 왜 한심한데?"

"그냥 남들처럼 연애를 해."

형준이 타이르듯 그에게 충고했다.

"나도 지금 연애하는데?"

"그건, 연애가 아니라 사업이고."

타박이라도 하듯 인상을 쓰는 형준의 지적에 재인이 으쓱 어깨를 올렸다. 다현도 그런 비슷한 말을 한 적이 있었다.

하지만 두 사람의 관계는 아무 문제없었다. 최소한 재인은 그랬다.

지금 형준이 말하는 회사 행사 순례는 나름대로 그들 간의 고집이었다. 재인은 열심히 행사를 뛰고, 다현은 또 열심히 자기 반 아이들 수준의 놀이를 찾았다.

연극을 보고 상대 남자 배우에게 홀딱 반한 그녀가 마음에 들지 않았지만, 초등학생이 즐겨 찾는 박물관에서 흥미진진해하는 그녀의 모습은 그런대로 재미있었다.

이런 걸 형준이 어떻게 알겠는가. 그들은 남들처럼 연애를 하고 있는데 말이다.

"남자 여자 둘이 만나서 할 일 많거든."

"자라고? 아직 좀 이른데. 다현이 꼬시려면 시간 좀 걸려."

"야!"

기겁을 하고 주변을 살펴보는 형준을 바라보며 재인은 씩 하니 웃어 보였다.

동침은 무슨. 키스도 쉽지 않은데. 하지만 그는 굳이 그 사실을 친구에게까지 알려주고 싶은 생각이 전혀 없었다.

"둘이 영화라도 한번 봤어? 놀이공원까지는 네 성격에 바라지도 않고. 밤에 문자는 하니? 손 잡고 걸어는 봤고? 꽃은 사봤어?"

영화 대신에 연극이나 뮤지컬은 이미 봤고, 놀이공원 대신에 장난감 조립 카페는 들렀었다. 그리고 꽃은 주지는 않았지만 일단 버려는 봤고, 문자는…… 그래, 오늘 하면 되겠구나.

형준의 길어지는 잔소리를 한 귀로 듣고 흘리면서 재인은 마음속으로 그렇게 생각했다.

"근데 왜 안 오는 거야?"

"올 거야. 길치라서 그래."

재인은 흘긋 시계를 바라보았다.

약속 시간 10분 전. 아마 지금쯤 지하철 계단을 땀나게 뛰어오고 있을 것이다.

만난 지 얼마 되지 않아 바로 알았다. 이 여자가 대책 없는 길치라는 것을. 지하철 입구를 한 번에 찾는 것이 용할 정도로 방향 감각이 제로였다.

"저기 오네. 여기까지 한 5분 걸리겠지만."

재인의 중얼거림으로 형준도 그녀를 발견했다. 저만치 다현이 두리번거리는 게 카페 앞 커다란 창으로 보이고 있었다.

고개를 갸웃거리며 간판을 찾아보는 다현을 재인은 재미있다는 얼굴로 바라보았다. 그리고 그런 재인을 형준은 흥미롭게 지켜보았다.

어라, 괜한 잔소리를 한 모양이었다. 그의 걱정과는 달리 재인은 남들처럼 연애를 하고 있었다.

재인의 말대로 5분쯤 후에 커피숍에 도착한 다현은 형준을 발견하고 친절하게 웃어 보였다.

"어? 안녕하세요?"

"오래간만이에요. 학교에서 뵙고 처음 만나네요."

다현이 형준을 대번에 알아보고 환하게 웃어 보였다.

아니, 왜 이 녀석은 이렇게 단번에 알아보는 거지? 게다가 왜 웃는 건데.

"그러게요. 그때는 오해해서 죄송했어요. 정말 사기라고 생각했거든요."

"뭘요. 그럴 수 있죠. 당연한 거예요. 제가 보기에도 상황이 좀 이상했어요."

다현이 깍듯하게 사과하자 형준이 괜찮다는 듯 고개를 끄덕였다.

"밥- 먹었어?"

재인을 소외시킨 채 두 사람의 인사가 길어지자 그가 중간에 끼어들었다. 재인은 형준의 눈빛이 반짝이는 게 영 맘에 들지 않았다. 다다가 저렇게 환하게 생글거리는 것도. 둘이 얼마나 보고, 얼마나 친하다고 저렇게 웃어대는지.

"그럼요. 몇 시인데. 설마, 아직 점심 안 먹었어요?"

"아직."

"밥을 왜 안 먹고 다녀요? 안 그래도 까칠한 사람이. 또 사무실에서 몇 명이나 잡았으려고. 금방 성질부리고 왔죠?"

"아니거든!"

다현의 지적에 재인이 인상을 썼고 형준은 쿨럭하고 낮은 기침을 쏟아내야 했다. 사레라도 걸린 듯했다. 그가 무언가 지금 잘못 듣고 있는 모양이었다. 뭐지? 재인이 이런 소리를 듣고 가만히 참고 있다고? 김다현 선생님이 도대체 무슨 마술을 부리는 걸까?

"괜찮으세요?"

"네. 괜찮습니다."

다현의 배려에 형준은 어색하게 웃어 보이며 친구인 재인을 바라보았다. 정작 당사자인 이재인은 전혀 아무렇지도 않은 모양이었다.

"밥 먹으러 갈 건데, 같이 가실래요?"

"그게……"

형준을 바라보는 재인의 눈빛이 형형했지만 그는 다현을 향해 얼른 고개를 끄덕였다.

이재인을 20년 넘게 알았다. 그럼에도 불구하고 친구의 이런 모습은 또 생소하다. 재인의 다른 모습을 볼 수 있는 기회는 그리 많지 않았다.

"그럴까요. 안 그래도 점심이 부실했는데."

"너 눈치 없어? 왜 남의 데이트 방해하는데."

"왜 그래요? 예의 없이."

노골적인 재인의 구박에 다현의 눈이 금방 세모가 되어 그를 타박했다. 아니, 언제 봤다고 저 녀석 편을 들어주는 건데?

재인의 얼굴이 확실하게 굳어졌지만 그녀는 아랑곳하지 않는 표정이었다.

형준은 이제 상황이 재미있어졌다. 이건 돈을 주고도 못 볼 구경이었다. 재인이 아무리 떠밀어도 그는 한 발짝도 움직일 수 없었다. 나중에 후유증은 그때 가서 생각할 일이었다.
"이해하세요. 쟤가 좀 성질이 고약하거든요."
"이미 알고 있어요. 하지만…… 뭐, 저도 남 얘기할 입장이 아니거든요."
다현의 진지한 말에 결국 재인도 형준도 웃음을 터뜨리고 말았다.
그날 형준은 늦은 점심을 함께했고, 그것도 모자라 커피까지 제대로 마시고 마지막에는 재인의 눈총을 받고 나서야 자리에서 일어섰다.
느릿느릿 움직이는 형준의 뒤통수에 재인의 시선이 꽂혔지만 형준의 입가에는 미소가 가득했다. 만날 때마다 사업을 하고 다닐지는 몰라도 두 사람이 사귀긴 사귀는 것 같았다.
남들처럼. 혹은 남들하고는 다르게.
하기는 남녀 간의 불꽃이 뭐가 중요한가. 미친 듯이 끌리는 사람들도 있는 거고, 그냥 함께 있는 걸로 행복한 사람들도 있는 거다. 어차피 남녀 관계는 그 '두 사람'이 주인공이다.
주인공인 연인들이 사랑을 하는 데는 그다지 많은 이유가 필요하지 않다. 저들처럼 말이다.

겨우 귀찮은 친구를 쫓아낸 재인이 다현을 바라보았다. 다현

의 시선도 재인을 향했다.

밥은 벌써 먹었고, 커피는 이미 다 마셨고, 아직 밤은 한참 남아 있었다.

"뭐 할까?"

"공평하게 해요."

"뭘?"

"뭐든요."

그녀가 엄숙하게 대답했고, 재인은 피식 웃어 보였다. 처음부터 시작한 '공평'은 그들 사이에서 중요한 덕목이 되어버린 지 오래였다.

"호텔에서 좀 일찍 시작하는 써머(Summer) 이벤트 있는데 거기 갈래? 시원하고 좋은데."

"됐거든요. 아직 그렇게 많이 덥지 않거든요."

또 회사 일. 다현이 단번에 고개를 흔들었다. 아무튼 일관성 있다. 어쩌면 이렇게 꾸준하게 회사 일을 고집할까.

"농담이야."

"거짓말."

재인의 변명에 다현이 코웃음 쳤다. 아마도 그녀가 그러자고 고개를 끄덕였으면 단번에 오케이 했을 남자였다.

"이번에는 내 차례죠?"

"내 차례 같은데? 지난번에 도서관이랑 서점 갔었잖아."

도서관에서 서점까지. 그야말로 백만 년 만에 처음 가보는 것 같았다.

셰익스피어의 《한여름 밤의 꿈》을 꺼내 든 그녀가 재인에게 권해준 책은 짓궂게도 할아버지의 자서전이었다.

그녀는 재인이 할아버지의 책은 절대로 안 읽었을 것이라고 확신하고 있었고, 그 역시 고개를 끄덕일 수밖에 없었다. 할아버지 책을 돈 주고 사다니. 할아버지가 알면 인세 들어온다고 좋아하시겠군.

"외요? 아까 재인 씨 차례는 형준 씨가 와서 썼잖아요. 그러니까 이번에는 내가 하고 싶은 거 해요."

그녀가 제법 논리적으로 자신의 차례를 주장했다.

"하루씩 계산해야 맞는 거지. 그리고 형준이 식사 초대한 건 내가 아니라 다다거든."

"재인 씨 친구잖아요. 난 예의를 지킨 거고."

"당신 손님이었어. 난 그냥 다다를 참아준 거고."

하여튼 이 남자, 진짜 약았다. 자기 친구였으면서 내 손님이란다. 다현이 그를 보면서 입을 비죽였다.

"다음에는 내 친구도 꼭 초대할 거예요."

"그러든지. 그때는 내가 예의를 지킬게."

재인의 뻔뻔스러운 미소에 다현은 저도 모르게 같이 웃어버렸다

저렇게 약아빠진 사람이 예의를 제대로 지킬 수 있으려나 모르겠다.

"그래서 뭐 하자구요?"

"음…… 영화 볼래?"

"그 호텔은 무슨 문화 행사를 그렇게 자주 해요?"

재인의 제안에 다현이 살짝 한숨을 내쉬었다.

처음 음악회를 시작으로 미술관, 뮤지컬 등 웬만한 호텔 후원 행사는 물론이거니와 중간중간에 누군가의 창립 기념일 행사까지 두루두루 열심히, 그리고 착실하게 회사 일을 보아온 재인이었다.

멀찌감치 떨어져 그와 동행한 다현은 마치 행사 도우미가 된 듯한 기분이었다.

"호텔 주관 행사 아니거든."

"그럼요? 그건 그룹 차원에서 또 뭐 하는 거예요?"

"아니거든. 그냥…… 그냥 보자고. 뭐든."

성질부리듯 해명하는 재인을 보고 다현이 얼른 고개를 끄덕였다.

뭔지는 모르지만 갑자기 가슴이 간지러워지는 느낌이었다.

달달한 로맨스가 될지, 피 터지는 호러물이 될지는 모르지만 어쨌거나 두 사람이 처음으로 하는 무언가가 또 생기고 있었다.

이제 두 달째. 숫자상으로는 8번째 만남이어야 하지만 어느새 그보다는 더 많은 만남을 가졌다. 그리고 또 어느 순간 숫자를 세다가 놓쳐버렸다.

더 친밀해지지 않도록 조심해야 하고 더 정이 쌓이지 않도록 몸을 사려야 하는데, 그와 하는 '처음의 일들'이 왠지 자꾸만 기대가 되려고 한다.

다현은 스스로에게 고개를 흔들었다.

김다현, 정신 차려.

11.
영웅처럼
— 지구라도 구해야 하는 걸까?

영화는 몇백억 원이 들었다는 할리우드 액션물이었다.

주말 늦은 시간임에도 불구하고 사람들이 꽤나 많아서 선택의 여지가 그리 많지 않은 결정이었지만 생각보다 나쁘지 않았다. 베드신이 난무하거나 좀비들이 튀어나오지만 않으면 된다고 생각해서인지 세상을 구하고 다음 시즌을 예약하는 잘난 영웅은 약간의 웃음과 긴장감으로 1시간 30분을 지루하지 않게 해주었다.

재인은 물끄러미 다현을 바라보았다.

보통 사귀는 남녀가 영화를 보게 되면 팝콘을 먹으면서 눈을 마주치거나 어둠을 틈타서 손을 잡거나 이런 식의 수순이 되어야 하지 않는가. 하지만 집중이 안 된다는 이유로 팝콘을 거절한 그녀는 두 손을 무릎 위에서 꼭 잡은 채 영화 속으로 빠져들고 있었다.

괜히 이 영화를 선택했다. 저렇게 남자 주인공에게 감탄할 줄 알았으면 차라리 호러물을 선택했을 텐데. 이재인이 옆에 있음에도 불구하고 그녀는 스크린에서 전혀 시선을 떼지 못하는 눈치였다.

천하의 이재인이 저 가공의 인물보다 관심을 받지 못하고 있었다. 주변의 커플들은 스크린보다는 서로의 얼굴을 바라보기가 더 바쁜 듯한데 그들, 아니 김다현만이 더없이 진지하게 영화에 빠져 있었다.

"재미없어요?"

드디어 그들이 처음 본 영화가 끝났다. 그리고 김다현의 시선도 겨우 그에게 머물렀다.

'니가 다시 영화를 보러 오나 봐라.'

재인은 속으로 그렇게 결심했다. 형준의 말을 괜히 들었다.

"재미없어."

그가 딱 잘라 말하며 고개를 흔들자 다현이 살포시 한숨을 내쉬었다. 아무튼 취향 맞추기 어렵다. 별점이 몇 개짜리 영화인데 본인만 별로라고 하는 건지.

극장을 나서는 사람들도 다 표정 좋은 얼굴이구만 그는 영 아닌 듯했다. 그렇다고 좀비물이나 로맨스를 좋아할 것 같지는 않은데 말이다.

"난 좋았는데."

"주인공이 너무 잘난 척해."

"그러니까 주인공이죠."

그의 말도 안 되는 대답에 그녀는 피식 하고 웃음이 나왔다. 어쩐지 이재인답다. 세상에 잘난 남자는 본인 하나여야 만족하겠지.

툴툴대며 걸어가는 이재인과 다현 앞으로 우르르 사람들이 몰려나갔다. 미처 피하기도 전에 다현이 사람들에게 밀쳐져 비틀거리자 재인이 얼른 다현의 손을 잡아끌어 자신의 옆에 붙여 세웠다. 그리고 다현을 밀쳐낸 커플을 차가운 눈초리로 노려보자 젊은 연인들이 찔끔해서 시선을 피했다. 그러자 대번에 길이 생겼다.

이 남자, 이렇게 노려볼 때 얼마나 무서운지 본인도 알고 있는 게 분명했다.

"괜찮아?"

"네. 괜찮아요."

고개를 끄덕인 다현의 손을 재인이 더 꼭 잡아끌고 엘리베이터로 향했다.

엘리베이터 안은 좁았고 사람들은 많았다. 양보 없이 밀려오는 사람들 사이에서 재인이 한 팔로 단단히 그녀의 허리에 팔을 둘러 끌어안았다.

그녀의 온기와 체취가 손을 통해, 그리고 가슴을 통해 온전하게 전해지자 재인은 그제야 만족했다.

왜 영화 보는 내내 기분이 불쾌했는지 그 정체를 조금은 알 것 같았다.

이 여자에게서 한 시간 30분 동안 철저하게 방치 당한 기분이 마음에 들지 않았구나.

남은 공간이 전혀 없어 보였던 엘리베이터는 12층에서 주차장이 있는 지하 3층까지 층층마다 서면서 24시간 쇼핑몰의 고객들을 태우고 여느 때보다 분주하고 촘촘하게 움직이고 있었다.

엘레베이터 안에서 재인에게 단단히 허리가 잡힌 다현은 그야말로 숨도 못 쉬고 그의 호흡을 머리 위로 느끼고 있었다. 다음에는 좀 천천히 나와야겠구나. 아니, 다음에는 별 5개짜리 영화는 봐서는 안 될 것 같았다.

그녀를 안고 있는 이재인으로 인해 방금 전 지구를 구한 잘생긴 히어로가 까맣게 잊혀지고 있었다.

※ ※ ※

다현이 살고 있는 옥탑방은 대로변에서 떨어져 있는 조용한 주택가에 있었다.

주변에 대학교가 있기는 해도 큰길 쪽이 아니어서인지 그렇게 번잡스러운 동네가 아니었다.

하지만 늦은 밤이었음에도 불구하고 집 앞에 차가 도착하자 좁지 않은 동네 골목길에 웅성웅성 사람들이 모여 있었다. 길가 한쪽에는 경찰차도 주차되어 있었다.

"내리지 말고 잠깐만 차에 있어."

길가에 차를 주차시킨 재인은 다현이 차에서 내리는 걸 제지하고 먼저 내렸다.

뭔가 느낌이 좋지 않았다.

"무슨 일이에요?"

어느새 옆으로 다가온 다현의 질문에 고개를 돌린 재인이 인상을 썼다. 하여튼 말도 안 듣는다. 차에서 내리지 말라니까 그새를 못 참는다.

"내리지 말라니까?"

"우리 동네거든요. 우리 집 앞이고."

다현의 답변에 재인이 짧게 한숨을 삼켰다. 그래서 내리지 말라는 거였다.

그녀가 살고 있는 집 앞에서 경찰이 왔다 갔다 하는 이유를 먼저 알아야 했으니까.

경찰 몇 명이 다현이 살고 있는 옥탑방 건너편에서 나오고 있었다.

"도둑 들었나 봐요."

다현이 소곤거리자, 재인의 표정이 금세 굳어졌다.

다현이 말하지 않아도 동네 사람들의 웅성거림이 귓가에 들리고 있었다.

"저 옆에 빌라, 싹 털렸대요."

"이 동네 벌써 세 집이나 털렸잖아. 경찰이 왔다 갔다 하면 뭘해."

"사람은 안 다쳤다지?"

조용한 동네라 안심하고 있었는데 그것도 아니었나 보다. 경찰차가 지나가자 모여 있던 사람들은 아무도 믿을 수 없다는 표정으로 모두들 급하게 움직였다. 지금 당장이라도 도둑이 코앞에 있기라도 한 것처럼 그들의 표정에는 긴장과 우려가 가득했다.

다현도 마찬가지였다.

그런 다현을 바라보며 재인이 그녀의 손을 잡고 성큼성큼 계단을 올라갔다.

"올라가자."

"어딜요?"

그에게 끌려 급한 계단을 올라가며 다현이 물었다. 계단의 끝은 다현이 머무르고 있는 방이었고, 누가 들어도 바보 같은 질문이긴 하지만 다시 확인할 필요가 있었다.

"당신 집."

"예요?"

"확인하게."

뭘 확인하자는 건지. 가만, 아침에 방 청소하고 나왔던가?

급하게 나오느라 몸만 빠져나온 것 같았다.

옥탑방의 상태가 머릿속에 그려지자 다현은 기겁했다. 이대로 저 남자랑 우리 집으로 함께 들어갈 수는 없었다. 하지만 다현의 생각과는 달리 그녀의 손을 잡고 있는 재인의 커다란 손은 끄떡도 하지 않았다.

※≫≫ ≪≪※

옥탑방의 잠금장치는 두 개였다.

열쇠와 번호 키. 우선 열쇠로 첫 번째 잠금장치를 풀고 번호 키를 누르자 '띠링' 하고 작은 소리가 났다. 뒤에 딱 붙어선 재인이 꼼꼼하게 그 모습을 살피고 있었다.

번호를 누를 때 그녀가 슬쩍 화면 창을 몸으로 가리자 재인의 나직한 웃음소리가 뒤통수에서 들려왔다.

"잠깐만 기다려요."

"왜?"

"왜는요…… 그게……."

차마 방이 지저분하다는 얘기는 제 입으로 할 수가 없었다. 절대 보여줄 수 없었다.

"암튼요. 일단…… 내가 먼저 들어가서 확인을 해야……."

"그건 내가 할 거고."

다현을 돌려놓고 재인이 먼저 현관으로 들어섰다.

미쳐, 미쳐.

기겁을 한 다현은 급하게 재인을 밀치고 방 안으로 들어섰다. 열두어 평 되는 방 안을 정말 매의 눈으로 살펴봤지만 다행스럽게도 다른 날에 비해 그다지 많이 너저분하지는 않았다.

11. 영웅처럼 - 지구라도 구해야 하는 걸까? | 285

안도의 한숨을 몰래 삼킨 다현은 침대 위에 벗어놓았던 파자마를 얼른 말아서 침대 시트 안에 밀어 넣었다.

"왜, 왜 여기까지 오는데요. 초대도 안 했구만."

"걱정 마. 나, 라면 안 좋아하니까."

"끓여줄 생각도 없거든요."

라면이라니. 누구 맘대로.

정색을 한 다현의 급한 손길과는 달리 재인은 다현의 방을 꼼꼼히 살폈다.

작은 옥탑방에 재인이 들어서자 갑자기 방이 꽉 찬 느낌이었다. 재인은 침실 쪽 창문을 열어보더니 대번에 인상을 그었다. 보안 겹창도 없이 덜렁 잠금장치 하나가 전부였다.

"현관문 보조 장치는 매일 잠그고 다녀?"

"네? 네."

"그건 잘하네. 안에는? 안에는 중간 잠금장치 있고?"

다현이 답변도 하기 전에 재인의 눈이 현관으로 향했다. 도어록이나 안전 걸쇠 같은 건 보이지도 않았다.

재인은 나직하게 혀를 찼다. 이 여자가 간도 크다. 혼자 사는 집이 이렇게 허술하다니.

"내일 당장 사람 불러서 설치해."

"알았어요."

재인의 명령에 다현이 순순히 고개를 끄덕였다.

이번만큼은 그의 말이 옳은 듯했다.

열두어 평 남짓한 다현의 옥탑방은 좁기는 했어도 그녀만큼이나 깔끔하게 정돈되어 있었다.

주방이 연결된 거실, 미닫이문으로 구분된 방 한 칸과 작은 욕실이 전부였지만 구석구석 정리되어 있어 생각만큼 좁아 보이지는 않았다.

몇 가지 빼고는 그런대로 괜찮은 옥탑방이었다. 특히나 눈에 거슬리는 저것은 당장 정리가 필요해 보였다.

"저건 뭐야?"

재인이 한쪽 눈썹을 치켜 올리며 다현의 침대 한쪽 벽면을 차지하고 있는 포스터를 가리켰다.

"지수 님이요."

새파란 놈이 웃통을 벗어던진 채 다현, 혹은 재인을 향해 반항적으로 눈을 치켜뜨고 있었다. 자세히 찾아보니 침대 옆 책상 위에도 저 녀석의 액자가 있었다.

"멋있지 않아요?"

포스터 속의 지수를 바라보는 다현의 눈이 반짝이고 있었다. 지금 누굴 보고 반하는 거야?

"멋있기는 개뿔. 18살짜리하고 연애하면 범죄야. 그것도 학교 선생님이면 가중처벌 받을걸."

"큰일 날 소리를 하고 있어요. 누가 연애를 해요."

눈이 동그래진 다현이 고개를 흔들었다. 그 강력한 부정에 조금은 기분이 나아지기는 했지만 그는 여전히 불쾌했다.

"그럼 오해받고 싶지 않으면 떼버려."

"아무도 그런 오해 안 하거든요. 다들 좋아하지. 이렇게 잘생겼구만."

듣는 방 불쾌지수가 올라간 재인이 홱 하고 몸을 돌려 주방 쪽으로 향했다.

여기도 창문에 달랑 잠금장치 하나였다.

"창문에 보안장치를 해야겠다. 안전망을 달아야겠어."

"안 그래도 그럴까 생각했었는데 그럼 감옥에 갇힌 기분이라서."

"큰일 당하는 것보다는 나아."

자인은 주방에서 밖으로 통하게 되어 있는 작은 쪽문을 열어젖혔다.

작은 경첩 하나가 잠금장치의 전부임을 확인한 재인의 눈살이 찌푸려졌다.

집 안 전체의 보안 상태가 영 부실했다. 도둑이 이 집을 건드리지 않은 건 그냥 운이 좋아서인 듯싶었다.

"뒤로는 못 들어와요. 계단 없어서."

"가스 배관 타고 올라올 수 있어."

재인을 쫓아온 다현이 그의 표정을 살피며 변명 아닌 변명을 했지만 재인의 얼굴은 여전히 살벌했다.

"저쪽 창문은 괜찮은 거야?"

"아마…… 그럴걸요."

'아마'라는 이야기에 재인의 얼굴이 더더욱 굳어졌다. 좁은 옥탑방이었지만 그래도 곳곳에 있는 환기 창문이 반가웠다. 하지만 지금은 왠지 그곳으로 당장이라도 나쁜 놈이 들어올 것 같은 기분이었다.

 성큼 다른 쪽 창으로 향하던 재인의 발걸음과 피해주려는 다현의 움직임이 부딪히면서 좁은 주방에서 갑자기 두 사람의 동선이 엉켜버렸다.

 좁은 공간에 순식간에 체온이 느껴지면서 한 공간에 있다는 사실이 확실히 느껴졌다.

 어색한 얼굴로 바라보던 다현이 재인이 나올 수 있도록 몸을 비켰다. 그리고 같은 순간에 재인도 같은 방향으로 움직였다. 작은 통로에 다시 두 사람의 몸이 와 닿는다. 그리고 꼴깍 숨이 삼켜진다.

 그가 너무 가까이 있었다. 얼굴만 들면 바로 그의 눈빛이 쏟아져 내릴 듯했다.

 "음…… 안…… 안 가요?"

 "갈 거야."

 말은 그렇게 하면서도 재인은 한 걸음 더 가까이 다가왔고, 한 뼘은 더 가깝게 얼굴을 가까이했다.

 그의 입술이 그녀의 귓가를 스쳐 지나간다. 뜨거운 숨결이 목덜미에 느껴진다.

 왜 이러는 거야, 이 남자. 심장 터지겠네.

"뭐…… 하는 거예요?"

"키스."

너무 당당하고 간단한 대답이었지만 다현은 용케 그의 입맞춤을 피했다. 그녀가 고개를 돌리자 그의 입술이 볼을 타고 스쳐갔다.

다시 두 사람의 눈이 마주쳤다.

재인은 아무 말도 하지 않고 그녀의 턱을 잡고 자신 쪽으로 얼굴을 돌려놓았다. 그러고는 움찔, 자신을 밀어내는 다현의 손길에 그녀의 손목을 힘주어 잡아 제지시켰다. 그리고 그대로 그는 머리를 숙여 키스했다.

재인은 다현이 움직일 틈 따위는 처음부터 주지 않았다. 그의 숨결과 입술이 조금의 여유도 주지 않고 다가온다. 그의 입술이 그녀의 입술을 훔치듯 밀려왔고, 한순간에 탐욕스럽게 그녀를 삼켜갔다.

그 와중에도 재인은 그녀가 딱딱한 벽에 부딪히지 않도록 한 손으로 등을 감싸 안은 채 더 깊게 입술을 묻어왔다. 손을 쓸 수 없는 무방비한 상태에서 그가 꽤나 다급하게 그녀를 찾았고, 거칠게 밀어붙이고 있었다.

숨이 막혀왔다. 안 된다고 밀쳐내야 할 것 같았지만 그의 제지로 인해 안 된다고 할 타이밍을 놓쳐버렸다. 아니, 더 솔직하게 그 순간 가슴이 너무 뛰어서 해야 할 말을 잊어버렸다는 게 옳았다.

이 남자, 확실히 선수다. 분명 그를 거절해야 하는데도 불구하고 그에게 잡힌 두 손은 주먹을 꽉 쥔 채 꼼짝 못하고 있었다. 어쩌면 숨이 막혀 죽을지도 모르겠다는 생각이 들었을 때 키스가 멈추었다.

"나 나가고 나면…… 문단속 제대로 해."

　재인이 중요한 말을 했지만 그녀의 머릿속에는 방금 전의 상황만 자꾸 맴돌았다. 그의 입술이 떨어졌는데도 숨이 제대로 쉬어 지지 않았다.

"별일 있으면 연락하고. 저 이상한 것들은 좀 치워버리고."

　재인의 시선 끝에는 지수의 포스터가 있었다. 하여튼 뒤끝 있다.

　그가 간 후에 다현은 기계적으로 문을 닫고 침대에 털썩 주저앉았다. 심장이 마구 떨리고 있었다. 두근거리는 가슴을 진정시키며 다현은 재인이 나간 문 쪽으로 시선을 보냈다.

　이 인간, 생각보다 선수였다. 이재인이라는 이름과 함께 떠오르는 연관 검색어를 잊지 말았어야 했는데. 배우랑 가수가 몇 명이었더라…….

　그나저나 오늘 밤 잠은 다 잤다.

❧❧❧ ❦❦❦

　밤새 잠을 설쳤다. 헐, 그런데 키스를 하다니. 시간이 지나도 머릿속에는 여전히 그날의 키스 생각뿐이었다.

다현은 자신의 입술에 손을 올려봤다.

키스라니. 어떤 느낌이었는지 기억조차 나지 않았다. 머릿속에 떠오르는 영상은 온통 그 남자뿐이었다.

연애하는 것도 아닌데 왜 이러는 거지? 아니, 연애는 연애지. 다만 미래가 없는 만남일 뿐이었다. 그런데 키스 같은 걸 해도 되는 걸까?

다현의 고민이 깊어질 때, 핸드폰이 작게 웅웅거렸다.

지수였다. 이재인, 아니 그 키스 덕분에 지수를 깜빡 잊고 있었다.

여전히 두근대는 가슴을 다잡으며 다현은 책상 위에 앉아서 책을 펴고 노트북을 켰다. 그리고 자꾸만 스며드는 이재인을 덜어내며 핸드폰으로 통화하면서 지수의 부족한 공부를 같이 시작했다. 일단 수능을 봐야 대학에 가고, 그래야 군 입대를 연기할 수 있다. 그러기 위해서는 곧 있을 검정고시가 지수에게는 굉장히 중요했다.

30분 정도 지수의 질문이 끝나고 또 20분 정도 새로운 기획사에서의 생활에 대한 얘기가 오고 갔다.

지난번 기획사와는 수준이 다를 정도로 연습생을 훈련시키고 지원해주고 있었다.

이 역시 이재인의 도움이 컸다. 뭘 해도 그 사람이 머릿속에서 사라지지 않는다. 다현은 작게 한숨을 내쉬고 지수와의 통화를 끝냈다.

 후…… 큰일이네.

가까워져서는 안 될 사람임에도 자꾸만 가까워지고 있었다.

한 걸음씩 다가와 그녀를 꼼짝 못하게 하고 있었다.

얼굴을 마주하고, 손을 잡고, 키스를 하고……. 이러다 마음을 주면 어떻게 되는 걸까.

다현의 고민이 깊어질 때 어디선가 핸드폰이 다시금 웅웅거렸다.

금방 핸드폰을 어디 던져뒀더라?

다현의 손길이 급해졌고, 다행히 전화가 끊어지기 전에 겨우 찾아낸 핸드폰의 발신자는 재인이었다.

"전화는 왜 안 받는 거지?"

"핸드폰 찾느라구요."

그녀의 퉁명스러운, 하지만 단번에 이해할 수 있는 답변에 재인이 쿡, 하고 웃음을 삼켰다.

그를 만나면서 달라진 것 중에 하나가 이런 거였다.

핸드폰을 손에서 놓지 않는 것. 습관적으로 핸드폰을 만지작거리게 된다. 어디선가 진동음이 울릴 때마다 예전에는 방치해 놨던 핸드폰을 허둥지둥 급하게 찾게 된다.

혹시라도 전화를 못 받을까 봐 몇 번이나 핸드폰을 확인하게 되는 자신의 모습에 다현은 고개를 저었다.

부재중이란 메시지가 떠올라 있는 핸드폰 창을 보았을 때의 아쉬움.

　울리지 않는 핸드폰을 확인할 때의 서운함.

　드디어 벨이 울리고 그의 낮은 음성이 들릴 때의 낯선 설렘.

　"난 또 그깟 키스에 날 피하는 줄 알았지."

　우씨, 그깟 키스란다. 난 어제도 그제도 잠을 설쳤구만.

　갑자기 혼자만 손해 본 듯한 기분에 다현의 미간이 확 모아졌다.

　"실수였거든요."

　"난 아니었는데."

　나직하게 들려오는 그의 목소리는 느긋하기도 하고 단호하기도 했다.

　"이재인 씨!"

　"키스 하나에 그렇게 놀라지 말아. 우리 사귀는 사이잖아. 뭐, 더한 일도……."

　"자꾸 이럴래요?"

　다현의 경고에 핸드폰 너머로 재인의 웃음이 들려왔다.

　이 선수 같은 남자. 뭘 잘했다고 이렇게 당당한 건지. 확실히 그날 제대로 한 대 차줬어야 했다. 그래야 이 남자의 이 당당한 뻔뻔스러움이 그나마 사라졌을 텐데.

　때늦은 후회와 함께 다현의 얼굴이 잘 익은 토마토처럼 확확 타오르고 있었다.

　"근데 도대체 전화는 왜 그렇게 통화 중이었는데? 또 그 현진 씨?"

아, 이 남자가 전화했었구나. 왠지 제때 못 받은 게 아쉽다.

"지수님이랑 전화했었어요."

"지수님? 그 꼬맹이랑 여태 통화했다고? 이 시간까지?"

그의 목소리가 높아졌다. 모르긴 몰라도 그 숱 많은 눈썹도 이만큼 올라갔을 것이다.

"그게 지수가……."

"지순지 박순지, 걔랑 혹시 사귀나? 연애해?"

"아니라니까요. 그냥, 내가 팬클럽 회장이잖아요. 우리 지수님한테 괜히 쓸데없는 스캔들 생기면 안 된단 말이에요."

기겁을 해서 변명하는 다현의 목소리를 들으며 재인은 정말이지 점점 어이가 없어졌다.

'지수 님'이라니.

이게 26살 먹은 선생님 입에서 나올 수 있는 단어인지 모르겠다. 그를 대할 때는 맹랑하고 똘똘하더니 남들한테는 좀 모자란가 보다.

"근데, 이 시간에 웬일이에요?"

"남들처럼 연애하려구."

다현의 답변에 재인이 퉁명스럽게 대꾸했다. 뭔가 '연애'라는 단어를 입에 담기는 낯간지러웠다.

"네?"

연애라니. 그것도 남들처럼?

심장이 막 간지러워지고 있었다. 이 사람이 이 늦은 밤에 전화한 이유가 연애하기 위해서란다.

"근데 그전에 다른 남자, 절대 안 돼. 팬클럽 회장이건, 선보는 남자건 뭐든 다 안 돼."

"남들도 이렇게 연애한대요? 다 안 된다고?"

"나도 모르지. 오밤중에 전화는 처음 해보니까."

다현은 재인의 무뚝뚝한 답변에 픽 하고 웃음을 터뜨렸다. 그나마 처음이라니 다행이었다. 전화기 너머 다현의 웃음소리에 재인도 미소 지었다.

단단히 화가 났을 줄 알았는데 다행히 아니었다. 하지만 다현이 아무리 부정해도 실수 따위는 아니었다. 어림없다. 실수라니.

키스.

자신의 행동에 재인도 놀랐다. 예상하지 않은, 그리고 애써 생각하지 않았던 행동들이었다.

남은 시간, 일을 복잡하게 만들지 않으려면 키스 따위는 하지 말았어야 했다.

그리고 모든 계약이 완료된 후에 깔끔하게 헤어지려면 친밀함 따위를 서로 나누어서도 안 되었다.

하지만 그 순간, 그녀의 입술이 참을 수 없을 정도로 탐났고, 달콤한 입술이 와 닿는 그 순간에는 정신을 차릴 수 없었다. 이것저것 생각할 여유 따위는 애초에 없었다.

갖고 싶은 욕망이 무엇보다 앞섰다.

영화를 보는 내내 그가 원했던 것이 그녀였던 것 같았다.

아마도 마지막에 자제력을 긁어모으지 않았으면 그날 그대로 그는 다현을 안았을지도 모를 일이었다.

이재인, 미친 거니?

아무리 생각해도 그 스스로도 이해되지 않는 상황이었다.

이 순진하고 말똥말똥한 여선생에게 왜 끌리는 걸까?

그동안 너무 여자가 없었던 건가?

분명 그건 아니었다. 재인은 고개를 흔들었다. 이렇게 오밤중에 여자에게 전화해서 그 목소리를 듣는 것만으로도 더없이 만족스러운 걸 보면 '다른 아무 여자'는 그에게 소용이 없을 것이라는 사실을 그는 누구보다 잘 알고 있었다. 그건 그거고 어쨌거나!

"주말에 뭐 할 거야? 나 토요일에는 시간 되는데."

"토요일에는 지수랑 보육원 가기로……."

또 지수란다. 재인이 인상을 확 그었다.

"그 지수라는 아이돌이랑은 이제 그만 만나."

그에게 '다른 아무 여자'가 없으면 김다현도 그래야 했다. 그게 공평한 거지.

하지만 김다현의 생각은 다른 모양이었다.

"말이 되는 소리를 해요. 내가 팬클럽 회장이라니까."

"그러니까 그걸 관두라고."

재인이 드디어 진짜 하고 싶었던 말을 했다. 왜 하필 그 녀석의 팬클럽 회장이란 말인가. 다른 여자 아이돌 스타도 얼마든지 있는데.

다현이 그와의 만남만큼이나 열심히 보육원을 드나드는 건 알고 있었다.

거기까지는 참을 수 있었다. 보육원 애들은 전부 18살 미만 같으니.

그런데 왜 굳이 보육원까지 지수란 녀석과 같이 가야 한단 말인가.

"됐어요. 우리는 일요일에 만나요."

"그럼 나도 같이 가."

"안 돼요."

"왜?"

아니, 지수라는 녀석은 되고 그는 안 된다고? 재인의 얼굴이 확 굳어졌다.

"주말에는 다른 자원봉사자 분들도 제법 오세요. 그럼 혹시라도 재인 씨 알아보는 사람들도 분명히 있을 거예요. 괜히 소문나는 것도 그렇고…… 그리고 나중에…… 아마 우리 서로, 곤란해질 거예요."

다현의 차분한 설명에 한동안 핸드폰 너머에서 재인의 목소리가 들리지 않았다.

나중에. 그래, 그 나중이 문제지.

앞으로 두 사람이 헤어지고 난 그 후의 시간들.

그녀의 말이 옳았다.

그런데 왜 이렇게 기분이 안 좋은 걸까?

토요일, 그렇게 당부했음에도 불구하고 재인은 굳이 보육원까지 왔다.

검은 티셔츠에 청바지를 챙겨 입고 모자를 깊이 눌러쓴 남자는 꼭 아이돌 스타 같았다. 그의 정체를 몰라도 저절로 시선이 갈 만큼 멋진 외모였다.

세상에, 지수님보다 그가 더 잘생겨 보일 수가 있구나. 팔을 걷고 이불을 너는 모습에도 숨이 막힐 정도였다. 그 모습에 다현은 침을 꼴깍 삼켰고, 때마침 고개를 돌린 재인은 그녀를 향해 미소 지었다.

시간은 이미 봄을 넘어 다른 계절이 시작되려 하고 있었다. 산야의 초록은 더없이 짙어졌고 붉은 장미는 흐드러지기 시작했다.

어느새 더운 공기는 이제 다른 계절이 다가오고 있음을 알려주고 있었다.

이렇듯 꽃들은 계절 따라 정직하게 피고 있었고, 시간은 서두르지도 늦지도 않게 제시간을 향해 흘러가고 있었다.

다현의 마음은…… 두근거리고 또 두근거렸지만, 자꾸만 서두르게 되고, 그리고 절대로 정직해질 수도 없었다.

왜 이러니, 김다현.

왜 이러세요, 이재인 씨.

12. 선물의 또 다른 의미

― 기억이 추억으로 채워지는

그 전화가 걸려온 것은 다행히 회의가 다 끝난 뒤였다. 재인이 총지배인과 악수를 하고 헤어질 무렵 걸려온 핸드폰 전화 한 통으로 인하여 전략기획실 직원들은 이재인의 새로운 모습을 발견할 수 있었다.

"오늘? 웬일이지?"

회의 내내 잔뜩 굳어 있던 본부장의 미간이 단번에 풀어지고 있었다.

저건 분명 '여자'다. 그것도 본부장을 만나주고 있는 취향 이상하고 고마운 의문의 그녀.

살벌하기만 했던 목소리에 웃음기가 담기고, 사납던 눈초리가 살짝 늘어졌다.

헐, 저 남자가 저런 표정도 지을 줄 아는구나.

유경은 진심으로 감탄할 뻔했다. 아무튼 본부장의 목소리는 이제 사람 소리처럼 들리고 있었다.

"그럼 어디가 좋을까……? 광화문? 찾아갈 수 있어? 어려울 텐데. 그냥 이쪽으로 와. 오케이, 7시……. 아참, 라운지에서 얼쩡대지 마. 멍청해 보이니까……."

여자한테 쓰는 말투하고는……. 잘나가다 금방 본색을 드러낸다. 누군지 고생길이 훤하다. 유경은 본부장의 그녀를 향해 생기는 동정심을 막을 수 없었다.

"알았어. 그때 보자구."

통화를 끝낸 본부장의 표정은 변함없었지만 유경과 전략기획실 직원들은 무언가 본부장에게 다른 변화가 있을 거란 기대를 버릴 수 없었다.

그나저나 7시라……. 유경은 저도 모르게 본부장의 스케줄러에 눈을 돌렸다.

다음 미팅이 6시다. 오늘 회의 주제는 그리 간단한 게 아니었다. 하와이에 신축하는 호텔 건은 부지 매입부터 꽤나 골치 아프게 진행되고 있는 대외비 상황이었다.

그걸 달랑 한 시간에 끝낼 수 있을 것인가라는 의문이 들지만 아마도 가능할 것이다. 우리 본부장은 시간을 분 단위로 쪼개서 쓰는 사람이니까 또 잘 쪼개서 사용하겠지.

하지만 그들이 놀라운 건 그 바쁜 사람이 시간을 내서 여자를 만난다는 것이었다.

"우리 본부장님 여자 생긴 거 정말 확실한 거 같아요."

"아까 목소리 들었어? 꿀 발랐더라."

본부장이 잠시 자리를 비운 사이 호기심과 궁금증에 목마른 전략기획실 식구들이 다들 믿을 수 없다는 표정으로 서로를 바라봤다.

"어떤 사람이길래 우리 본부장을 극복한 거야?"

기가 막힌 어조로 최인규 차장이 입을 열었다. 젊고 패기 있는 엘리트 차장이었지만 동갑내기 본부장의 추진력에 시달리기는 마찬가지였고, 본부장이 여자를 사귈 수 있다는 걸 인정하지 않는 사람 중의 하나였다.

"그러니까. 우리 본부장이 더 좋아라 하는 것 같은데."

"뭐 하는 여자래요? 왜 하필 우리 본부장이랑……."

아무래도 직원들은 그게 제일 궁금했다. 워낙에 본부장의 배경과 겉으로 보이는 조건이 반반해 보여 이 여자 저 여자 엄청 꼬이기는 했지만 본부장 쪽에서 열 올리고 여자한테 접근하는 모습은 그들로서는 정말 생소한 일이었다.

"누굴까? 도대체……."

"그렇게 궁금하면 이따 '살롱'으로 나가보세요. 거기서 만나는 거 같은데."

SH 직원들은 커피숍을 '살롱'이란 이름으로 부른다. 객실과는 또 다른 세계를 연출해야 하는 곳이었다. 그곳의 분위기는 16세기 프랑스 귀부인의 호화로운 개인 거실을 보고 있는 듯한 느낌으로, 아마 인테리어 자체도 그 시대를 연상하고 기획했을 게 틀림없다.

12. 선물의 또 다른 의미 – 기억이 추억으로 채워지는

그 시대가 로코코인지 바로크인지는 관계없이 호텔의 그 커피숍은 그런 호화롭고 낭만적인 분위기 때문에 호평받는 곳 중의 하나였고, 그래서인지는 몰라도 주말에는 괜찮은 집 자제들의 맞선 장소로 많이 이용되고 있는 실정이었다.

아주 현대적인 최고급 시설의 객실과는 다른, 시대적이고 귀족적인 그곳을 커피숍으로 부르기에는 뭔가 미흡하다 싶어서인지 'SH 살롱'이란 이름으로 부르고 있었다.

"두지 궁금하기는 하지만 거기까지 나갈 용기는 없어. 그러다 본부장이랑 눈이라도 마주치면 어쩌라구."

그들은 그렇게 키득거리며 제발 사이보그 같은 본부장도 사람 같은 여자를 만나 그 성격 좀 죽이고 조금이라도 사람처럼 변해주길 기대했다.

-=≫≫≪≪=-

재인은 기분이 좋았다. 다현이 그에게 먼저 전화를 걸어 만나자고 한 것은 이번이 처음이었다. 아니, 더 정확히는 다현으로부터 받은 전화조차도 처음이었다.

그녀와 만남을 시작한 이후, 다현은 한 번도 먼저 연락을 취한 적이 없었다. 가벼운 문자조차 없었다. 그게 재인에 대한 관심 부족인지, 아니면 그녀의 고집스러운 성격 탓인지는 몰라도 재인은 영 마땅치 않았었다.

항상 먼저 전화를 하는 쪽은 언제나 그였다. 아마도 언젠가 말한 그 '나중에'라는 시간 때문일 것이다.

그는 일곱 시가 되기 전에 부리나케 '살롱'으로 향했다. 누군가가 기다리고 있고, 누군가를 만나는 것이 이렇게 설레는 일이라니. 가슴 한구석이 간지럽기는 하지만 썩 나쁘지는 않았다. 눈앞에 반갑지 않은 사람이 나타나기 전까지는 말이다.

"안녕, 이재인."

"웬일이지, 여기는?"

재인은 로비에서 자신의 앞을 가로막는 주희를 보고 걸음을 멈추었다. 주희는 꽤 키가 컸다. 180센티미터가 훨씬 넘는 재인과 마주 서도 그리 작아 보이지 않는 키였다. 그래서인지 하이힐을 신은 주희가 재인을 똑바로 마주 보고 있었다.

"너 보고 싶어서 바다 건너 왔는데, 너무 무심하잖아."

당연히 무심할 수밖에. 사람 붐비는 호텔 로비에서, 어쩌면 약혼자가 됐을지도 모를 옛 여자를 만나서 과거 이야기를 하는 일은 그야말로 재미없는 일이었다.

"난 네가 별로 안 보고 싶었거든. 아니…… 정확히 잊고 살았어."

"우리, 그래도 3년 전에 결혼할 사이였어."

지나치게 솔직한 재인의 답변에 주희의 목소리가 앙칼지게 쏟아졌지만 그는 아랑곳하지 않았다.

"다행히 서로 피해갔지."

"하여튼 말 밉게 하는 것도 여전하네."

겨우 분을 눌러 참은 주희의 낮은 타박에 재인의 얼굴이 서늘하게 굳어져갔다.

얘는 여전히 참 눈치가 없다. 3년 전에도 그러하듯이.

안 그래도 바쁜 그를 이렇게 멈춰 세운다.

흘긋 시계를 보니 벌써 7시가 다 됐다.

다현이 진작부터 기다리고 있을지도 모를 일이었다. 엄청난 길치임에도 불구하고 약속 시간은 칼같이 지키는 다현이었다. 갑자기 마음이 급해졌다. 주희와 빨리 헤어져야만 했다.

"미안하지만, 나 바빠. 가던 길 가."

"너, 여전히 바쁘구나. 그러니까 네가 진짜 사랑을 못 하는 거야. 그래서 내가 너는 아니라고 한 거고."

재인은 가던 길을 멈추고 뒤돌아 다시 주희 앞에 섰다. 아무리 급해도 바로잡을 건 잡아야 했으니까. 게다가 한주희 입에서 사랑이라니. 전혀 어울리지 않는 조합이었다.

"3년 전 일이라 깜빡한 거 같은데…… 그 결혼, 아니라고 한 건 네가 아니라 나였어. 네가 싫다고 한 건 혼전 계약서였지."

재인의 지적에 주희의 얼굴이 잠시 굳어졌다. 사실이었다. 그 결혼은 재인과 주희가 아닌, 이 회장과 한 회장의 협상에 의한 결과였다. 겉으로만 보면 나쁜 조건은 아니었다. 회사 합병과 이어져 있는 두 사람의 결혼에 별 반대가 없었던 재인의 단호한 혼전 계약서 주장만 없었다면 어쩌면 둘은 결혼했을지 모를 일이었다.

"우리 다시 시작하자."

주희가 얼른 재인을 붙들었다. 말도 안 되는 이야기에 재인의 얼굴이 일그러졌다.

미친 것도 아니고, 로비 중앙에서, 그것도 3년 만에 만나서 할 소리가 아니었다. 게다가 그들 사이에는 어떤 호감 따위도 전혀 없었고, 지금 한주 화학과 성현 그룹의 관계는 3년 전과는 분명 달랐다. 그런데 감히 이재인을 붙들고 흥정을 하자고? 그것도 결혼으로?

"너, 나한테 아무 감정 없잖아. 그리고 나도 너한테 감정 없었어. 그런데 이제 와서 무슨."

"어차피 너도 사랑 같은 거 상관없잖아. 나라면 너한테 도움이 될 거야. 성현 그룹이랑 한주 화학도."

"네 말대로 사랑 같은 거 상관없어. 그래서 꼭 한주희 네가 아니어도 돼. 한주 화학 정도는 이제 얼마든지 대체가 가능하거든."

"회장님은 나 좋아할 거야. 어떤 게 회사에 이익인지 알고 계시는 분이니까."

"그럼 우리 할아버지랑 결혼하던지. 성현 그룹은 우리 할아버지가 주인이야."

재인은 냉정하게 충고하고는 '살롱'으로 향했다. 성큼성큼 걷는 재인의 발걸음이 그날따라 급해 보였다.

주희는 그의 뒷모습을 바라보며 입술을 깨물었다.

―――※―――

저녁 시간대라 '살롱' 안은 붐볐다. 재인은 그에게 살짝 고개를 숙이는 여직원 ― 직원들 사이에서는 '마담'이라고 불리는 ― 에게 약간 고개를 숙여 보였다.

당연히 다현이 아직 도착하지 않았을 거라고 생각했지만 재인은 혹시 몰라 주변을 둘러보았다.

그가 '살롱' 깊숙이 자리를 잡고 몇 분 정도 지나자 다현이 커피숍 입구에 나타났다. 평일이라서인지 짧은 재킷에 밝은 색 스커트 차림을 한 그녀가 재인을 발견하고는 환히 미소를 띤 채 씩씩하게 걸어와 앞에 앉았다.

"7시 아직 안 됐을 텐데……."

그녀가 시계를 찾느라 두리번거렸다. 그녀는 시계 차는 걸 그다지 좋아하지 않았다. 재인이 생각하기엔 손목 위의 시계도 다른 것들처럼 ― 열쇠라든가 핸드폰이라든가 ― 잘 흘리고 다녀서 그런 것 같았다.

그녀를 만난 후부터 테이블 위에 놓인 다현의 열쇠와 핸드폰을 챙기는 것은 어느새 재인의 몫이 되어버렸다.

"응, 아직 안 됐어. 내가 좀 일찍 나왔어."

"그렇죠?"

그녀가 안심했다는 듯 방긋거렸다. 재인은 오렌지주스를 그녀 몫까지 시킨 뒤 편안한 자세로 다현을 응시했다. 주문을 받는 여직원이 다현을 샅샅이 훑어보는 게 느껴졌다.

"배 안 고파?"

"글쎄요……."

재인의 질문에 다다는 눈만 깜빡거렸다.

"다다는 나만 보면 '배고파요.'가 인사 아냐? 그러니까 밥 먹으러 가자."

"무슨, 몇 번이나 그랬다고."

놀리듯 웃는 재인에게 다현이 새침한 표정을 지어 보였다. 처음 만났을 때 다현이 주문한 삼겹살을 아직도 잊지 않고 있는 그였다.

"그러게 왜 항상 약속 시간을 밥시간에 맞춰요?"

"그러게. 암튼 오늘은 내가 배고파. 점심에 칼국수 한 그릇 먹고 여태 아무것도 못 먹었어."

저 덩치에 칼국수 한 그릇 먹고 버티려면 힘들기도 하겠다. 성질도 고약한 사람이 배고프면 더할 텐데. 다다는 속으로 고개를 끄덕였다.

"다행이네요."

"뭐가? 나 배고픈 게?"

"네. 내가 오늘 특별한 저녁 식사를 준비해놨거든요."

다현이 재인을 향해 활짝 웃어 보였다. 갑자기 그의 심장이 툭, 하고 두근거리는 건 배가 너무 고파서일까?

※※※

다현이 안내한 곳은 조용한 한정식집이었다. 아주 오래된 한옥을 개조해 만든 듯했다. 종업원이 그들을 안내한 곳은 격자무늬 한지 창호와 세월의 힘이 느껴지는 가구들이 장식되어 있는 어느 귀부인의 별채인 듯한 곳으로 여유 있게 널찍한 공간이었다.

"이런 데 안 좋아하잖아."

재인이 주변을 돌아보며 의외라는 듯 물었다.

평상시의 다현은 이렇게 절차대로 음식이 줄줄이 나오는 걸 기다려서 먹는 타입이 아니었다. 누가 선생님 아니랄까 봐 취향도 딱 애들이었다. 다현 덕분에 그는 평생 먹어볼 일 없을 거라고 생각한 떡볶이나 라면 같은 분식도 종종 먹어야 했다.

"은밀한 공간이 필요해서요."

속삭이는 듯한 다현의 뜻하지 않은 답변에 잠시 당황한 재인의 눈이 커졌다. 그는 금방 웃음기 가득한 어조로 대꾸했다.

"그런 거라면 말을 하지. 우리 호텔에 많은데."

"거긴 안 되죠. 재인 씨 신성한 직장인데……."

짓궂음이 묻어나는 재인의 은근한 발언에 다현이 그다지 놀라지 않고 고개를 흔들었다.

"난 상관없는데."

"내가 상관있어요."

새침한 표정을 짓고 있던 그녀가 갑자기 생긋 웃어 보이자 재인은 가슴 한쪽이 또 한 번 덜컥 내려앉는 느낌에 살짝 얼굴을 찌푸렸다.

'이런, 반하지 마, 이재인. 김다현은 그냥 여자일 뿐이야. 그다지 특별하지도 않아.'

마음속으로 그렇게 중얼거리면서도 재인은 자신의 머릿속 이야기가 틀렸다는 걸 알고 있었다. 다른 사람에게는 어떨지 몰라도 이미 그에게 그녀는 그냥 여자가 아니었다. 최소한 이재인에게 김다현은 특별했다.

"이래 봬도 여기 예약하느라 고생했거든요. 재벌이랑 사귀는 거 정말 힘들어요."

"나한테 말을 하지. 그럼 내가 손을 썼을 텐데."

"오늘은 재인 씨가 손쓰면 안 되는 날이거든요."

"오늘이 무슨 날인데?"

"해피 버스데이, 재인 씨."

예상치 않은 축하를 전하며 그녀가 그를 향해 활짝 웃었다.

뭐지? 해피 버스데이? 오늘이 그의 생일이었던가?

그녀가 내민 건 작은 선물 상자였다. 재인이 어안이 벙벙한 표정으로 그녀를 바라보고만 있자 그녀가 작은 선물 상자를 내밀었다.

12. 선물의 또 다른 의미 — 기억이 추억으로 채워지는

까만색 케이스에 금빛 리본.

"계약서 보니까 오늘이 생일이던데요. 아니에요?"

"맞는 거 같다."

"맞으면 맞는 거지, 같다는 또 뭐예요? 아침에 미역국 안 먹었어요?"

다현의 질문에 재인은 고개를 흔들었다. 미역국은 고사하고 오늘이 생일이라는 것도 전혀 인지하지 못했었다. 생일은 10살 이후로 잊고 살았었다.

"그럴 줄 알고 국은 꼭 미역국으로 해달라고 부탁했어요. 밥이랑 미역국 해주는 한정식집이 별로 없더라구요."

"직접 해줄 생각은 안 들고?"

그 와중에 정신을 차린 재인이 무뚝뚝하게 물었다.

전혀 예상치 않은 기념일과 기대하지 않았던 선물.

"그럼 너무 친해지잖아요."

하기는, 더 가까워지면 안 된다. 하지만 왜 안 되는 거지?

슬쩍 미간을 모은 재인과는 달리 다현은 뿌듯한 눈으로 하얀 밥과 소고기로 국물을 낸 미역국을 바라보았다. 그리고 미리 준비해놓은 케이크를 테이블에 올려놓고 초에 불을 붙였다.

"생일, 축하해요."

둘만 있는 공간임에도 불구하고 다현이 살짝 주변을 둘러보며 눈치를 살폈다. 그러더니 조그맣고 빠른 속도로 그를 위한 생일 축하 노래를 불렀다. 나직하지만 경쾌한. 그녀답게 또랑또랑한 목소리가 빠른 리듬을 타고 방 안을 채웠다. 그리고 그의 눈과 마음도 단번에 채워나갔다.

"뭐 해요. 소원 빌고 얼른 촛불 꺼야죠."

손발이 오그라드는 걸 감수하고 생일 축하 노래까지 불러줬음에도 멀뚱히 케이크만 쳐다보고 있는 재인이었다.

"어?"

"케이크에 촛불 안 꺼봤어요? '후' 하고 끄는 거."

답답하다는 듯 그녀가 다시 말했다. 그녀의 재촉에 겨우 정신을 차린 재인은 촛불을 껐다.

"생일 축하하기 진짜 힘드네."

"이런 거, 너무 오랜만이라서."

다현이 초를 빼내면서 나직하게 투덜거리자 재인이 변명처럼 중얼거렸다.

"얼마나 오랜만인데요?"

"한 22년?"

이른 여름의 소나기가 쏟아지던 그의 10번째 생일. 언제나 어른이었던 3살 위의 사촌 형. 그리고 그날, 재인은 사촌 형을 대신해 그 형이 되었다.

"우와, 재벌은 생일 파티 같은 거 하고 그러는 거 아니에요? 막 요트 타고 샴페인 마시고 그러던데."

"오늘이 우리 형 기일이거든."

"친형이요?"

든든한 그의 대답에 케이크를 잘라 빈 접시로 옮기던 다현이 재인을 바라보았다. 22년 전이면 10살 무렵이었으려나?

"법적으로는 친형. 실제로는 사촌 형. 형 가고 나서 내가 큰 집에 입양된 거야."

"입양이요?"

가끔 진주에서 듣던 이야기는 있었다. 저 집의 큰아들은 큰 집에 아들이 없어서 대를 이어 작은집에서 입양된 거라는. 하지만 그건 아주, 아주 오래전의 이야기였고 연세 지긋한 할머니와 할아버지들의 대화였다. 그런데 요즘도 대를 잇기 위해 입양을 하는 건가?

"아버지 돌아가시고 우리 어머니가 재혼하셨거든."

다현의 궁금증을 이해한다는 듯 재인이 결코 간단하지 않았을 사연을 아주 짤막하게 설명했다.

"캐나다까지 날 데리고 갈 수 있는 형편이 아니었어. 결국 내가 남겠다고 했어. 지금 어머니 곁에."

"그럼 지금 재인 씨 어머니는……."

"우리 어머니지. 좋은 분이야. 그러니까 그렇게 불쌍하게 볼 건 없고."

"뭐가 불쌍해요. 좋은 어머님이 둘씩이나 있는 건데……."

희미한 웃음이 담긴 재인의 대답에 다현이 단박에 고개를 흔들었다.

"그런 건가?"

"그런 거죠."

그녀가 엄숙하게 결론을 내렸다.

재인은 왜 이런 이야기를 다현에게 털어놓는지 스스로에게 놀라고 있었다. 워낙 오래전 일이고 재벌가에서 쉬쉬하던 이야기라 언론에서도 잘 모르고 있는 이야기였다.

재인 역시도 살아가면서 별로 중요한 일이 아니라고 애써 모른 척하던 일이었다. 그럼에도 불구하고 왜 하필 이 김다현 선생님에게 속속들이 예전 이야기를 하고 말았을까. 잊고 있었던 미역국 한 그릇에 감격이라도 한 걸까?

"그럼 이런 것도 안 해봤겠네요?"

재인이 생각에 잠겨 있을 무렵, 다현이 생크림을 살짝 찍어 재인의 얼굴에 묻혔다.

기겁을 한 재인이 정신을 차렸을 때는 이미 한 발 늦은 뒤였다. 다현은 자신이 한 짓이 맘에 드는지 재인의 얼굴을 바라보며 기분 좋은 웃음을 터뜨렸다.

"먹을 거 가지고 장난치면 안 된다고 애들한테 가르칠 텐데?"

"네. 그런데 애들이 말을 잘 안 들어서요. 이제 왜 그랬는지 이해가 되네."

그렇게 중얼거린 다현이 핸드폰 카메라로 얼굴에 생크림을 묻힌 재인의 모습을 담았다. 조금도 망가지지 않고 언제나 완벽한 이 남자에게 정말 좋은 추억이 될 것이다.

"웃어봐요, 좀. 이런 것도 다 추억이에요."

다현은 잔뜩 인상을 쓴 재인은 아랑곳하지 않고 찰칵거리는 소리가 요란할 정도로 열심히 핸드폰을 눌러댔다. 그러고는 드디어 만족스러운 미소를 지어 보였다.

"됐어요. 이제 우리 케이크 잘라요."

"아니지, 아직은. 추억은 같이 만들어야지."

재인이 의미심장하게 웃더니 케이크의 하얀 생크림으로 손을 가져갔다. 그 순간, 그가 무슨 짓을 하려는지 짐작한 다현이 얼른 내뺐지만 언제나처럼 재인의 손이 좀 더 빨랐다.

한 손으로 다현의 어깨를 단단히 잡은 그가 다른 손으로 다현의 얼굴에 하얀 생크림을 똑같이 칠해놓았다.

아무튼 승부욕 하나는 장난 아니다. 하얀 얼굴에 하얀 생크림을 묻힌 다현이 곱게 재인을 흘겨봤다.

"먹는 거 가지고 장난치면 안 된다면서요."

"니가 원래 남의 말을 잘 안 들어서."

재인은 씩 웃고는 투덜거리는 다현의 어깨에 팔을 올리고 핸드폰을 들어 올렸다. 하여튼 지는 법이 없다.

"웃어봐. 그래야 추억이 되지."

재인의 요구에 다현이 할 수 없다는 듯 피식 하고 입가를 끌어 올리자 그녀를 감싸 안은 그의 팔에 힘이 들어갔다.

'찰칵' 소리와 함께 두 사람의 모습이 핸드폰에 담겼다.

아마도 이날의 추억도 함께 담겼으리라.

몇 분의 시간, 몇 장의 사진, 그리고 어느 날엔가는 그리움이 될지도 모를 순간들.

서로의 얼굴에 묻은 생크림을 닦아내고, 재인이 자른 케이크를 접시에 옮겨놓았다.

재인은 다현이 건네준 일회용 포크를 손에 들었다. 단 걸 별로 좋아하지는 않지만 왠지 이 케이크는 맛을 봐야 할 것 같았다.

"하여튼 손해를 안 봐. 어릴 때도 이랬어요?"

"처음 해봤다니까, 이런 거."

"뭐, 사람마다 사는 방법이 다르니까요. 아, 생일 선물 안 뜯어봐요?"

그녀가 초롱초롱한 눈빛으로 그를 바라보고 있었다.

"마음에 들었으면 좋겠는데."

"뭔데?"

"람보르기니 그 뭐냐, 파텍 어쩌구가 아니어서 미안해요. 대신 나도 그런 거 안 사줘도 돼요."

그녀가 살짝 얼굴을 찌푸리고는 현진에게서 들은 낯선 단어들을 주워 담았다.

"차도 있고 시계도 있어. 왜, 누가 내가 그거 필요하대?"

"현진이가요."

모든 문제의 답은 현진이라는 여자에게 있다는 듯 다현이 신성하게 대답했다.

지난주, 조그맣기는 하지만 인터넷에 '신인 가수 지수, 새로운 기획사와 계약!'이라는 타이틀의 기사가 올라왔다. 다 같이 속을 끓이던 지수 팬 카페 회원들은 다들 환영 일색이었고, 모두가 한마음으로 메이저 기획사에 들어간 지수의 미래를 축하했다.

분명 이재인의 힘일 것이다. 그 후로 다현은 이재인의 선물을 고르기 위해 내내 고민했었다. 처음에는 새로운 기획사와 계약한 지수에 대한 감사 인사 때문에 시작했었는데 찾다 보니 재인의 생일이 코앞이었다.

"남자들은 보통 뭐 좋아해?"

"남자? 남자 누구? 지수?"

핸드폰 속에서 미적거리는 다현의 기색에 현진의 추궁이 예리해졌다.

"지수 말고. 그냥 보통 어른 남자."

"그럼 이재인 씨?"

오호, 남자라. 이재인이라.

다현의 입에서 튀어나온 뜻밖의 단어와 호칭에 현진이 피식 미소를 지어 보였다. 계약으로 시작한 연애가 제법 속도를 내는 모양이었다.

"뭐라도 인사는 해야 할 거 아니야. 지수 일 해결해줬는데."

현진은 '정말 그게 다야?'라고 물어보고 싶었지만 진지한 목소리의 다현을 놀리는 건 좋지 않다고 생각해 바로 답을 했다.
"차. 넘버 붙은 람보르기니. 파텍필립, 일억짜리 시계."
"죽을래?"
간단한 현진의 답변에 다현이 더 간단하게 대꾸하고 눈을 흘겼다. 어쩌면 재인은 비싼 시계와 차를 좋아할지 모르지만 다현에게 현진이 나열한 물건들은 현실 가능한 품목이 아니었다.
그걸 살 돈이 있었으면 지수 문제는 그녀가 직접 해결했을 것이다. 그리고 무엇보다 너무 마음이 드러나는 선물은 좋지 않다. 그게 다현의 고민이었다.
워낙 어마어마한 집안 아들이란 걸 의식하지 않을 수가 없었다. 그리고 미묘한 관계의 남자에게 뭘 선물해야 하나 정말 고민이었다.
무시당하지 않을 정도로, 지나친 관심이 노출되지 않을 만큼, 언제부턴가 그와의 만남을 기다리기 시작한 그녀의 내심을 들키지 않도록.
그 정도의 적당한 선물을 찾는 건 쉬운 일이 아니었다.

"그래서, 이건 뭔데?"
그도 이젠 호기심이 생기기 시작했다. 10살 그때 풀어보지

못했던 상자 속의 선물에 대한 궁금증이 단번에 사라졌다.

"열어봐요."

그녀는 참을성 있게 재인을 재촉했다.

자인이 예쁘게 생긴 리본을 풀고 포장지를 뜯자 까만색 벨벳 상자가 보였다. 그리고 그 안에는 사파이어처럼 보이는 보석 세 개가 나란히 박힌 넥타이핀이 들어 있었다.

"맘에 들어요?"

"응, 그런 거 같애."

물끄러미 넥타이핀을 바라보던 재인이 고개를 끄덕였다.

"그런 것 같다니? 난 그거 고르려고 얼마나 고생을 했는데. 도로 내놔요."

다현은 그 넥타이핀을 고르느라 진짜 고민을 많이 했다. 현진고 발이 아프도록 돌아다녀서 고른 물건이었다.

다현이 눈을 부라리며 도로 내놓으라고 손을 내밀자 재인이 얼른 상자를 옆으로 치웠다.

"넥타이까지 같이 사줄까 하다가 재인 씨가 흑심 있다고 할까 봐 참았어요."

"무슨 흑심?"

"몰라요?"

"뭔데?"

"모르면 됐어요."

자인의 거듭된 질문에 다현이 고개를 흔들었다. 정답을 알려줄 생각이 없는 모양이었다. 하지만 그러면 그럴수록 더 궁금해졌다.

"모르면 알려줘야지. 선생님이잖아. 뭔데?"

"그게……."

"그게 뭐?"

"넌 내 거다, 뭐 이런 뜻이래요."

한참 재인을 바라보던 다현의 눈빛이 반짝이더니 그녀가 장난하듯 재인의 넥타이를 잡고 확 잡아당겼다. 재인이 순식간에 그녀의 코앞에 있었다.

눈이 마주치고 입술이 닿을 듯하다.

두근, 심장이 놀랐다. 얼굴이 달아오른다.

다현은 얼른 넥타이를 손에서 놓았다. 작은 공간이 더 작아지는 듯했고, 그가 더더욱 가깝게 느껴졌다. 장난은 함부로 하는 게 아니구나.

"현진이 말로는 그렇대요."

"그럼 넥타이도 사줘."

넥타이의 의미를 알아챈 재인이 당당하게 요구했다.

괜히 말했다. 다현이 슬쩍 미간을 모았다.

"그냥 주는 대로 받죠?"

"선물은 원하는 걸 사주는 게 최고지. 이십몇 년 만에 처음 받는 생일 선물인데."

"주는 대로 받는 것도 예의예요."

12. 선물의 또 다른 의미 - 기억이 추억으로 채워지는

나름 일리 있는 그의 주문에도 불구하고 고집불통 다현은 단호했다. 재인은 왜 갑자기 이 여선생한테서 넥타이를 선물로 받고 싶은 마음이 마구 생기는지 그 자신도 잘 몰랐다.

❖

　생일이란 건 그저 태어난 날일 뿐이었다. 하지만 그녀와 함께 미역국을 먹고 케이크를 자른 그날은 왠지 특별한 날처럼 느껴졌다. 생일이라서 그런 건가, 아니면 함께해서 그런 걸까.
　재인이 곰곰이 생각에 잠길 무렵 차가 그녀의 집 앞에 도착했다.
　10분 전 11시.
　혼자 살고 있음에도 불구하고 아무튼 칼같이 통금은 지킨다. 도대체 저 집에 꿀이라도 발라놓은 건가? 뭐 이렇게 집에 들어가는 일이 급한 건지. 재인이 살며시 미간을 모았다.
　"아참, 다음번엔 재인 씨가 학교 근처로 와요."
　"바빠."
　다현을 따라 내린 재인이 단호하게 고개를 흔들었다.
　"나도 바빠요."
　"그래도 나보다는 한가하잖아?"
　"그거야 재인 씨 생각이지요. 이왕 시작한 거, 우리 끝까지 공평하게 해야죠."

"공평?"

또 나왔다. 두 사람의 '공평'.

재인이 '끙' 하고 짧게 한숨을 내쉬었다. 그녀는 그에게 하나도 손해를 안 본다고 하는데 그녀 역시 마찬가지였다. 그를 상대로 절대 밑지는 일은 안 한다.

"네, 공평. 내가 재인 씨한테 한 번 가면, 재인 씨도 나 만나러 한 번 오고. 재인 씨 볼일 해결하면 내 문제도 한 번 해결하고. 이렇게 해야 공평하지요."

"계약서에 그런 얘기는 없었잖아?"

"왜 없어요? 서로의 의견을 존중한다. 그렇게 적었잖아요. 제3조."

암튼 머리 좋은 여자. 그 계약서의 모든 조항을 다 외우고 다니나 보다. 하기는 그 역시 다 외우고 있으니 그녀 역시 그렇겠지. 이것도 공평한 건가?

"오늘 내 생일인데?"

일단 우겨보자. 오늘은 그의 생일이지 않은가.

"그러니까 다음부터라고 하잖아요."

역시나 끄떡도 안 한다. 다음부터란다.

재인은 결국 포기했다. 이런 게임에서는 다현을 상대로 이길 수가 없다. 재인의 짧은 한숨에 다현이 방긋 웃음을 지어 보였다. 가로등 밑에서 그녀의 얼굴이 더없이 빛나 보였다.

저 승리의 미소에 혹하면 안 된단 말이다. 방금 네가 진 거라고. 지고는 못 사는 재인은 그녀를 따라 같이 히죽거리고 있는 자신을 얼른 다잡았다.

"들어가."

"네. 생일 축하해요. 이제 1시간 5분 남았지만."

그녀가 다시 축하 인사를 건네고 뒤돌아섰다. 재인은 충동적으로 다현의 손목을 잡아 세웠다. 그리고 그녀를 품에 안았다. 작은 몸이 그의 가슴 안에 폭 안긴다. 잠시 놀란 그녀가 바르작거렸지만 재인은 아랑곳하지 않고 안고 있는 팔에 더 힘을 주었다.

"고마워."

재인의 뜻밖의 인사에 그녀가 그의 품속에서 고개를 끄덕였다. 그리고 그의 등을 가만가만 토닥였다.

생일이니까 이 정도는 괜찮겠지.

겨우 몸이 떨어지고, 재인이 다현을 향해 웃어 보였다. 그녀도 그에게 웃어 보였다. 그리고 그의 입술이 다가왔다. 조심스럽게 다가와 그녀의 입술을 열고 더 조심스럽게 그녀의 숨결을 앗아갔다.

그렇게 조심스럽게 시작한 키스는 이재인답게 집요했고, 대마왕만큼 욕심스러웠다. 다현의 호흡 하나도 놓치지 않으려는 듯 키스는 짙고 길었다. 그녀의 다리가 풀릴 때쯤 재인이 겨우 입술을 떼고 그녀의 머리를 토닥였다.

"마지막 선물이 제일 마음에 들어."

마지막 선물? 그게……. 재인의 말뜻을 눈치챈 다현이 상기된 얼굴로 살짝 눈을 흘겼다.

바로 오늘의 생일이 오래오래 기억에 남을 것이다.

◈◈◈

어느 날부턴가 시작된 그들의 통화가 길어지고 있었다. 그날도 그랬다. 12시가 훌쩍 넘은 시각이었고, 핸드폰이 뜨거워지고 있었지만, 두 사람 다 시간의 흐름 따위는 잊고 있었다.

"퇴근은 한 거예요?"

"하는 중."

재인의 간단한 대답에 다현이 인상을 썼다. 가만 생각해보면 그들의 통화는 항상 그의 퇴근길에 이루어졌다. 재인이 사무실을 벗어나 차 타고 가는 내내 전화를 하고 또 집에 도착해서도 계속된다.

"회사 일을 혼자 다 해요?"

"아니. 우리 호텔 직원이 이천 명이 넘는데, 같이 하는 거지."

"누가 재인 씨네 직원 수 궁금하대요?"

그녀가 혀를 차자 핸드폰 너머로 '킥' 하고 짧은 웃음이 들려왔다. 본인이 생각해도 그의 대답이 황당하긴 한 모양이었다.

"전부 내가 해야 할 일들이니까."

"그게 너무 많다구요. 그러다 죽어요."

"안 죽을게. 걱정 마."

"걱정 안 하게 일을 줄여요. 그리고, 전화 끊고 얼른 쉬어요."

"괜찮아. 상관없어."

다현의 잔소리에 재인이 간단하게 대답했다. 왠지 그는 그녀의 걱정이 마음에 들었다. 그리고 왠지 지금 전화를 끊기도 싫었다.

"주말에 어디서 볼까?"

"이번에는 재인 씨가 내려올 차례죠?"

순서를 확실하게 기억하고 있는 다현이 말했다.

"나 바쁘다니까. 죽으면 안 된다면서."

"일을 줄이라고 했지, 죽으라고는 안 했는데요."

"그럼 당신 집에서 볼까? 라면 먹고 싶은데."

"됐거든요."

다현의 확고한 대답에 재인은 피식 웃음을 삼켰다. 새빨개진 얼굴로 그를 노려보고 있을 다현의 표정이 눈앞에 떠올랐다.

"당신이 올라올래? 나, 토요일에 영상 회의 있어. 미국은 금요일 으후라 그날 꼭 처리해야 해."

이럴 걸, 라면 얘기는 왜 했느냐고. 재인의 부탁에 다현이 한숨을 내쉬었다. 일, 일, 일…… 정말 일 많은 남자였다.

"알았어요. 그리고 토요일 말고 일요일에 봐요."

"트요일은 뭐 하게? 보육원 가?"

"아뇨. 이번 주는 바빠서 못 가요."

"그러니까 왜 바쁘냐고. 누구 만나는데?"

역시나 집요한 남자였다. 그녀가 만나는 사람이 누군지 알아야겠다는 의지가 전화기 너머로 확실하게 전해져왔다.

"뭐야, 또 선보는 거야? 아님, 그 꼬마 만나?"

전화기 속에서 다현이 말끝을 흐리자 재인의 눈썹이 치켜 올라갔다.

이 여자가 또 누굴 만나기에 이렇게 말을 돌리는 걸까.

"선 안 봐요. 그리고 지수 키가 182예요. 꼬마 아니거든요."

"난 186이야."

"키 커서 좋겠어요."

애도 아니고. 발끈한 재인의 답변에 다현은 깊은 한숨을 내쉬었다. 무슨 열여덟 살짜리를 상대로 서른두 살 먹은 남자가 비교질을 한단 말인가. 다른 것도 아니라 키를 가지고. 가끔 이 재인이 이럴 때마다 황당해지곤 한다.

"그래서 그 녀석 본다고?"

"아뇨. 현진이 봐요."

"누구?"

"현진이, 내 친구요. 뭐 말해도 알는지 모르겠지만."

"알아."

가끔씩 그녀의 대화에 섞여 나오는 현진이라는 친구를 모를리 없다. 중학교 때부터 친구라고 하는 의사 선생. 분명 머리는 좋은 것 같은데 다현에게 이상한 충고를 해주곤 하는 여자. 몇 번 전해 들은 바로는 아주 위험한 여자였다.

"같이 봐."

"네? 누구를요?"

"현진 씨. 당신 친구."

"그래도 돼요?"

핸드폰 너머로 그녀가 반색을 하고 좋아한다. 이렇게 좋아할 줄 알았으면 진작에 만나본다고 할걸. 하지만 그동안은 다현과 둘이 만나기도 바빴다.

"응. 봐야겠어. 궁금해."

"하기는. 나도 당신 친구 봤으니, 당신도 내 친구 봐야죠."

"그럼. 공평하게."

여지없이 튀어나온 '공평'이라는 단어에 그녀가 까르르 웃음을 터뜨렸다. 다현의 맑은 웃음에 덩달아 재인의 얼굴에도 미소가 떠올랐다.

"현진이한테 물어보고 오케이하면요."

다현이 순순히 고개를 끄덕였다. 안 그래도 현진은 재인에 대해서 궁금해했었다. 이번 기회에 서로 인사를 하는 것도 나쁘지 않을 것이다. 가끔씩 재인에 대한 현진의 객관적인 평가가 궁금하긴 했었다.

설마, 둘이 싸우지는 않겠지?

13. 또 다른 만남

— 인연이 다시 스치다

재인을 기다리고 있던 현진은 자신의 쭉 뻗은 긴 다리를 계속해서 주시하고 있는 짙은 눈동자의 남자에게 섹시하게 웃어 보였다.

"제 다리가 맘에 드시나요?"

 남자는 현진의 의외의 질문에 당황해하지도 않고 애송이처럼 얼굴이 붉어지지도 않았다. 그저 약간 고개를 끄덕였을 뿐이었다. 마음에 든다는 듯이.

"그런데 어쩌지요? 오늘 제 파트너가 저쪽에 도착했네요."

 그녀는 가볍게 한잔 할 수 있는 칵테일 바와 식사를 할 수 있는 테이블을 가로지른 관엽수 틈에서 창가 쪽에 도착한 재인을 발견하고는 목이 긴 의자에서 우아하게 일어섰다.

 현진의 붉은 원피스가 무릎 주위에서 찰랑거렸고, 그녀가 일어서느라 고개를 약간 숙이자 원피스 사이로 가슴 선이 언뜻 엿보였고, 남자는 그걸 놓치지 않았다.

물론 현진도 사내의 강렬한 눈초리를 느꼈지만 그녀는 다시 한 번 아름답게 웃어 보였다. 하여튼 남자들이란. 눈빛의 속도가 거의 빛의 속도구나.

현진은 재인을 향해 가면서 슬쩍 인상을 썼다. 빼빼 말랐었지만 키가 크고 가슴이 풍만해지면서 저런 사내들의 반응에 익숙해 있는 현진이었다. 하지만 오늘 저 남자의 위험한 시선은 어쩐지 감당해내기 어려웠다.

하지만 언제나 그렇듯 현진은 자신의 감정을 삭여냈다. 그런 사내들에게 격렬하게 반응하면 그들은 더 재미있어할 뿐이고 수컷으로서의 본능만 자극할 뿐이다. 현진은 아주 어릴 적부터 그걸 알고 있었고, 어른이 된 지금은 자신의 아름다움과 섹시함으로 인해 생기는 끈적거리는 시선이 자신의 탓이 아니라는 걸 알고 있었다.

"유현진이에요. 재인 씨 맞지요?"

그녀가 재인에게 인사하자 재인이 예의 바르게 의자를 꺼내주었다. 가끔씩 인터넷에서 보이곤 하던 남자는 실물이 훨씬 더 근사했다.

계약 연애라고 하더니, 이 남자는 완전히 다다한테 정신이 나가 보였다.

그녀의 등장에 조금도 흔들리지 않는 재인의 모습에 현진은 한눈에 재인을 파악했다. 현진이 보란 듯이 섹시하게 다리를 포갰지만 재인의 표정은 전혀 변하지 않았다. 대부분의 남자들은 아까 바 근처에서 본 남자와 같은 반응을 보인다. 어떻게 이 여자를 꼬실 수 없을까. 저런 여자랑 하룻밤 뒹굴면 굉장할 거야.

현진은 얼핏 웃음을 지어 보였다. 재미없군. 이런 남자를 상대로 테스트해봤자 말짱 도루묵이야. 안 그래도 남의 시선이 걸렸었는데 괜히 이렇게 차려입고 나왔다.

"저 혼자 와서 실망하지 않으셨어요?"

"아, 아닙니다. 조금 전에 전화 왔었어요. 좀 늦겠다고."

"아마 길을 못 찾고 있을 거예요."

현진이 고운 손가락으로 머리를 쓸어 올리며 웃었다. 다현의 친구는 그녀가 말한 대로 아름다웠다. 다현만큼의 매력은 없었지만 시선을 끄는 얼굴이었다. 그는 나름대로 객관적인 평가를 내렸다.

"정 못 찾으면 전화하라고 했는데. 자존심 상해서 아마 안 할 거예요."

표정 없이 중얼거렸지만 그의 어조에는 다현을 향한 따뜻함이 가득했다. 그런 재인을 바라보며 현진은 다시 미소를 보냈다.

"음, 요사이 밤에 잠을 잘 못 자서 아무래도 제 매력이 덜한 모양이지요?"

"네?"

열심히 창밖을 지켜보던 재인이 그제야 현진을 보고 눈썹을 치켜 올렸다.

"아무리 다현이가 예뻐도 그렇지, 앞의 손님은 안 보고 시계랑 창밖만 보시잖아요."

"아, 죄송합니다. 다다가 아무래도 길을 못 찾는 것 같아서."

잠시 멈칫하던 재인이 마지못한 얼굴로 사과를 했지만 그의 속마음은 얼굴에 분명히 드러났다.

'왜 내가 당신이 눈에 들어오지 않는 걸 사과해야 하지?' 하는 듯했다.

그래도 이 남자는 입에 발린 변명과 마지못해서이기는 하지만 고개는 숙일 줄 알았다. 아마도 이유는 딱 하나, 그녀가 다현의 친구이기 때문일 것이다.

"그래도 걘 찾아와요. 익숙하거든요, 길 헤매는 거에."

그녀가 하얀 이를 드러내며 살짝 웃자 주위 사람들이 모두 그녀에게 집중했다. 다현에게 온통 정신이 나간, 앞에 앉아 있는 이재인이란 남자만 빼고.

이 남자가 이렇게 열심히 다현을 기다리는 이유가 단지 그 유산 어쩌구 하는 것 때문만은 아니라는 것에 현진은 그녀가 가진 모든 것을 걸 수 있었다.

"혹시 다현이랑 제가 어떻게 친구가 됐는지 아세요?"

현진의 물음에 재인의 시선이 그제야 현진을 향했다. 두 사람이 어떻게 친구가 되었는지는 별로 궁금하지 않았다. 다만, 그 사이에 끼어 있는 다현의 지난 시간이 궁금할 뿐이었다.

"다현이가 제 인생을 구제했어요."

현진이 가볍게 웃어 보였다.

구제라니, 무슨 뜻일까?

"전 폭력 가정의 딸이거든요. 다현이가 그날 그 집에서 절 데리고 나오지 않았으면 아마 15살 때 죽었을 거예요. 제 의대 학비도 다현이 월급이랑 신용 대출로 해결했어요."

담담하게 말하는 그녀의 얼굴에는 과거의 아픔이 선명하게 드러나 있었다.

중학교 2학년. 술주정하고 주먹을 휘두르는 아버지 앞에서 친구인 다현은 아무 말도 하지 않았다. 대신 씩씩하게 현진의 손을 잡고 자신의 집으로 향했었다.

그날, 두 사람은 자매가 되었고, 현진에게는 새로운 가족이 생겼다.

"저한테 그런 말씀을 하시는 이유는요?"

"전 우리 다다가 행복했으면 좋겠어요. 그리고 이재인 씨는 저만큼이나 운이 좋으신 분이네요."

다시 입가에 미소를 담은 현진이 재인을 똑바로 보고 말했다.

운이 좋다고? 재인은 잠시 현진을 바라보다 천천히 고개를 끄덕였다. 어쩌면 운이 좋을지도. 그런데 날 운 좋게 하는 이 여자는 또 어디를 헤매고 있는 걸까?

재인은 다시 시간을 확인했다. 올 시간이 됐는데.

한 10분 정도 지나서 다현이 급하게 들어서자 그제야 재인의 얼굴에 여유 있는 미소가 찾아왔다.

자인과 다현은 완벽하게 어울리는 한 쌍이었다. 계약서 따위로 만나지 않았으면 더 좋았겠지만 그들의 인연은 이미 시작되었고, 두 사람은 서로의 운명을 만들어가고 있었다.

현진은 물끄러미 다현을 바라보았다.

"네 남친 콧대가 예술이더라."

"내 남친이라고 하지 마. 성격도 예술이니까. 지랄 맞게."

너무나 솔직한 다현의 대꾸에 현진이 웃음을 터뜨렸다.

"하기는. 성격은 좀 있겠더라."

"닭이 있어."

다현이 냉정하게 대답하고 웃어 보였다.

"어쨌거나 그 사람 괜찮더라."

"정말 그렇게 생각해?"

"응."

현진의 긍정적인 반응에 다현의 얼굴에 살포시 미소가 떠올랐다. 그 웃음을 보자 현진의 표정에 걱정이 스쳐 지나갔다.

재벌. 인터넷으로 뒤진 이재인은 생각보다 훨씬 대단한 남자였다. 다현이 그런 남자, 아니 그 남자의 집안을 상대할 수 있을지 걱정스러웠다.

"김다현, 너 정말 괜찮은 여자인 거 알고 있지?"

"걱정 마. 반하지 않을 거니까."

뜬금없는 현진의 질문에 다현이 정확하게 대답했다.

언제나처럼 우문현답. 현진은 다현의 명석함에 미소를 지어 보였다.

"그럴 수 있어?"

계약으로 만난 관계였다. 더 나아가서는 안 되었다. 두 사람은 서로 다른 사람들이었다.

서로 같은 건 그다지 많지 않았다. 함께할 수 있는 것도 많지 않고, 함께 나눌 수 있는 건 더더욱 많지 않았다. 두 사람은 삶의 목표도 다르고, 목적도 다르다.

"정 주지 않을 자신 있는 거야?"

"아니. 그런데 노력할 거야."

다현이 현진에게 다시 웃어 보였다.

정도 마음도 절대 주어서는 안 되는 사람이었다.

시한부 연애. 이제 절반쯤 왔다. 달랑 6개월에 마음을 빼앗겨서는 안 되는 일이었다.

하지만 뜻대로 되지 않는 내 마음을 어찌해야 할지 실은 다현도 잘 몰랐다. 아무리 아침마다 '반하지 말자.' 주문을 외우고 밤마다 고개를 흔들어도 그와의 전화 한 통화가 소중하고, 문자 하나에 미소 짓게 된다.

어쩌려고 이러는 건지. 정말 반하지 않을 수 있을까? 이미 마음은 반은 넘어간 듯한데 말이다.

다현의 얼굴에 생각이 깊어지자 현진은 자신이 뱉어낸 말을

13. 또 다른 만남 - 인연이 다시 스치다

후회했다. 차라리 미치게 연애하라고 할 걸. 차라리 그쪽이 덜 상처받을지도 모르는데. 하지만 사랑한다고 해서 세상의 모든 일이 해결되는 건 아니라는 걸 현진은 너무나 잘 알고 있었다.

끝이 보이는 연애는 너무 아프다.

⁂

회의가 꽤 길어졌다. 거의 2시간가량 진을 뺀 후에야 본부장이 겨우 끝을 냈다. 왜 호텔 대표가 이재인을 본부장으로 발령을 냈는지 이유를 알 것 같은 회의 내용이었다.

이재인의 뜻대로 결국 SH 로고를 먼저 사용하는 데 합의했다. 그는 만만치 않은 미국 유명 호텔 체인과의 지루한 협상에서 결국 원하는 걸 얻어냈다.

기분 좋게 악수를 끝내고 손님을 배웅한 재인의 얼굴이 금세 굳어졌다. 덩달아 직원들의 얼굴도 굳어졌다. 혹시라도 뭐가 잘못된 건가? 아니면 우리가 무슨 실수라도 한 건가?

사무실에 들어서자마자 재인은 잠시 진동으로 해놓았던 핸드폰을 바라보았다.

ㅁ 안한데, 나 오늘, 약속 못 지킬 거 같아요.

왜?

> 급한 일이 생겨서요.

> 그런 게 어딨어?

다현이 보낸 문자에 재인이 발끈해서 항의했지만 핸드폰 창에는 더 이상 대꾸가 없었다.

> 급한 일이 뭔데?

핸드폰 창에서 '1'자가 사라지지 않았다.
뭐야, 이 여자 정말. 아주 이제 읽지도 않는다 이거지?
더구나 전화도 받지 않는다. 잔뜩 화가 난 재인을 바라보며 유경은 두근거리는 심장을 부둥켜안았다. 30분 뒤에 출발해야 하는데 누가 그 말을 우리 본부장에게 전할 수 있을까. 유경은 전략기획실 직원들을 주욱 살펴봤다. 강 부장님을 비롯한 모든 사람들이 순식간에 머리를 책상에 처박았다. 이번에 맞을 폭탄은 스케줄 담당자인 그녀의 몫이라는, 분명한 메시지였다.
유경은 한숨을 내쉬고 몸을 일으켰다.

재인이 저 혼자 씩씩댈 무렵, 사실 다현은 정말 급한 일로 바

빴다. 2년 만에 한국에 도착한 오빠의 갑작스러운 연락으로 진주에 있는 엄마는 행복해했고, 덕분에 다현은 덩달아 바빠졌다. 아무튼 유별나다. 학회 참석이라면 진작에 결정됐을 일인데 굳이 한국에 도착해서 연락하는 건 도대체 무슨 마음에서인지.

그렇게 투덜거렸지만 체크인을 하고 있는 서현의 모습을 바라보는 다현의 얼굴에는 미소가 가득했다. 얼굴이며 키며 어디 하나 빠지는 구석이 없다.

체크인을 담당하는 호텔 직원의 얼굴에도 수줍은 미소가 가득했고, 옆 테이블에서 체크인을 하는 관광객들도 서현을 흘끔거리느라 넋이 빠져 있었다. 그리고 서현은 자신을 바라보는 여자들에게 아낌없는 웃음으로 팬 서비스를 마무리했다.

"아무한테나 웃지 좀 마."

"아무한테나 안 웃어. 나한테 웃는 여자들한테만 웃지."

"등에 써 붙여야 하는데. '이 사람은 바람둥이입니다.' 하고."

다현의 툴툴거리는 타박에 서현이 '하하' 하고 웃어 보였다. 덕분에 호텔 로비를 지나는 사람들의 시선이 다시 서현에게 꽂혔다. 누가 봐도 서현은 시선이 닿는 존재였다.

"우리 집에서 자도 되는데."

"됐어. 손바닥만 한 데서 다 큰 여동생이랑 복작대는 거 불편해. 그리고 4박 5일 동안은 주최 측에서 호텔 제공하는 조건이야. 걱정 안 해도 돼."

다현이 엘리베이터를 기다리며 중얼거리자 서현이 고개를 흔들었다.

"현진이는? 바쁘대?"

"죽고 싶어도 죽을 시간이 없어서 못 죽는대. 오빠보다 무서운 사람이 치프래."

"어느 놈인지 알아봐야겠네. 누가 내 동생 목을 조르는지."

말은 그렇게 해도 서현의 표정에는 안쓰러움과 이해의 미소가 가득했다.

전공의 1년 차의 시간은 원래 그렇다. 당직, 당직, 당직. 콜. 그리고 쌓여 있는 기록지와 차트, 끊임없는 오더, 회진과 컨퍼런스. 수술방과 병실, 그리고 환자들. 그 사이에 날카로운 질문과 부족함에 대한 질타. 의사라는 자부심이 좌절감에게 먹히는 순간들을 경험해야 하는 풋내기 의사의 생활을 서현도 잘 알고 있었다.

재인은 자신의 눈을 믿을 수가 없었다. 다현이 다른 남자를 향해 웃고, 그 남자의 팔짱을 끼고 있었다. 그것도 호텔에서. 호텔에 다양한 서비스가 제공된다는 사실을 누구보다 잘 알고 있는 재인이지만 그렇다고 다현이 그 남자와 호텔 어딘가에 함께 있다는 사실이 끔찍하게 싫었다.

재인이 재빨리 다가가 다현의 손을 홱 잡아끌었다. 얼결에 그의 품에 안긴 다현이 재인임을 확인하고는 눈이 둥그레졌다.

"재인 씨? 여기는 웬일이에요?"

재인이 근무하는 호텔이 아니었다. 항상 호텔에 가게 되면 다현은 그를 생각했다. 하지만 정말 그를 만날 거라는 생각은 하지 못했다. 그런데 지금 그가 눈앞에 있었다. 그것도 잔뜩 화가 난 얼굴로.

"나중에 얘기하자."

이를 앙다문 재인의 답변에 서현의 고개가 갸웃거려졌다.

이것 봐라. 한국을 오래 비우긴 한 모양이었다. 여동생에게 호텔에 들락거리는 남자가 생긴 걸 보면.

서현은 동생을 품 안에 가두고 있는 눈앞의 남자를 훑어보았다. 남자인 그가 봐도 그는 보통의 사람이 아니었다.

트집 잡을 곳이 없는 반듯한 외모와 더불어 온몸에서 풍기는 의엄과 카리스마는 결코 배워서 생기는 것들이 아니었다. 게다가 지금 그를 바라보는 눈빛은 잘하면 저 남자에게 잡아먹힐 것 같았다. 그런데 그 역시 별반 유쾌하지 않다는 사실을 알까나 모르겠다.

"미안하지만 우리는 지금 객실로 가서 쉬고 싶은데."

"오빠!"

분란의 소지가 분명한 서현의 간섭에 다현이 엄한 눈빛으로 경고했지만 서현은 끄떡도 하지 않았다. 오히려 '땡' 하고 열린 엘리베이터 안으로 다현을 잡아끌었다.

"가자, 다다야."

다다라구? 그도 다현을 '다다'로 부르고 있었다.

젠장할! 이제 그는 진짜 머리가 돌 지경이었다. 그렇다고 이대로 다현을 저 남자와 함께 객실로 올려 보낼 수는 없는 노릇이었다. 재인은 급하게 엘리베이터에 발을 들이밀었다.

세 사람이 타고 있는 엘리베이터 안에는 차가운 침묵만이 가득했다. 다만 다현만이 이 어이없는 상황에 답답할 따름이었다. 서현이 16층을 누르자 재인이 금방 8층을 꾹 눌렀다.

"비즈니스 룸에서 얘기하죠."

"그럴까요? 우리는 확실히 서로 해야 할 말이 있는 거 같으니까. 다현아, 넌 먼저 씻고 있어."

"오빠!"

어처구니없는 오빠의 언어 선택에 다현은 기가 찼지만, 재인의 눈에는 불꽃이 일어났다.

그는 순식간에 홱 하고 다현을 끌어 옆에 붙였다. 그리고 천천히 핸드폰을 손에 쥐고 동양 호텔 이사장의 전화번호를 찾았다. 어디든지 비즈니스 룸이 하나라도 남아 있어야 했다. 아니면 이사장실이라도 사용할 생각이었다.

비즈니스 룸을 요구하는 그의 목소리에 차가움이 가득했다. 그가 끓어오르는 분노를 꾹 눌러 참고 있는 게 느껴졌다. 저 성격에 참 잘도 참는다. 이대로 있다간 엘리베이터가 얼어버릴 것 같았다.

"오빠, 재인 씨 성질 그만 건드려."

그녀가 우선 오빠에게 경고했다. 그나마 서현이 이성적이니까. 하지만 서현은 동생의 경고에 그저 쓴웃음만 삼킬 뿐이었다. 아이구, 벌써 저 친구 편을 드는구만.

"재인 씨, 우리 오빠예요."

'오빠'라는 말에 재인의 눈이 의심스러운 듯 빛나자 다현은 한숨을 쉬었다. 하여튼 의심도 많은 남자라니까.

"친오빠예요, 닮진 않았지만. 서현 오빠?"

그녀가 서현을 재촉했다. 오빠는 여전히 반갑지 않은 미소를 띤 채 아무 말 안 하고 있었다.

도대체 뭘 생각하느라 저러는 거야?

다현은 오빠를 재촉하며 재인을 흘끗 바라보았다. 재인의 얼굴은 아직도 화가 나서인지 딱딱하게 굳어 있었다.

"그 미국에 있는 의사 선생님?"

"나에 대해서 좀 아네요?"

"물론이지요. 다현이에 대해서 모르는 게 있을 리가 없잖습니까? 사진하고 다르네요."

마치 다현의 모든 걸 다 알고 있다는 듯한 재인의 대답에 서현의 눈썹이 슬쩍 올라갔다.

엘리베이터 안에서 다시 불꽃이 튀고 있었다. 서현은 재인에 대한 자신의 좋지 않은 감정을 감출 생각이 전혀 없어 보였고,

재인 역시 그의 도전에 물러서지 않는 눈치였다.

"그럼 제 이름은 알고 있겠네요. 김서현입니다."

"이재인입니다."

재인은 이제서야 평상시의 얼굴로 돌아와 있었다. 아마도 이제야 확신을 가지고 믿을 수 있나 보다.

재인은 흥미로운 눈빛으로 두 남매를 지켜봤다.

그들은 다다의 말대로 전혀 닮지 않았다. 다현이 아직 젖살이 빠지지 않아 또래보다 동안이고 똘망똘망하게 생긴 반면, 그의 오빠는 웬만한 모델보다 몇 배는 잘생긴 얼굴이었다. 그리고 매끈한 얼굴에 대한, 은연중에 생기는 거리감을 무시할 수 있을 정도의 매력과 매너를 소유하고 있었다.

물론 서류에는 그의 성격에 대해 그리 자세히 나오지 않았던 것이 분명했다. 김서현이 왜 오늘 처음 만난 이재인에게 불쾌감을 노골적으로 표시하는지 재인으로서도 도저히 이해할 수 없는 일이었다.

※

재인이 비즈니스 룸에 도착하자, 직원들이 급하게 비즈니스 룸의 실내를 세팅하고 있었다. 다행히 다음 예약 시간까지 두 시간 정도의 여유가 있는 장소가 한 군데 남아 있었다.

호텔 직원들이 사라지자, 서현이 테이블에 자리를 잡았고, 재인은 눈치도 없이 서현 옆에 있는 의자를 빼는 다현의 손을 붙들었다. 그러자 서현이 다시 재인 곁에 있는 다현을 잡아끌었다. 이러다간 두 남자 사이에서 몸이 두 조각 날지도 모르겠다. 다현은 두 사람의 손길을 전부 뿌리친 채 테이블 가운데에 자리를 잡았다.

"어머니한테서 듣긴 들었는데 저 남자야? 네가 사귀고 있다는 남자가?"

"오빠가 상관할 일 아니거든."

"지금은 네가 그렇게 말할 타이밍이 아닌 거 같은데 말이지."

"오빠가 참견할 타이밍도 아니거든."

다현이 발끈해서 서현을 노려보았다. 하지만 오빠의 무시무시한 눈빛에 먼저 시선을 돌려야 했다. 왠지는 모르지만 서현 오빠는 엄청 화가 난 눈치였다.

그녀 역시 이재인이라는 남자가 100% 다 마음에 드는 건 아니었지만 그래도 초면에 오빠가 이렇게 싫어할 정도의 사람은 아니었다.

"혹시 한의학이 전공이십니까."

"아닙니다만."

재인의 답변에 서현의 시선이 이번에는 다현을 향해 웃어 보였다. 마치 그가 한의사가 아니어서 정말 다행이라는 듯.

"집에서도 알아? 네가 배신자라는 걸."

"배신은 오빠가 먼저 했거든. 그리고 난 오빠랑 달라. 결혼할 거 아니야."

다현의 대답에 두 남자의 얼굴이 똑같이 찌푸려졌다. 흘긋 인상을 쓴 재인의 얼굴을 눈치챈 서현의 표정이 아주 조금 더 부드러워졌을 뿐이었다.

"오케이. 머리는 안 밀어도 되겠구나. 네 오빠가 남의 머리도 아주 잘 깎는데 말이야. 어쨌거나 넌 빠져. 방에 가 있어. 이번에는 농담 아니야."

"커피숍에 가 있어."

서현이 객실 카드를 건네주자, 재인이 중간에서 가로채며 다현에게 말했다. 재인과 서현의 눈빛이 서늘하게 마주쳤다.

어쩌란 말인 건지. 팽팽한 두 사람의 시선이 이제는 다현에게 쏟아졌다.

"나 여기 있으면 안 돼요?"

"안 돼."

두 남자가 동시에 대답했다.

도대체 그녀가 가고 난 후에 무슨 짓을 하려고 이러는 걸까. 다현의 얼굴이 심각하게 굳어졌다.

그래도 한 가지 확실한 건 객실인지 커피숍인지를 결정해야 한다는 것이다. 지금 두 사람이 기다리고 있는 건 그녀의 답이었다. 서현과 재인을 번갈아 바라보던 다현이 마음의 결정을 내렸다.

"커피숍에 가 있을게."

"김다현!"

서현의 눈썹이 매섭게 올라가자 다현이 슬쩍 어깨를 으쓱였다. 어느새인가 재인에게 배운 버릇 중에 하나였다.

"이번에는 오빠가 너무했거든. 재인 씨가 많이 참은 거라구."

수고 싶다니. 씻고 있으라니. 그게 말이나 되는 얘기인지.

다현의 중얼거림에 재인의 입가에 득의양양한 미소가 번져 나갔고, 서현의 얼굴은 굳어졌다.

14.
오빠와 그가 만났을 때
― 세상의 남자는 다 애들 같다

다현을 쫓아내는 데 성공한 재인과 서현은 서로를 마주 보았다. 전신이 단번에 엑스레이 투시기에 스캔되는 듯한 느낌에 재인은 슬쩍 인상을 썼다.
　한눈에 봐도 다현의 오빠라는 사람은 쉽지 않은 남자였다. 트집 잡을 곳이 없는 수려한 외모는 접어두고라도 깐깐해 보이는 눈빛은 무조건 그를 거부하고 있었다. 하기는 서현을 바라보는 재인도 그다지 기분 좋은 눈빛은 아니었다.
　"운이 좋으셨네요."
　"무슨 뜻입니까?"
　일의 자초지종과 재인의 신분을 안 서현의 눈썹이 못마땅하게 올라갔다.
　명함 속에 박혀 있는 이재인의 신분과 사회적인 위치.
　반 아이들 말고는 관심 없는 다현과는 달리 서현은 재계에서 오르내리는 이름 정도는 기억하고 있었다.

어쩐지 어디서 많이 봤더라.

"제가 한국에 있었으면 그따위 계약서는 절대 허락하지 않았을 테니까요."

"글쎄요. 그건 다현이가 결정한 일입니다. 제가 아는 다다는 다른 사람 말에 휘둘리는 여자가 아니라서요."

재인의 입에서 '다다'라는 말이 나오자 서현의 표정이 대번에 굳어졌다.

명백한 도발이었다. 아마도 '그따위 계약서'라는 서현의 도전에 대한 답변이리라.

보기보다 훨씬 강적이었다. 서현은 물끄러미 재인을 바라보았다. 그의 눈에는 알지 못할 불쾌감이 가득했다.

뭐지, 저 눈빛은? 이유 모를 싸늘한 시선에 재인의 미간이 잠시 모아졌다. 혹시라도 만난 적이 있던 사람인가?

그의 명석한 두뇌가 머릿속의 기억을 온통 되짚었지만 서현은 전혀 모르는 남자였다. 김서현 같은 남자를 금방 잊을 리가 없었다. 특히나 이재인이.

"여자가 많은 것 같은데, 왜 하필 우리 다현입니까?"

"여자가 많다고 해서 다 김다현은 아니거든요."

느릿한 그의 답변에 서현의 눈이 다시 한 번 살짝 찌푸려졌다. 잠시 생각이 깊어진 그가 재인을 한참이나 주시했다. 그리고 고개를 흔들었다.

"당신이 맘에 들지 않습니다."

"알고 있습니다. 이유는 모르겠지만."

"그냥 싫습니다. 이재인 씨가 내 동생 옆에 있는 게."

"그냥 싫습니까? 그럼 이해합니다. 나도 그러니까."

재인이 상관없다는 듯 명쾌하게 대답했다. 한 치도 피하지 않는 두 사람의 눈빛이 허공에서 부딪혔고, 불꽃이 튀었다.

"내가 다현이 오빠인 걸 잊은 거 같군요."

"설마요. 잊지 않았습니다. 당신이 다현이 오빠가 아니라면 내가 지금처럼 참아줄 이유가 없으니까."

천천히 중얼거리는 서현에게 재인 역시 천천히 대답했다. 어차피 이 남자와 좋은 관계를 유지하는 건 불가능했다.

"어차피 시간은 흐를 테니, 계약 기간이 지나길 손꼽아 기다리지요."

"그러시든지요. 남녀 사이가 시간으로 해결될 문제는 아니겠지만요."

완벽하게 자신을 가다듬은 이재인이 김서현에게 웃어 보였다. 그가 다현의 오빠임을 인지했음에도 불구하고 재인은 전혀 물러서지 않았다. 아니, 물러설 생각이 없어 보였다.

망할. 내 착하고 순한 동생이 어디서 재수 없게 이런 망할 녀석을 데리고 온 건지. 서현의 얼굴이 딱딱하게 굳어졌다.

"내 동생, 고이 놔둬요. 손끝 하나 까딱하지 말아요."

"남녀 사이에 불가능한 부탁입니다. 그리고 다다가 미성년자도 아니고."

서현의 경고에 재인이 도발했다. 이번에야말로 상대의 분노가 확실히 느껴졌다.
"이재인 씨, 제가 메스 다루는 솜씨가 남다른 건 아십니까?"
"제가 경호원을 많이 두는 걸로 하죠."
양다물고 나온 분명한 협박을 재인이 간단하게 정리했다.
흥. 그러거나 말거나. 이렇게 되면 어떻게 되더라도 꼬시고 싶었다. 뭐, 다현이 쉽게 넘어오지는 않겠지만.

※※※

다현은 커피숍에 얌전히 앉아 차를 마시고 있었다. 평상시와는 다른 카모마일. 허브 향이 필요할 정도로 그녀 역시 정신이 사나웠던 게 분명했다.
재인과 서현이 나타나자 커피숍에 있는 모든 여자들의 시선이 그들에게로 쏟아졌다. 그런데 저 잘난 남자 둘은 모두 그녀를 향해 눈을 부라리고 있는 상황이라니.
곧장 다현에게 다가간 재인이 다현의 손목을 잡아 일으켜 세웠다. 머리 뒤통수로 서현의 시선이 꽂히는 게 느껴졌다.
"왜요?"
"오늘 우리 만나는 날이잖아."
"다음 주에 두 번 보기로 했잖아요."
"그건 다현이 생각이지. 난 싫어."

재인이 서현의 눈을 똑바로 보고 단번에 거절했다. 아까까지 아무 얘기도 없던 사람이 오늘 약속을 꼭 지켜야 한다고 우기고 있었다. 아무래도 오빠 때문인 것 같았다.
　서현과 재인 사이에 끼어 있는 다현이 난감한 듯 두 사람을 번갈아 바라보았다. 아니, 배울 만큼 배우고 알 만큼 아는 사람들이 왜 이렇게 애들 같을까.
　"왜들 그러는데? 그새 둘이 싸웠어요?"
　"싸움이라기보다 신경전 정도라고 생각해. 그렇지요, 이재인 씨?"
　"김서현 씨가 그렇게 하고 싶으면 신경전이라고 해두지요."
　"싸운 거 같은데."
　혼잣말처럼 중얼거린 다현은 슬쩍 재인과 서현의 표정을 살폈다. 도대체 둘이서 무슨 짓을 했길래 이재인과 우리 오빠의 얼굴에 이렇게 못마땅함이 가득 묻어나는 걸까.
　하지만 다현이 더 뭐라고 하기도 전에 재인이 그녀의 손을 잡아끌었다. 그는 한시라도 빨리, 그리고 조금이라도 멀리 그녀의 오빠에게서 다현을 떼어놓고 싶었다.
　"어? 재인 씨, 잠깐만……."
　다현이 미처 서현에게 인사도 남기지도 못하게 재인의 손길은 단호했고, 걸음은 성급했다. 그래도 오랜만에 만난 오빠한테 인사는 해야 옳지 않겠는가.
　"오빠, 전화할게. 엄마한테도 전화하고."

"일찍 들어와라. 기다리고 있을 테니까."

다현의 급한 마무리 인사에 서현의 차가운 어조가 분명하게 꽂혔다. 조금이라도 늦었다가는 큰일 날 것 같은 목소리였다.

다현은 나직이 한숨을 내쉬었다.

뭐가 이렇게 어려울까.

⁂

겨우 호텔을 벗어났다. 확실히 남의 호텔은 불편했다. 재인은 넥타이를 조금 잡아당겨 목을 편하게 했다. 김다현의 오빠가 뭐라고 이렇게까지 긴장한 걸까? 모처럼 이기고 싶은 전투욕이 확실하게 피어오른다.

"무슨 일 있었어요?"

다현이 유심히 그를 살피고 있었다. 미간이 모아진 게 걱정스러운 눈치였다.

"없었어."

"정말?"

"응."

재차 묻는 다현의 말에 재인이 다시 고개를 끄덕였다.

별일 있을 일이 없었다. 그냥 서로 싫어하는 것뿐. 그냥 좋은 사람이 있는 것처럼 이유 없이 싫은 사람이 있다. 그중 한 명이 김서현이었다.

아니, 이유는 있다. 김서현은 본능적으로 이재인을 달가워하지 않았다. 그 역시 그를 좋아하지 않는 사람을 좋아하지 않는 것뿐이었다.

"다현이야말로 앞으로 무슨 일 있으면 꼭 연락해."

"구체적으로 무슨 일이요?"

다현의 질문에 재인은 뭐라 설명해야 할지 잠시 머뭇거렸다.

김서현의 방해? 혹은 훼방, 음해, 기타 등등…… 그녀의 오빠가 두 사람 사이를 갈라놓기 위해 할 수 있는 모든 일들.

그걸 이 여자한테 어떻게 설명해야 할까?

"뭐든. 특히 내 욕하는 사람 말 다 믿지 마."

재인이 어려운 질문에 대한 대답을 요령껏 골라냈다.

"특히 우리 서현 오빠요?"

다현이 금세 그 답의 주인공을 찾아냈다. 역시나 그녀는 똑똑하다. 다만 작은 문제가 있다면 지나치게 순진한 게 문제였다. 또 착하다.

이 순하디순한 여자는 마음이 약해지면 또 금방 흔들릴 게 뻔했다. 더구나 김서현은 그녀의 오빠 아닌가.

"가족이라고 해서 다 봐주지도 말고."

"당연하죠. 그리고 사귀는 사이라고 해서 다 봐줄 생각도 없어요."

그녀가 재인을 향해 장난스럽게 웃어 보였다.

확실히 똑똑하다. 하지만 나는 믿어도 되고 봐줘도 되는데.

재인기 슬쩍 인상을 썼다.

　저녁을 먹는 동안 재인의 얼굴은 여전히 긴장되어 있었다. 물끄러미 다현을 바라보는 눈빛도 심상치가 않았다.
　"당신 오빠, 친오빠 맞아?"
　"친오빠, 맞아요. 우리 오빠, 근사하죠?"
　학교 다닐 때부터 서현은 진주에서 연예인만큼이나 유명한 존재였다. 전교 1등 학생회장에 잘생기고 운동까지 잘하는 그야말로 완벽한 남학생이었다. 깍듯한 예의범절과 모범생 이미지 덕분에 어른들이나 선생님들이 예뻐하는 건 당연한 일이었고, 지나치게 다정한 헤픈 웃음으로 인해 쫓아다니는 여자가 한둘이 아니었다. 무슨 날만 되면 초콜릿과 꽃다발이 집 앞에 한 아름이었다. 물론 누구에게나 친절해 보이는 서현 오빠가 사실은 여자 보는 눈이 엄청 까칠하다든지 혹은 여자랑 헤어질 때 인정머리 없을 정도 차갑다든지 하는 것들은 다현과 부모님만 아는 비밀이었다.
　"근사는 무슨."
　"어렸을 때는 오빠만 너무 잘생겨서 난 주워온 줄 알았어요. 난 왜 이렇게 못생겼나 하고."
　"무슨 소리야. 당신, 예뻐."

"말이라도 고마워요."

정색을 한 재인의 느닷없는 칭찬에 다현이 살포시 번지는 웃음을 삼켰다. 이 남자가 예쁘단다.

"진심이야. 당신은 예쁜 거 맞고, 김서현 씨는……."

"우리 오빠는요?"

기생오라비 같다. 하지만 재인은 하고 싶은 말을 꾹 눌러 참았다. 그리고 김서현에게 어울릴 만한 단어를 골라냈다.

"맘에 안 들어."

재인의 대꾸에 다현이 '풋' 하고 웃음을 삼켰다. 그건 말 안 해도 알 듯했다. 그런데 왜 둘이 이렇게 서로를 싫어하는 걸까. 도무지 이유를 모르겠다.

저녁을 간단히 먹고 집 앞에 도착한 시각은 10시 50분이었다. 생각 같아서는 오늘 밤 어떻게든 꼬셔서 외박이라는 걸 시키고 싶었지만 지나친 도발은 다현에게 위험했다.

몇 년 만에 최고치를 기록했을 정도로 떠들썩했던 여름의 열기가 밤이 되면서 살랑거리는 바람에 조금씩 옅어지고 있었다. 그래도 워낙 한낮의 무더위에 지쳐서인지 오늘따라 골목길은 한산했다. 에어컨 바람을 떠나서는 쉬이 잠들 수 없는 밤이어서인지도 모른다.

"오늘은 참 착해."

"네? 뭐가요?"

"얌전히 내 말 들어줘서."

재인의 말도 안 되는 칭찬에 다현이 픽 하고 웃음을 날렸다.
　순순히 커피숍에서 기다리고, 또 순순히 그의 손에 잡혀 커피숍을 나왔기 때문에 나온 칭찬이리라. 안 그런 줄 알았는데 생각보다 이 남자, 참 단순하다.
　"그래서 말인데…… 끝까지 착해주면 안 되겠어?"
　"네? 무슨……."
　질문의 의도를 채 파악하기도 전에 당한 입맞춤이었다. 재인의 깊은 키스에 다현은 꼼짝 못 하고 그를 받아들였다. 그는 순식간에 그녀의 입술을 열고 다현의 호흡까지 단숨에 삼켜버렸다.
　정말이지 숨이라도 멈출 것 같은 키스였다. 바짝 끌어당겨 맞닿은 가슴과 허리, 그리고 그의 온몸에서 그의 흥분과 열정이 그대로 느껴졌다. 입 안 샅샅이 헤집는 키스는 꽤 오랜 시간 이어졌고, 숨이 목까지 찬 다현이 간신히 단단한 그의 어깨를 밀었을 때에야 재인이 겨우 떨어져 그녀의 입술 위에 거친 숨을 몰아쉬었다.
　"미안."
　완전히 떨어지지 못하고 그가 이마를 맞닿은 채 그녀의 입술에 대고 아주 짧게 중얼거렸다. 조금 전까지 그녀의 머리를 꼼짝 못하게 감싸 안았던 그의 기다란 손가락이 이제는 그녀의 머리를 토닥이고 있었다.
　"미안한 이유는요?"

다현 역시 아직도 색색거리며 그에게 물었다. 이 남자가, 이렇게 생생하게 본능을 드러내는 이유가 분명 있을 것이다.

"당신 오빠."

불퉁하게 대답하는 재인에게 더 뭐라 하지 못한 이유는 '미안'이라는 짧은 단어에도 불구하고 그가 반성하고 있는 기미가 분명했기 때문이었다. 게다가 서현 오빠가 그를 어떻게 자극했을지 짐작이 되었다.

"오빠가 뭐랬는데요?"

"손 하나 까딱하지 말래."

재인의 대답에 다현은 정말이지 어이가 없었다. 손 하나 까딱하지 말라고 했다고 이렇게 반항하듯 키스를 하다니.

"애들이에요?"

"애들이 아니니까 키스한 거야."

기가 막힌 다현의 타박에 그가 간단하게, 그리고 당당하게 말했다. 분명 저 옥상 끝, 사람의 기척은 김서현이리라. 그는 씩 만족한 미소를 지어 보였다.

"반성 안 해요?"

"키스는 반성 안 해. 의도는 좀 미안하지만."

다현이 어이없는 표정으로 재인을 흘겨봤지만 그는 진심이었다. 솔직히 더한 것도 하고 싶은 게 남자의 욕심이라는 걸 다현이 알고 있는지 모르겠다.

그런 재인을 바라보는 다현의 표정이 애매하게 찌푸려졌다.

마치 화를 내야 할지, 웃어야 할지 모르겠다는 듯.

※

재인의 예상대로 옥탑방에서 두 사람의 키스를 확인한 서현의 얼굴이 확실하게 굳어졌다.

망할 인간. 내 동생에게 키스를 해? 그것도 감히 내 앞에서?

아마도 그를 향한 연출이리라. 상대가 그렇게 나온다면 그 역시 그냥 보고만 있지는 않을 것이다.

옥탑방에서 서현을 발견한 다현은 잠시 머뭇거렸다.

방금 전 재인이 사과한 이유가 이거였구나. 오빠가 그녀의 키스 장면을 그대로 목격했음을 알고 다현은 눈을 질끈 감았다. 얼굴이 확 달아올랐다. 다현은 서현과 눈도 못 마주치고 시선을 다른 데로 돌렸다. 정말 이재인, 이 남자를 어쩌면 좋을지.

"나 두 달 뒤에 귀국할 거야. 그때까지 조심해."

서현은 욕이 나올 것 같은 키스 장면을 모른 체하고 우선 다현에게 다짐을 받았다.

"이재인 씨 그렇게 나쁜 놈 아니야."

"그럴지도 모르는데, 그거랑 상관없이 너랑, 아니 우리랑 어울리는 사람은 아니야."

단호한 오빠의 판단에 다현은 잠시 멈칫거렸다.

현진도 같은 이야기를 했다.

정말 그런 걸까? 그와 나는 정말 어울리지 않는 사람들일까?

그런 다현을 바라보며 서현은 다시 한 번 미간을 모아야 했다. 착하고 순진한 내 동생은 항상 나쁜 놈들에게 관대하다. 아마 이재인에게도 그러리라.

하지만 측은지심이 사랑이 될 수는 없는 노릇이다. 특히나 결혼은 더더욱 그렇다.

"너 진주로 내려갈 생각 없어?"

"그렇게 걱정돼?"

심각한 서현의 질문에 다현의 얼굴에 웃음이 떠올랐다.

오빠는 진주에서 살 생각이 전혀 없는 남자였다. 여유 있고 변화 없는, 내내 살았던 동네를 사랑하면서도 또 갑갑해했다. 아마도 그래서 한의학이 아닌 외과를 선택했을지도 모를 일이었다. 그런 오빠가 이제 다현에게 진주로의 귀향을 은근히 종용하고 있었다.

"너무 걱정 마. 나도 알고 있으니까."

알고 있었다. 처음 계약을 했을 때 이미 각오한 일이었다. 이 사람은 여기까지라고. 더 나가서는 안 되는 사람이라고.

"오빠가 걱정할 만한 일 없을 거야."

"너 정말이지?"

"응."

다현이 고개를 끄덕이자 서현이 그제야 안도의 한숨을 내쉬었다. 6살이나 어린 동생이었지만 누구보다 현명한 아이였다.

동생을 믿어보는 것도 나쁘지 않을 것이었다.

"그 남자가 차라리 그저 그런 놈팡이였으면 좋았을 텐데."

서현이 인상을 쓰며 혼잣말처럼 중얼거리자 다현이 픽 하고 웃음을 삼켰다. 이재인이 그냥 그런 놈팡이라니. 왠지 상상이 되지 않았다.

"돈이 많은 건 축복이 아니야. 재앙이지. 두 사람, 너무 달라. 그래서 지금 잠깐은 서로 다르니까 끌릴지 모르지만 결혼은…… 네가 고생해."

"달아. 그리고 나도 그렇지만 그 사람도 나랑 결혼 안 해. 그러니까 걱정하지 마."

성현 그룹의 이재인을 만난다고 해서 재벌의 일상을 경험하는 건 아니었다.

여전히 다현은 사람들이 말하는 소위 재벌의 세상을 모른다. 관심도 없다. 그저 그녀가 관심 있는 이재인이 재벌일 뿐이었다.

다만 한 가지 확실한 건 그는 언제나 바쁘고, 또 언제나 많은 것들에 매어 있으며, 또 많은 것들을 감추고 있다는 것이었다. 그 사실을 모르는 게 아니었다.

아마도 재인은 계약서와 할아버지의 유언 때문에 그녀에게 집착하는지 모르지만 지금 다현이 재인을 만나는 이유는 단 하나였다. 성현 그룹 이재인이 아니라, 남자 이재인과 사귀기 때문이었다. 그리고 그에게 끌리기 때문이었다.

그나저나 도대체 두 사람은 서로를 왜 이렇게 싫어하는 걸까?
다현은 도저히 이해할 수 없는 얼굴로 서현을 바라보았다.

―◈―

재인은 내내 생각에 잠겨 있었다. 서현의 그 노골적인 시선을 이해할 수가 없었다. 분명히 전해지는 그의 불쾌감. 그 정체는 뭘까?

"무슨 일인데 그래?"

윤후의 질문에 재인이 희미하게 고개를 흔들었다.

마음 같아서는 서현에 대해 샅샅이 뒤져 알아보고 싶은 생각이 굴뚝같았지만 왠지 그와는 페어플레이를 해야 할 것 같았다. 그래야 이기는 기쁨이 두 배는 커지겠지. 재인은 '끙' 하고 자신을 다잡았다.

"별거 아니야."

별게 아니라고 말하는 재인의 표정은 분명 무언가 있다고 말하고 있었다.

"혹시 태하 때문에 그래?"

"조금 냄새는 나. 그 녀석이 무슨 짓을 벌이고 있는 것 같은데……. 백화점 주식 동향 보면 틀림없이 뭔가 있거든. 네 쪽에는 뭔가 잡히는 거 없고?"

사채 시장의 황금 손으로 불리고 있는 윤후가 슬쩍 고개를 저었다.

"아직은. 주식 갖고 장난치려면 돈이 필요할 텐데, 이쪽은 잠잠해."

"정기 이사회를 기다리고 있는 모양인데."

저인은 곰곰 생각을 하고 있었다.

고모부의 움직임도, 태하의 움직임도 심상치 않았다. 재인은 이사회에 영향을 끼칠 만큼 많은 SH 백화점 소유 지분을 돌아가신 아버지에게서 상속받았다. 당연히 그의 작은……어머니 소유여야 했지만. 재인이 갖고 있는 주식으로는 이사회 장악은 어렵겠지만 그가 작정하고 덤빈다면 백화점 소유자는 바뀔 수도 있다.

그가 움직이지 않는 것은 그럴 필요가 없기 때문이다. 아직은 갈이다. 맘에 들지는 않지만 태하 그 녀석은 그래도 백화점을 제대로 운영하고 있다. 다만 그의 아버지와 할아버지의 영향에서 독립해야 할 필요가 있긴 하지만 재인은 그의 경영 능력을 인정하고 있었다. 혹시라도 그가 어설펐다면 재인은 무슨 수를 써서라도 백화점을 접수했을 터였다.

"혹시 회장님 상속 얘기가 샌 건 아니고?"

"그건 절대 아니야. 태하 그 녀석이 그 정도는 못 돼. 할아버지 영역에 머리 들이밀 만큼 바보는 아니야. 고모부라면 모르겠지만."

민태하는 영리한 녀석이다. 무모하고 저돌적인 행동을 쉽게 할 리가 없었다. 지금 주식이 저렇게 제멋대로 움직이는 건 절대 태하의 짓이 아닐 것이다.

"혹시 캐나다 어머니 아프시니?"

"아니, 건강하셔."

재인이 다시 고개를 흔들고 윤후를 바라보았다.

"넌 아직도 한 회장한테 빚 갚는 중이야? 그만하면 이제 이자까지 탈탈 털었을 텐데."

"돈으로 해결할 수 있는 게 아니니까."

"다른 걸로도 이미 진작에 다 정리됐어. 너만 빚이 있다고 생각하는 거지."

재인의 무뚝뚝한 타박에 윤후가 슬쩍 어깨를 올려 보였다.

원래 죽은 이의 빚은 쉽게 갚아지지 않는 법이다. 그나저나 이 녀석, 무슨 일일까? 무슨 일이기에 저렇게 심각한 얼굴로 입을 꾹 다물고 열지 않는 걸까?

"그런데 넌 무슨 일인데?"

"윤서는? 한국 안 온대?"

아까부터 심상치 않은 재인의 표정에 윤후가 다시 물었지만 재인은 다시 화제를 돌렸다. 아직은 말하고 싶지 않다는 뜻이었다.

벌써 세 번째 질문. 세 번의 회피.

뭐지, 이재인을 이렇게 끙끙대게 하고 있는 건?

혹시…… 그가 전해 들은 이야기들이 정말 사실인 건가?

"오겠지. 지난번에 사람 붙인 거 들통 난 이후로는 연락 안 하고 있어."

사실 연락을 안 하는 게 아니라 못 하고 있는 윤후의 답변에 재인의 눈썹이 휙 하고 올라갔다.

여기 여동생 바보가 또 한 명 있었다. 여동생에게 사람을 붙이다니, 말이나 될 법인가. 윤서가 화를 내는 건 아주 당연해 보였다. 재인은 얼른 주변을 둘러봤다. 설마 김서현은 이 정도로 심각하지는 않겠지.

"너 그거 심각한 시스터 콤플렉스야. 윤서가 알아서 하게 놔둬. 도대체 왜 오빠가 여동생 인생에 간섭하는 건데."

표정을 바꾼 재인의 충고에 윤후가 어이없다는 듯 짧은 헛웃음을 지어 보였다. 그건 윤서를 쫓아다니는 스토커 때문에 이재인이 제안한 방법이었다. 총질이 난무하는 뉴욕에 있는 동생을 어떻게 방치할 수 있느냐고 그를 힐난했었다. 그런데 이게 무슨.

하지만 이재인은 진지해 보였고, 윤후는 순식간에 자신이 여동생에게 병적으로 집착하는 오빠가 된 듯한 기분이었다. 뭐냐, 이 녀석.

"연애하면 사람이 바뀌는 거니?"

"뭐?"

직접적인 윤후의 질문에 재인이 잠시 멈칫거렸다.

"연애한다고 소문이 자자해."

"맞아. 연애해."

담백한 재인의 답변에 어지간해서는 얼굴 표정의 변화가 없는 윤후가 마시던 술을 쿨럭거렸다. 자신이 여동생 집착증 환자가 된 것보다 더 놀란 표정이었다.

"뭐? 진짜야?"

"응."

"누군데?"

윤후의 질문에 재인이 싱긋 웃어 보였다.

허, 이 녀석이 웃는다.

"왜, 뒷조사하게? 관둬. 진작에 네가 샅샅이 뒤졌으니까."

요즘 들어 그가 샅샅이 뒤진 여자는…… 윤후의 눈썹이 올라갔다. 다현의 뒷조사는 윤후가 맡았다. 밝고 사람 좋고 선하게 생긴 윤후는 사채업을 제2금융권으로 둔갑시킨, 현금 장사에는 독보적인 재주를 가지고 있는 황금 손이었다. 하지만 국내뿐만 아니라 홍콩에서 싱가포르까지 꽤 큰 금융 체인을 장악하고 있는 자금줄보다 이윤후가 더 무서운 이유는 누구도 확인해줄 수 없는 비공식적인 정보를 캐낼 수 있는 그만의 인맥 때문이었다.

"회장님…… 그 여자?"

"할아버지의 그 여자는 아니고, 내 여자지."

재인이 윤후의 말을 바로 정정했다. 윤후의 얼굴은 더 이상해졌다. 그는 이 일의 시작을 알고 있었다.

"너, 설마……."

"아니야, 그런 거."

누구보다 이 회장을 잘 알고 있는 윤후의 못다 한 질문에 재인이 살짝 고개를 저었다.

"할아버지의 의도가 전혀 개입되지 않은 건 아니지만 네가 걱정할 정도는 아니야."

"그럼 진심이야?"

믿을 수 없다는 표정이었다. 얼음덩어리 같은 친구가 이 회장이 개입되어 있다는 사실을 감수하고도 연애한다는 사실을 인정한다는 것은 의외였다. 오늘, 이 녀석이 어디 한 군데 넋을 빼고 있었던 데는 이유가 있었던 모양이다.

"아마도."

의도적으로 감정을 싣지 않은 메마른 대답이었다.

아마도. 그조차도 정확히 단정할 수 없는 그의 마음이었다. 그리고 다현의 생각이었다. 아무 말 없이 술잔을 비우는 재인의 표정은 그리 밝지 않았다.

그런 재인을 윤후가 신기하게, 그리고 조금은 걱정을 담아서 바라보고 있었다.

15.
어땠을까
— 남들처럼, 조금 더 평범하게

예상대로 김서현은 다분히 계획적이었다. 그리고 생각한 것보다 훨씬 더 어려운 상대였다. 한국에 있는 2주 동안 다현을 재인에게서 요령껏 빼돌리고 있었다. 그녀를 언제 만났는지 기억조차 나지 않았다.

분명 그 키스에 대한 복수이리라. 아니, 무슨 미국 병원은 휴가를 2주씩이나 준단 말인가. 학회 끝나고 일주일이면 충분할 텐데.

"왜 전화는 하고 그래요."

"약속 위반 어떻게 보상할 건데."

다현은 속삭였고, 재인은 버럭 소리를 질렀다. 이 여자는 그가 보고 싶지도 않은 모양이었다. 겨우 통화해서 한다는 이야기가 전화를 왜 했느냐니.

"다음에 당신 원하는 거 두 개 해요."

그녀가 달래듯 중얼거렸지만 그걸로 달래질 마음이 아니었다.

"그거야 당연한 거고."

"악튼 나중에 통화해요."

듣하게 전화를 끊으려는 기색에 재인이 핸드폰에 대고 다시금 버럭 화를 냈다.

이 여자, 해도 너무하네. 서운한 마음을 넘어서 이제는 야속해지려고 한다.

"정말 이럴 거야? 우리 벌써 며칠째 못 만났는지 알고나 있어?"

"그럼 어떡해요. 엄마랑 아빠도 올라오셨는데."

조금은 좌절감이 묻어나는 다현의 대답에 재인이 이를 앙다물었다.

으아빠진 김서현이 이제 부모님까지 동원한 모양이었다. 다현이 이러는 것도 이해가 간다. 그런데 이건 분명히 반칙이었다. 그럼 그는 이제 할아버지라도 모시고 와야 하는 걸까?

할아버지가 나서면 절대로 지지는 않을 것이다. 대신 복잡해지겠지.

재인은 저도 모르게 인상을 썼다. 이재인이 절대 할 수 없는 일을 김서현은 하고 있었다. 이재인의 머리끝까지 승부욕이 차오르고 있었다.

"인사하러 갈까?"

"농담해요? 큰일 날 소리를 하고 있어."

그녀가 펄쩍 뛰는 목소리로 기겁을 하자 재인은 더 기분이

나빠졌다.

아니, 그가 전염병 환자도 아닌데 왜 이렇게 기피 인물이 된 걸까.

"안 그래도 오빠가 엄마한테 이재인 씨 얘기하는 바람에 피곤하구만."

"그래서, 어머니는 뭐라시는데?"

"뭘 뭐래요. 재벌이라니까 질색하시지."

진주에 내려간 오빠를 통해 다현이 만나고 있는 남자의 정체를 알게 된 지난주, 집에는 난리가 났었다. 그리고 급기야 엄마가 가방을 둘러 안고 아들과 함께한다는 핑계로 서울로 올라오셨다.

그 이후로 다현은 말도 하기 싫을 정도로 재인에 대한 변명과 상황에 대한 설명으로 내내 엄마를 달래야 했다.

"왜 내가 재벌인데 질색을 하셔. 내가 뭘 했다고?"

"돈 많은 거 피곤하잖아요. 우리 부모님은 너무 많지도, 너무 모자라지도 않은 사람이 좋대요."

덤덤하게 중얼거리는 다현의 대화 끝에 지금껏 버럭질만 하던 핸드폰 너머의 남자가 조용히 침묵을 지켰다. 전화가 끊어졌나 싶을 정도로 꽤 긴 침묵이었다.

핸드폰 창은 여전히 통화 중을 알리는 초록색이었다. 한참 후에야 재인의 목소리가 다시 들렸다.

"다현이 생각은?"

"네?"

재인의 질문에 다현이 멈칫하고 다시 되물었다.

"당신 생각은 어떠냐고?"

"무슨 생각을 해요. 재인 씨랑 헤어지면 내 인생에서 재벌을 다시 만날 일이 있겠어요?"

조용한, 그리고 야무진 대답에 재인의 얼굴이 확 굳어졌다.

아무리 날짜가 정해진 계약 연애라도 헤어진다는 얘기를 잘도 아무렇지도 않게 꺼낸다.

"사람 일을 누가 알아?"

"그래도 재벌은 이재인 씨 말고는 다시 안 만날 거예요."

그녀의 단호함이 이번에는 조금 마음에 든다. 그녀가 말하는 상대의 범위가 재벌뿐만 아니라 모든 남자였으면 더더욱 좋겠지만 이 정도로도 서운함이 조금 가셨다.

"암튼 다음에 전화해요."

다시 그녀가 서둘러 전화를 끊으려 하고 있었다. 정말 마음에 안 든다. 재인의 눈이 가늘게 찌푸려졌다.

"전화는 관두고, 호텔에서 보자. 다다가 올라와."

재인이 단호하게 제안했다. 호텔에서 봐야 김서현이 더 약 오를 것이다. 이번에는 재인이 객실을 잡아두고 씻고 나올지도 모를 일이었다.

"그런 게 어디 있어요. 이번에는 재인 씨가 내려올 차례인데. 인천에서 봐야죠."

재인의 꿍꿍이와는 달리 다현이 공평을 얘기하고 있었다. 하여튼 이 와중에도 공평한 거래의 순서는 잊지 않는다.

"인천 어디? 당신네 집 앞?"

"우리 집 빼구요."

농담 없이 딱 자른 목소리였다. 눈치챘구나.

지난번 키스가 떠올랐다. 아마도 이번에는 그의 의도가 들킨 모양이었다. 집 앞에서의 깊은 키스. 그 이후로 만날 시간이 없어서 타박은 듣지 않았지만 다현은 분명 내내 곤란했으리라.

"어쨌거나 나중에 봐요."

그렇게 다현의 전화가 끊겼고, 재인의 얼굴이 굳어졌다.

하여튼 꼭 먼저 끊지. 그렇다고 전화를 먼저 하는 것도 아니고. 그러니까, 헤어지는 걸 먼저 생각한다 이거지?

─재인 씨랑 헤어지면 내 인생에서 재벌을 다시 만날 일이 있 겠어요?

다현의 목소리가 선명하게 남아 머릿속을 어지럽히고 있었다. 김서현이 나타나고 나서 그가 내내 하던 생각의 시작과 고민의 끝이었다.

알고 있다. 어쩌면 그녀의 오빠가 현명한 것일지도 모른다. 어차피 두 사람, 결혼은 할 수 없는 사이니까.

그런데 그게 왜 안 된다는 거지? 그깟 계약서야 양자 합의하에 변경하면 끝날 일이었다. 결혼하게 되면 할아버지는 분명 좋아할 테고, 아마도 김서현은 약이 오르겠지.

그런데 이재인, 갑자기 결혼이 웬 말이지? 무슨 생각을 하는 거야? 어쩌면 김서현의 말대로 이대로 두어 달 지내고 깔끔하게 끝내는 게 서로에게 좋은 일일지도 몰랐다.

재인은 거듭된 생각에 미간을 모았다. 하지만 자신이 생각해도 더 미친놈 같은 건, 이 순간에도 그녀가 보고 싶다는 것이었다.

단난 지 겨우 세 달 반. 그런데 여자한테 반한다고?

말도 안 되는 일이었다. 평상시의 이재인이라면 말이다.

그런데 뭐지, 이런 감정은? 어쩌자는 거지, 이재인?

스케치북을 책상 앞에 펼쳐놓은 아이들의 눈빛이 반짝거리고 있었다.

그래. 너희들도 8 곱하기 3이 24가 되는 이유를 생각하는 것보다는 마음껏 하얀 도화지를 채워 넣는 일이 더 흥미롭겠지.

"자, 우주를 그림으로 옮기는 거야. 우리 지구도 별이라고 했지? 무슨 색?"

생명이 넘치는 초록색에서 행성 너머에서 보이는 파란색, 불붙는 화성에서 알록달록한 신기한 색까지. 그들이 알고 있는 지구에 대한 모든 지식들이 튀어나왔다.

 기특하고 똘똘하고 엉뚱한 아이들. 너희가 생각하는 우주를 채워 넣어보렴. 아이들이 크레파스와 색연필을 급하게 꺼내 들 무렵, 교실의 뒷문이 조용히 열렸다. 그리고 다현은 절대 교실에서 볼 거라고는 상상하지 못한 주인공을 발견하고 눈이 커졌다.

 교실은 언제나 학부모들의 참관이 가능하다. 하지만 이재인은 아니었다.

 세상에, 저 남자가 여기를 왜?

 다현의 말없는 질문에 재인은 빙긋 미소 짓는 걸로 대답했다. 32살의 성질 사나운 이재인에게는 전혀 어울리지 않는 개구쟁이 같은 장난기를 가득 담은 얼굴로.

 다른 때 같았으면 함께 웃어주었겠지만 지금 이곳은 그녀가 일하고 아이들이 공부하는 교실이었다.

 "이게 지금 뭐 하는 짓이에요?"

 "당신이 오라고 했잖아. 공평하자면서."

 다현의 속삭임에 재인이 당당하게 대답했다.

 공평. 이럴 때 좋군.

 그가 편안하게 다리를 펴고 교실을 둘러보았다. 그의 느긋함과는 달리 다현의 표정은 아직도 채 놀라움이 가시지 않은 상태였다.

 "그렇다고 누가 여기서 보자고 했어요. 교실이잖아요."

 "참관 수업. 교장 선생님이 상관없다는데? 보건 선생님인가 하는 분이 아주 친절하게 알려주시더만."

귓가에 속삭이는 그녀에게 재인이 해맑게 웃어 보였다.

답소사. 그럼 교장선생님도 봤다고? 그것도 보건선생님이랑 같이? 다현은 '끙' 하고 나직한 신음을 삼켰다.

"재인 씨는 학부모가 아니잖아요."

"그럼 학부모 아니라고 가서 말씀드리던지. 난 전혀 상관없으니까."

"헐."

뻔뻔한 재인의 대답에 다현의 입에서 어이없는 신음이 새어 나왔다. 다현은 잔뜩 눈에 힘을 주고 그를 노려봤지만, 그는 꿈쩍도 안 할 생각인 듯했다.

다현은 당혹스러움을 애써 감추며 23명의 아이들에게 집중하려고 노력했다. 재인은 팔짱을 끼고 긴 다리를 포갠 채 뒷자리에 앉아 다현의 움직임을 살피고 있었다.

겨우 아이들을 귀가시키고 다현은 여전히 교실에 남아 있는 남자 한 명을 노려봤다. 아마도 교장 선생님은 눈치를 챘을지도 모른다. 그리고 교내에서 제일 수다스러운, 사람 좋은 보건선생님도.

다현은 질끈 눈을 감았다.

"왜? 또 뭐가 불만인데."

"학교에 소문 다 나게 생겼어요. 어떡할 거예요?"

"어떻게 할까? 책임져? 우리, 결혼은 아니라면서."

우씨, 이 인간은 꼭 저 필요할 때만 결혼 이야기를 꺼낸다. 결혼은 생각도 하지 않고 있는 주제에 남들 들으면 내일 당장 날이라도 잡을 것 같은 기세다.

"결혼은 무슨. 다음에는 꼭 당신 호텔에서 만나요. 내가 아주 이재인 씨 이름, 형광펜으로 도배해서 들고 있을 테니까."

"그러든지. 그럼 기자들이 되게 좋아할 거 같은데. 그래도 되겠어?"

"정말 약아빠졌어."

자신만만한 대답이 얄밉기 그지없다. 하기는 벌써 열흘이 넘게 그를 만나지 못했었다. 지난주 내내 전화기 속에서 만난 남자는 항상 투덜거리고 있었다.

어쨌거나 이렇게 만났다.

그녀가 있는 여기에 그가 함께 있다. 재인의 뜻하지 않은 기습에 전전긍긍해하던 다현의 얼굴에도 희미하게 반가운 미소가 번져나갔다.

그녀가 교실을 정리하는 동안 재인은 창밖의 풍경에서 시선을 떼지 않았다.

창밖에서 불어오는 고요한 바람. 화단에서 풍겨나는 꽃 냄새. 저 멀리 들리는 아이들의 공 차는 소리. 그리고 교실 안 두 사람의 숨소리…….

느릿느릿 시간이 지나간다.

"주변이 엄청 조용하다. 마음에 들어."

"어들 다 갔으니까요. 교통은 좀 불편해도 애들한테는 좋은 거 같아요."

"가족 리조트 만들면 딱 좋겠다."

꼼꼼히 주변을 돌아보던 재인의 중얼거림에 다현이 커다란 한숨을 내쉬었다.

또, 또, 잘나가다 이런다. 다현이 질색을 하고 인상을 썼다. 뭘 허도 이 남자의 끝은 돈이다.

"애들한테 좋다니까, 무슨. 꿈도 꾸지 말아요. 여기는 교육청 땅이거든요."

"그동안 괜찮았어?"

다현의 타박과 상관없이 그가 대화의 주제를 바꿨다.

사실 아까부터 묻고 싶었다. 썩 좋지는 않을 것이 분명한 김서현의 반응, 그에 대한 부모님의 평가, 그리고 다가오는 미래에 대한 그녀의 생각.

"뭐, 그렇지요. 맨날 걱정이시죠. 내가 나름 늦둥이거든요."

"그럼 내가 만나뵙고 해명할까?"

"큰일 날 소리 하고 있어요. 비즈니스라고 해도 안 믿으시는데. 당신이 떡하니 인사까지 드리면 우리 엄마 뒤로 넘어져요."
"비즈니스?"
재인의 얼굴이 대번에 굳어졌다.
"서현 오빠가 그렇게 말하니까 믿더라구요. 뭐, 아주 틀린 말은 아니잖아요."
그녀가 시선을 돌린 채 작게 중얼거렸다.
그 망할 서현 오빠라는 작자. 그 인간이 손을 쓸 줄 알았다.
사업적 관계.
그들이 쓴 계약서를 이런 식으로 이용해먹는구나.
잘도 우리 관계를 비즈니스로 확정 지었겠다? 그리고 순진한 김다현은 당연히 그게 맞다고 생각하는 거고? 재인이 보기에 진짜 기피 인물은 자신이 아니라 다현의 오빠였다. 그 남자야말로 용의주도하고 위험한 인물이었다.
"우리는 진지하게 만나는 거거든. 그리고 아직 사귀는 사이야. 앞으로도 사귀어야 하고."
"알아요. 그래야 할아버지를 설득할 수 있다면서요. 걱정 마요. 안 잊어버리니까."
그가 말하는 핵심을 교묘하게 피해가는 다현 때문에 또 욱하고 성질이 올라왔지만 이번만큼은 애써 참아야 했다.
몇 년 만에 처음 본 오빠와 부모님이 이곳에 계시다는 이유로 인해 운신의 폭이 좁아진 다현에게 화를 내는 건 전략상 불리하다.

"당신 오빠가 또 무슨 말을 했는데?"

"뭐, 그냥 이런저런 얘기요."

재인의 물음에 다현이 슬쩍 이야기의 방향을 바꿨다.

거짓말 못 하는 김다현의 얼굴에 난감한 표정이 가득한 걸 보면 뭐라 했을지 짐작이 간다.

"당신 오빠가 나랑 헤어지래?"

다현의 시선을 재인이 겨우 붙잡았다. 그녀의 맑게 빛나는 눈이 그를 향했다. 그 안에 자신이 오롯이 담겨 있음이 오늘따라 다행스러웠다.

"귀신이네요."

특별히 귀신까지 되지 않아도 알 수 있는 일이었다. 재인이 오만상을 다 찌푸렸다.

확실히 김서현은 첫인상도 안 좋았지만 시간이 지나도 결코 좋은 사이가 될 것 같지 않았다.

"오빠 말이 틀린 말은 아니잖아요."

"아주 맞는 얘기도 아니야. 그리고 또 무슨 얘기했는데?"

"졸대 결혼은 안 된다고요. 그건 나도 그렇다고 했어요."

재인의 인상이 더 굳어졌다. 그 남자, 아주 다현이를 세뇌시키고 있구나.

"당신 오빠, 언제 미국 간대?"

"주말에요. 근데 두 달 뒤에 아주 귀국해요."

"뭐하러 쓸데없이."

다현의 대답에 재인이 확 인상을 긋자 다현이 피식 하고 웃음을 삼켰다.

남자는 어른이 되어도 애가 될 때가 있다는데 지금이 아마도 그런 때인 모양이다.

비즈니스. 오빠가 처음 그 이야기를 꺼냈을 때 다현은 반박하지 못했다. 처음부터 알고 시작한 교제였고, 끝이 보이는 연애였다.

계약서, 그리고 시한부 연애.

그와 내가 다르게 만났으면 어땠을까?

조금 더 평범하게.

서로가 서로에게 끌려서 시작했으면 더 좋았을 텐데.

맞선도 괜찮고, 소개팅도 나쁘지 않았을 텐데.

그랬다면 그날 오빠가 '비즈니스'를 입에 담았을 때 아무 변명도 못 하지는 않았을 텐데.

우리가 다른 방법으로 만났으면 어땠을까?

조금 더 단순하게.

아마도 그랬다면 우리는 결코 인연이 닿지 않았을지도 모를 사람들이었다. 언제 어떤 방법으로 서로가 서로를 알아보겠는가. 그렇다면, 이렇게라도 만나게 된 것도 나쁘지 않았다.

다가오는 바람이 이제야 좀 서늘해진다. 축구를 하던 아이들이 공을 들고 운동장을 빠져나가기 시작했다. 이제 저녁 무렵이다. 곧 저 느릿한 해가 세상을 붉게 물들이고, 또 금방 어두워질 것이다. 그리고 또 오늘 하루가 가겠지. 그럼 우리에게는 며칠이나 남은 걸까?

창가에 나란히 서 있는 두 사람의 생각이 깊어졌다.

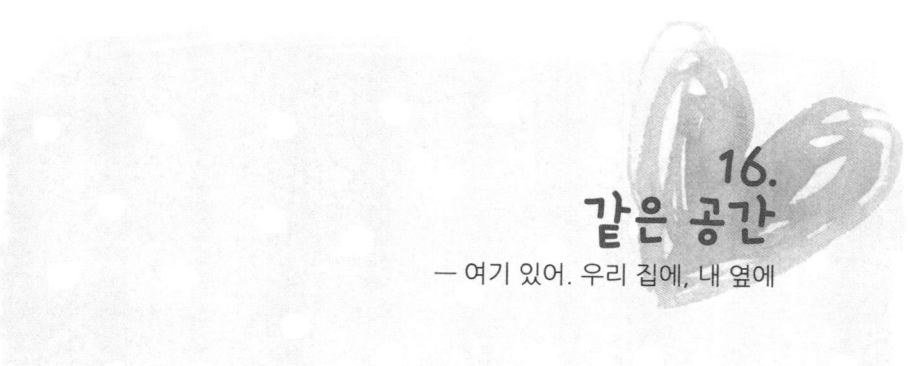

16.
같은 공간
— 여기 있어. 우리 집에, 내 옆에

이규철 회장의 서재에는 에어컨이 없다. 워낙에 인공적인 찬 바람을 싫어하는 규철인지라 처음 집을 지을 때부터 산자락 밑 바람이 잘 통하는 곳에 터를 잡았다.

밖의 더위가 절정에 달했음에도 불구하고 양쪽으로 이어진 창문의 바람길로 인해 규철의 서재에는 서늘한 기운이 감돌았다.

"쿠데타……. 재미있군."

"어떻게 할까요? 그냥 보고 계실 생각이십니까?"

회장이 책상 위에 내려놓은 서류를 주섬주섬 가방 안에 집어넣으며 장 비서가 무심하게 물었다.

쿠데타라고 했지만 사실 그도 회장도 전혀 걱정스러운 얼굴이 아니었다. 이 서류를 마무리 지은 강 부장만이 미간을 모으고 전전긍긍했을 따름이었다.

이재인을 상사로 모시고 있으면 어쩌면 당연한 반응이었기에 강 부장의 심정이 이해가 안 되는 것도 아니었다.

"그럼 성공하면 영웅이 되는 게고, 아니면……."

"아니면 응분의 대가를 치러야겠지요."

누구보다 회장에 대해서 잘 알고 있는 장 비서가 말을 이었다. 세상에는 공짜가 없는 법이다. 특히나 이규철 회장에게는 더더욱 그렇다.

장 비서는 이번 쿠데타를 주도하는 자들이 그 사실을 잘 알고 있기를 빌었다. 그래야 뒤처리를 감당해야 하는 그가 조금은 편해질 터이니.

"성공하든 말든 나하고는 상관없어. 어차피 내가 다 지고 갈 게 아니니까."

"그렇게 말씀하시면 마음을 비운 듯이 들립니다."

"난 마음을 비웠어. 제 걸 지키지 못한다면 차지하는 놈이 임자야."

"성공한다면 말이지요."

마음을 비웠다기에는 지나치게 생각이 많은 눈빛을 가진 회장의 덤덤한 어조에 장 비서가 마무리를 지었다. 성공할 수 있다면 말이다.

※※ ※※

그녀의 오빠가 드디어 미국으로 떠났다. 마음 같아서는 몇 년쯤 한국에는 얼씬도 하지 못하게 해당 병원에 손이라도 쓰고 싶었지만 다른 사람이 아닌 다현의 오빠였다. 제대로 상대하겠다고 마음먹은 이상, 참아야 했다.

"도대체 얼마 만인 거야?"

좁은 공간에 완벽하게 차를 주차시킨 재인이 다현을 노려보았다. 마치 지금껏 못 만난 이유가 전부 그녀에게 있기라도 한 듯이.

"뭘요. 지난번에도 만났잖아요. 교실로 쳐들어온 거 생각 안 나요?"

"기억나. 당신 오빠가 학교 앞으로 당신 데리러 온다고 한 것도."

다현이 타고 있는 조수석의 차 문을 열어주며 재인이 불퉁하게 대꾸했고, 다현은 애매한 웃음을 삼켜야 했다.

오빠가 한국에 있는 동안 다현은 두 남자 사이에서 왠지 '솔로몬의 아이'가 된 기분이었다. 분노한 오빠가 당장 학교로 온다는 걸 겨우 말렸는데 재인은 꿋꿋하게 집 앞까지 바래다주는 일을 잊지 않았다. 다행히 지난번과 같은 키스는 피할 수 있었지만 부드럽게 잡아끌어 품에 안는 것까지 거절할 수는 없었다.

"걸어가야겠다. 고장이래."

지하 4층에서 1층까지 운행되는 엘리베이터의 고장에 재인은 인상을 찌푸렸다. 오랜만에 만난 다현을 위해 겨우 골라낸 식당이었는데 시작부터 고장이란다.

"걷죠, 뭐. 4층이니까 다행이잖아요. 14층까지 걸어가라고 하면 못 걸어요."

다현이 씩씩하게 웃어 보이곤 손을 내밀어 재인의 손가락 하나만 붙잡고 거침없이 계단을 올랐다. 두 번째 손마디 하나에 전해지는 다현의 체온에 재인의 표정이 금세 풀어졌다. 이거면 고장도 나쁘지 않았다. 그리고 그는 1층에서 다시 14층까지 걸어가는 것도 나쁘지 않겠다고 생각했다.

'당신 오빠, 혹시 사귀는 여자 없어?"

"모르겠는데요. 왜요?"

계단을 걸어 올라가며 재인이 은근하게 물어왔다.

"당신 오빠, 심각한 시스터 콤플렉스야. 그거 결혼을 해야 나아질 거 같아."

"안 그래도 오빠가 그 얘기했어요."

재인의 단호한 진단에 다현은 피식 웃음을 삼키며 대답했다.

"무슨 얘기?"

당장 그의 눈이 가늘어진다. 하는 행동이 학교에서 재인과 함께 돌아온 그날 밤 오빠가 했던 것과 꼭 같다.

"오빠는 결혼 안 한대요. 제가 좋은 남자 만날 때까지 두고 보겠대요. 만날지는 모르지만……."

"무슨 말도 안 되는."

그 남자, 희한하게 경쟁심을 불러일으킨다.

다른 남자라니. 이 여자도 용케 그런 말을 입에 담는다.

"당신한테는 나밖에 없거든."

"앞으로 2개월간은 그렇죠."

재인이 걸음을 멈추었다. 다현도 조금은 가빠진 호흡으로 계단 복도에서 숨을 내쉬며 그를 바라봤다.

"그래, 두 달."

벌써 그들에게 남아 있는 시간은 그저 두 달, 60일뿐이다.

"그러니까 지금은 다현이한테 나뿐이어야 해. 다른 남자, 절대 안 돼. 그거 반칙이거든."

천천히, 끊어서 연이어 중얼거린 재인의 선언에 다현이 눈썹을 깜빡였다.

그다지 밝지 않은 비상구 계단이었다. 다현은 저도 모르게 계단으로 한 발 올라가 그의 시선을 피했다.

또 한 발짝, 그리고 또 한 계단.

그의 손이 그녀의 손목을 잡아 세웠다. 어둡고 좁은 계단에서 서로의 시선이 부딪혔다.

두근두근. 심장이 미친 듯 뛰어온다. 얼굴이 자꾸만 달아오른다. 어느새 계단을 한꺼번에 따라잡은 그가 다현의 코앞까지 다가왔다. 숨결이 느껴지는 순간, 그가 얼른 몸을 바로 했다. 이유는 다현도 금방 눈치챘다.

인기척. 위층이 환해진 센서 등.

엘리베이터가 고장 났으니 지하 2층 비상계단에 사람이 있는 건 당연했다. 여러 명의 사람들이 우르르 걸어 내려오고 있었다. 까딱 잘못했으면 큰일 날 뻔했다. 서현 오빠만 문제가 아니었구나.

재인은 아쉬움의 미소를 지어 보였고, 얼굴이 달아오른 다현은 덜른 그의 시선을 피했다. 사람들이 그저 긴 계단을 올라오느라 그런 것이라 생각해주길 바랐다.

"이 식당, 마음에 안 들어."

"엘리베이터 고장 나서요?"

"아니. 사람이 너무 많아서."

그가 단호하게 툴툴거리곤 다현의 손을 잡고 앞서 걸어가기 시작했다. 지금은 손을 잡는 것밖에는 할 수 없다는 듯.

※

시간은 참 빠르다. 밤마다 주문처럼 외우는 맹세에도 불구하고, 또한 오빠의 명백한 반대에도 상관없이 자꾸 그 남자와 가까워지고 있었다.

집으로 가야 할 시간이 어느새 다가오자, 헤어지는 순간이 자꾸 아쉬워졌다. 조금씩 조금씩 그에게 다가가는 마음에 다현은 고개를 저었다.

얼마나 만났다고. 얼마나 더 만날 거라고. 찬바람이 불면 서로 남남이 될 사이였다.

"무슨 생각해?"

"한 10분 늦었다, 이런 생각이요."

다현의 답에 재인의 인상이 팍 그어졌다. 하여튼 이 여자는 혼자 살면서도 통금 시간은 악착같이 지킨다.

"집에 누구 다른 놈 있어?"

"네?"

재인의 말을 이해하지 못한 다현이 어리둥절한 표정으로 되물었다. 다른 놈이라고 하면 서현 오빠를 말하는 걸까?

"다른 놈 누구요?"

"그거야 나도 모르지. 어떤 놈팡이가 살고 있는지."

심술이 잔뜩 난 재인의 대답에 다현이 '풋' 하고 웃음을 터뜨렸다. 그로 인해 재인의 이마가 더 모아졌다.

"뭐가 재미있는데?"

"놈팡이요. 다른 남자 안 키우거든요."

놈팡이라니, 어쩌면 그런 단어를 찾아낼 수 있을까. 오빠도 이재인을 향해 같은 단어를 이야기했다는 사실은 절대 말하지 말아야 할 것 같았다.

"아님 왜 이렇게 열심히 시간 맞춰 들어가는 건데?"

도저히 이해할 수 없다는 듯한 목소리였다. 보통 연애를 하게 되면 더 만나고 싶고 더 가까이 있고 싶은 게 정상일 텐데, 이 여자는 전혀 그렇지 않은 기색이었다.

"아."

"다는 무슨. 혼자 사는 거 맞아?"

자인이 끈질기게 되물었다. 진작에 알고 있었지만 하여튼 이 사람, 집요하다.

"혼자 사는 거 맞거든요. 근데 엄마랑 약속했어요. 혼자 살아도 귀가는 오늘 안에 한다. 잠은 집에서 잔다."

"어머니, 진주에 계시잖아."

"근데 촉이 좋으세요. 잠깐이라도 늦으면 바로 전화 와요."

그건 참 희한한 일이었다. 세상의 엄마들은 모두 귀신이었다. 다현이 조금이라도 늦거나 현진의 원룸에서 노닥거리려고 할 즈음에는 영락없이 전화를 해댔다.

도무지 다현의 말을 이해할 수 없다는 얼굴로 옥탑방의 계단을 오르던 재인이 굳은 표정으로 걸음을 멈추었다.

"문단속하고 나왔지?"

"당연하죠. 왜요?"

다현의 손목을 잡아 등 뒤에 세운 재인이 조용히 '쉿' 하고 손가락을 입가에 가져갔다. 왜 이러나 싶어 재인의 어깨 위로 주변을 살펴보니 아침에 분명히 꼭 닫고 나온 현관문이 활짝 열려 있었다. 재인을 바라보는 다현의 눈이 커졌다.

재인의 등 뒤에서 조심조심 방 안으로 향하던 다현은 난장판이 된 집 안을 보고 하얗게 질린 얼굴로 재인을 바라보았다.

"괜찮아?"

다현은 재인의 질문에 고개를 흔들었다. 전혀 괜찮지 않았다. 다리가 풀리는 기분이 이런 거였다. 재인은 다현을 부축해 그나마 깨끗한 곳에 앉히고 핸드폰을 꺼내 들었다.

아, 경찰에 신고해야 하는구나.

"어떡하죠?"

"너 안 다쳤으면 된 거야."

다현은 다시 집 안을 둘러보았다. 제대로 된 게 없을 정도로 엉망진창이었다. 깊은 한숨이 저절로 새어 나왔다.

"우선 여기서 나가자."

다현의 시선을 따라 훑어보던 재인이 그녀를 일으켜 세웠다.

그 후로는 정신이 하나도 없었다. 경찰이 오고, 무언가 답변을 하고, 그리고 재인의 차에 탄 것 같았다. 이 남자가 없었으면 어쩔 뻔했는지. 다현은 새삼 재인에게 고마웠다.

"고마워요."

"응?"

"옆에 있어줘서요."

"당연한 거지."

재인이 무뚝뚝하게 대답했다.

다현이 혼자 있었을 때 도둑이 들었으면 어쩔 뻔했는지, 재인은 그 생각만으로도 아찔했다.

지난번에 그가 직접 보안장치를 신경 썼어야 했는데, 설마 하고 가볍게 넘겨버린 게 실수였다. 평상시의 이재인이라면 절대 그런 실수 따위는 하지 않았을 텐데.

재인이 정신없는 다현을 데리고 도착한 곳은 그의 아파트였다. 그는 다현을 거의 안다시피 잡아끌고 엘리베이터 안으로 밀어 넣었다. 누가 보면 납치가 아닌가 의심스러울 정도로 재인은 단호했다.

"재인 씨!"

"같이 자자는 거 아니야. 내가 호텔에서 자면 되잖아."

"재인 씨가요?"

재인의 제안에 그제야 다현의 표정이 풀렸다. 오늘 밤 진도 나가기는 확실히 틀렸나 보다.

"어차피 늦으면 가끔 호텔에서 잤어."

"혼자서?"

"혼자서."

동그란 눈이 반짝거리며 의심으로 가늘어진다. 다현의 뼈 있는 질문과 눈빛에 재인이 웃음을 삼키고 대답했다. 하여튼 이 상황에서도 그냥 넘어가질 않는다. 그래서 더 좋은 건 무슨 이유인 건지.

"뭐 그렇다니까 믿어보기는 하는데, 아무리 생각해도 내가 재인 씨 집에서 자는 건……."

"그냥 아무 생각 말고 여기 있어. 우리 집에, 내 옆에."

다현을 바라보는 그의 진지한 눈빛에 심장이 '쿵' 하고 떨어진다. 순간 '땡' 하고 엘리베이터 문이 열렸다.

귓가에 종소리도 아니고, 땡이라니. 이건 운명의 뜻인가, 아니면 큰일 났다는 경고일까?

그녀가 무슨 생각을 하기도 전에 재인이 그녀의 손을 잡아끌었다.

※※※

재인의 집은 깔끔했다. 그것도 아주 지나치게 말이다. 짙은 그레이 색상의 가죽 소파를 제외하고 집 안은 거의 텅 비어 있었다. 그 흔한 액자 하나 없었고, 다른 장식물도 볼 수 없었다.

주뼛주뼛 재인의 손에 이끌려 거실로 들어온 다현은 주변을 둘러보며 고개를 갸웃거렸다.

"어디 이사 가요?"

"아니. 왜?"

"근데 왜 이렇게 텅 비었어요."

"복잡한 거 싫어서."

어떤 답변을 기대했는지는 모르겠지만 뭔가 그다운 대답에 다현은 수긍이 갔다. 이 사람 집에 아기자기한 가구라든지 주렁주렁 뭐가 달려 있는 건 상상이 되지 않는다.

"화장실, 어디예요? 손 씻고 싶은데."

잠시 주뼛거리던 다현이 자기 손을 바라보며 재인에게 물었다. 한 것도 없는데 손도, 옷도 엉망이었다.

"우선 씻어. 여기선 안전해. 그러니까 편하게 생각해. 너무 걱정하지 말고."

재인이 복도 끝으로 다현을 안내하며 달래듯 위로했다.

애써 씩씩한 척은 하고 있지만 한눈에 봐도 꽤나 놀란 눈치였다. 아마 정상적인 상황이라면 이렇게 순순히 그의 집에 오지 않았을 것이다.

다현이 들어간 욕실의 문이 확실하게 닫히는 것을 확인한 재인은 핸드폰을 꺼내 들었다.

"경찰이 왔다 갔긴 한데, 별도로 다시 조사 좀 부탁해. 뭐든 걸리는 게 있는지 확인해봐."

윤후에게 상황을 설명한 재인은 잠시 생각에 잠겼다.

뭔가 있다. 분명 무언가가 있는데 그게 딱 머릿속에 잡히지 않는다. 처음부터 다현의 집이 허술하기는 했다. 그리고 좀도둑이 드는 일도 흔했다. 하지만 무언가 이상했다. 원래 비싸 보이는 건 없긴 했는데 좀도둑치고는 손댄 게 너무 없었다. 윤후가 뒷조사를 시작하게 되면 의심되는 부분은 다 걸러지리라.

재인이 전화를 끊자마자 욕실의 문이 열렸다. 다현이 어느새 얼굴까지 씻었는지 뽀얀 얼굴로 그를 향해 걸어 나왔다.

그녀가 그와 같은 공간에 있다는 사실이 갑자기 확실하게 느껴졌다.

자신을 바라보는 재인의 시선에 다현은 눈을 돌려 여전히 아무엇도 없는 거실만 다시 둘러볼 뿐이었다. 왠지 시선을 마주칠 수가 없었다. 이 공간에 이 남자와 둘이라니. 그가 그녀에게 가까이 다가오자 숨이 꼴깍하고 삼켜진다.

그녀의 마음을 아는지 모르는지, 재인은 그녀를 자신의 침실로 안내했다. 침실 역시 다른 곳과 마찬가지로 휑했다.

달랑 침대 하나였다. 짙은 푸른색 시트와 한 세트인 게 분명한 겹쳐 있는 베개 2개. 그 흔한 쿠션도 없었다. 침대 옆 기다란 스탠드에서 흘러나오는 연한 오렌지색 불빛이 썰렁한 방 안을 그나마 온기 있게 보이게 하고 있었다.

이사 가기엔 참으로 편한 집이었다. 다현의 13평짜리 옥탑방도 이보다는 물건이 많을 듯싶었다.

"옷 갈아입을래? 내 거라 크긴 하겠지만 그래도 편할 거야."

"안 가요?"

재인이 건네준 티셔츠와 반바지를 받아 든 다현이 재촉하는 눈초리로 그를 바라보았다.

"가야 하는 거야? 빈집에 혼자 있는 것보다 같이 있는 게 좋잖아."

"안 갈 거죠?"

질문이 아니라 확신이었다. 재인을 보는 다현의 눈이 가늘어졌다. 미적거리지도 않는 폼이 전혀 움직일 기세가 없어 보였다. 딱 봐도 뻔뻔한 이재인이다.

"우리 집 넓어. 나쁜 놈들도 없고."

"집 넓어서 좋겠어요. 근데 나쁜 놈은 정말 없는 거 맞아요?"

의심이 가득 섞인 다현의 질문에 재인이 '하하' 하고 웃음으로 대답했다.

이 인간, 확실히 선수 맞다. 오빠가 이래서 그렇게 몇 번이나 신신당부를 하면서 조심을 하라고 했나 보다.

"서재에서 일하다가 잘 거야. 걱정 마. 안 덮칠 테니까. 뭐 다다가 정 원한다면야 생각은 해볼게."

"그럴 일 없거든요."

자인이 말을 끝내기도 전에 다현이 고개를 흔들었다. 다현은 생각만큼이나 단호했다. 그 어림없다는 표정에 재인의 얼굴에 아쉬움이 스쳐갔다. 아무튼 틈이 없었다.

※

낯선 집, 낯선 방, 낯선 상황.

밤이 늦었는데도 잠은 안 오고 몇 번을 뒤척였다. 좀 무섭더라도 집에 갔었어야 했나 싶다. 이대로 밤을 새울 거 같은 기분이 들었다.

톡톡, 창문을 두드리는 빗소리가 들리자 다현은 몸을 일으켰다.

이 밤, 비가 오고 있나 보다. 거실의 커다란 창밖으로 빗줄기가 제법 쏟아지고 있었다. 재인이 일하는 서재 쪽은 조용했다.

냉장고에는 맥주와 생수뿐이다. 생수병을 꺼내 손에 든 다현은 무슨 생각이 들어서인지 다시 캔 맥주를 집어 들었다.

"아니, 어떻게 들어가서 꼼짝도 안 하냐. 내가 그렇게 매력이 없나. 이거 좋은 거야, 나쁜 거야?"

캔 맥주를 손에 든 다현은 벌써 두 시간 전에 틀어박혀 꼼짝도 안 하고 있는 재인이 있는 서재 쪽을 흘겨보며 헛웃음을 지었다.

재인이 덮친다면 그야말로 기겁을 할 일이겠지만 그래도 이렇게 철저하게 방치되는 것도 왠지 기분이 좋지 않았다. 손만 잡고 잔다는 소리는 믿지 말라는데, 일하다 잔다는 소리는 진짜였나 보다.

미쳤나 봐. 스스로의 생각에 피식 미소를 짓던 다현은 얼른 머리를 저었다. 큰일 날 생각이었다.

빗소리가 거세지고 있었다. 다현은 핸드폰의 음악을 뒤적였다. 혹시라도 재인에게 방해가 될까 이어폰을 꽂았다.

목을 축이는 술과 눈으로 느끼는 비, 그리고 귓가에 맴도는 음악. 평상시의 김다현이라면 어림도 없는 일이었다. 겁도 없이 남자 혼자 사는 집에, 그것도 그의 침대에 누워 밤을 보내게 될지도 모른다니. 그건 이재인이란 남자를 믿고 안 믿고의 문제가 아니었다.

지금껏 연애 경험이 한 번도 없는 건 아니었지만 그렇다고 미친 듯 사랑해본 적도 없었다.

어느 정도까지의 호감이 전부였고, 그 이후로 다른 감정으로 발전시키지 못하고 잔뜩 경계하다 끝나기 일쑤였다.

그런 다현에게는 남자 집에서 이러고 있는 것 자체가 엄청난 일탈이었다.

저 남자를 이렇게 믿고 있는 건가. 서현 오빠가 남자는 아무도 믿지 말라고 했는데. 특히나 이재인은 위험하다고 했는데. 아니면 내가 저 남자한테 정말 다른 감정을 가지고 있는 건가? 다현은 이미 알고 있기는 하지만, 절대 알아서는 안 되는 생각에 고개를 흔들었다.

다른 감정 따위는 없어야 했다.

※

거실 너머 재인 또한 일이 안 되기는 마찬가지였다. 서재 문을 열고 거실을 지나면 그가 매일 눕는 침대에 다현이 누워 잠들어 있을 거라는 사실에 자꾸만 문 쪽으로 시선이 갔다.

이렇게 집중이 안 되는 것은 처음이었다.

졌다, 김다현한테.

재인은 노트북을 접고 몸을 일으켰다. 잠들어 있는 다현 옆에서 호흡이라도 느껴야겠다고 생각한 그는 서재 문을 열고 나갔다. 그리고 거실에서 귓가에 이어폰을 낀 채 창밖을 향하고 있는 다현을 발견하고는 멈춰 섰다.

언제부터 이렇게 있었을까. 이럴 줄 알았으면 안 되는 일을 붙들고 있을 게 아니라 진작에 나와볼 걸 그랬다. 재인이 다가가자 인기척을 느꼈는지 이어폰을 낀 채 있음에도 그녀가 돌아봤다. 언제나 하얗던 그녀의 얼굴이 발그레했다.

공기 중에 희미하게 섞여 있는 알코올 냄새.

"안 자?"

"일 진짜 열심히 한다. 대한민국 일은 이재인 씨가 다 해요."

재인은 다현이 손에 쥐고 있는 캔 맥주를 바라보며 허탈한 미소를 지어 보였다. 진작부터 시작했는지 테이블에 빈 맥주 캔이 몇 개 더 보였다.

이 여자는 내가 서재에서 본인 생각을 지우느라 애쓰는 동안 이렇게 술을 푸고 있었나 보다.

또 억울해진다. 또 아쉬워진다.

"몇 개나 마신 거야? 혼자 마시는 건 반칙이지."

"반칙은 무슨. 재인 씨도 마실래요?"

재인은 다현이 건네준 캔 맥주를 따서 한 모금 마시고는 다현의 귀에 꽂혀 있는 이어폰을 자신의 귀에 꽂았다.

예상대로 클래식은 아니었다. 그렇다고 다현이 좋아하는 지수라는 아이돌의 노래도 아니고 꽤 오래된 팝 음악이었다. 빗소리에 딱 어울리는 음악이었다.

"그냥 들어도 됐을 텐데."

"일하는 데 방해되잖아요."

일하는 데 방해가 되는 건 음악이 아니라, 너였어.

재인은 마음속으로 중얼거렸다.

"밖에 비 와요. 이번에도 소나기일까요?"

"글쎄. 언제 그치나 봐야겠지."

커다란 창문을 두드리는 빗소리가 제법 거세졌다. 가끔씩 창문 너머가 번쩍거리는 걸 보면 번개도 치고 천둥도 치는 듯했다. 그런데 이 여자는 다른 여자들과는 달리 천둥소리에 꿈쩍도 안 한다. 모른 척, 놀란 척, 품에 안겨오면 좋을 텐데. 아니면 그라도 무서워해야 하는 걸까?

조용히 두 사람이 맥주를 마시고 음악을 듣는 사이 시간이 지나가고 있었다.

이것도 나쁘지 않았다. 고요함을 함께 즐기는 것.

어느새 다현의 머리가 재인의 어깨에 기대어졌다. 꽤 마신 듯했다. 하기는 그보다 먼저 시작했으니 취할 만도 했다.

"자는 거야?"

"잘 거예요. 그래도 나 건들지 마요. 덮칠 생각도 하지 말고."

그의 어깨에 기댄 그녀가 눈을 감은 채 나직하게 중얼거렸다.

"정말 안 돼?"

"술 취한 여자 건드리면 사람도 아니래요."

혀는 풀렸지만 거부 의사가 확실한 다현의 대꾸에 재인은 허탈한 웃음을 터뜨렸다.

 이 여자가 이렇게 여우였나? 술에 취했음에도 틈이 전혀 없었다.

 "그래서 이렇게 마셨어?"

 "아뇨. 내가 지금 남자 집에서 뭐 하고 있나 싶어서요. 여기 왜 왔지?"

 다현은 재인에게 대답하다가 마지막에는 머리를 들고 혼잣말처럼 고개를 갸웃거렸다. 마치 자신이 이 거실에 있는 게 이상하다는 듯이.

 하기는 그 역시 그녀가 이렇게 옆에 있다는 사실이 신기했다. 그리고 마음에 들었다.

 "그거야 집에 도둑이 들었으니까? 내가 오자고 했잖아."

 "아마 내가…… 재인 씨, 좋아하나 봐요."

 마치 이제야 깨달았다는 듯 다현이 눈썹을 깜빡였다. 그리고 재인이 뭐라 할 틈도 없이 다현은 재인의 볼을 감싸고 입을 맞췄다. 깊은 키스도 아니었다. 그저 입술이 스쳐 지나가는.

 하지만 그것만으로도 재인의 온몸이 긴장했다.

 "이제 그만 자요."

 하고 싶은 일을 다해서 만족한 듯 다현이 씩 웃더니 바로 툭, 하고 그녀의 고개가 떨어졌다. 얼른 그녀의 몸을 받쳐 안은 재인이 그녀의 얼굴을 살폈지만 그녀는 이미 잠이 든 듯했다.

 "이런 고백을 하고, 잠이 오니?"

그녀의 풍성하고 긴 속눈썹이 하얀 얼굴에 그늘을 만들었고, 맥주에 취한 그녀의 볼은 발갰다.

이렇게 예쁜 모습으로 무방비하게 그의 품에 떨어져놓고 건들지 말란다. 하지만 그녀의 말대로 술 취한 여자를 탐내는 건 할 짓이 아니다. 아무리 그녀가 고백을 했어도, 아무리 그녀가 예뻐도 말이다.

좌절의 한숨을 깊게 내쉰 재인은 다현의 어깨와 허리에 팔을 둘러서 번쩍 안아들었다.

어째 오늘 밤이 꽤나 길 것 같았다. 잠들기는 진작에 그른 거 같고, 일이나 해야 할 듯하지만 그것도 힘들 것 같았다. 이 와중에 서류의 숫자들이 눈에 들어올 만큼 그는 성인군자가 아니었다.

다현을 자신의 침대에 눕힌 재인은 침대에 누워 있는 다현에게서 한참 동안 시선을 떼지 못했다.

어느덧 빗소리가 잦아들고 있었다.

※≫≪※

눈가에 아른거리는 햇살에 다현은 미간을 모으고 뒤척였다.

밤새 내리던 비가 그쳤나 보다.

'방학이지? 오늘은 출근 안 해도 되는 거지?'라는 생각이 그녀의 머릿속을 스치고 지나간 건 정말 짧은 시간이었다. 지금의 상황과 어젯밤의 일련의 일들이 단번에 떠올랐다.

　벌떡 일어난 다현은 후다닥 주변을 살펴보았다. 다행히 일단 그녀 혼자였다. 그리고 어제 입은 옷 그대로라는 사실에 다시금 안도했다.

　내가 그 남자를 덮치거나 하는 더 큰 사고는 안 쳤구나.

　아이고, 머리야. 그때서야 머리가 지끈거려왔다. 술이 웬수였다. 주량이 그리 세지 않은 그녀가 그만큼 맥주를 비워냈으면 필름이 끊겨도 좋았을 텐데, 다행인지 불행인지 그녀는 어젯밤 일이 선명하게 기억났다.

　고백. 입맞춤. 당황하던 재인의 눈빛까지……. 미치겠다.

　그의 얼굴을 어떻게 다시 봐야 하나. 무엇보다 이곳을 탈출하는게 먼저일 듯했다.

　"엄마야."

　살금살금 거실로 나가던 다현은 눈앞에 나타난 반라의 재인을 보고 기겁했다. 샤워를 했는지 머리는 젖어 있었고, 상의는 벗은 채로 달랑 바지만 입은 채였다.

　"무슨 짓을 했는데 그렇게 놀라."

　"무슨 짓을 해요. 갑자기 재인 씨가 나타나서 그렇지."

　갑자기 목이 바짝 말라 온 다현이 재인의 시선을 피해 주방으로 달려가 냉장고 문을 열었다. 냉장고에는 어제 그대로 맥주와 물뿐이었다.

"나도 하나 줘."

냉장고 안에는 술과 생수만 가득했고 그 외 먹을 건 아무것도 없었다. 재인에게 생수를 건네준 다현이 황망한 얼굴로 투덜거렸다.

"어떻게 술이랑 물밖에 없어요?"

"이제 술도 없애려고. 고백은 맨 정신에 들어야 하거든."

재인이 무뚝뚝한 목소리로 중얼거렸다. 그래도 표정에는 미소가 가득했다. 그냥 넘어갈 생각도 전혀 없는 듯했다.

"내가 어제 취해서 뭐 이상한 짓 한 거 같은데. 실수예요, 실수."

"너 좋다고 울고불고 하면서 덮쳤는데, 기억 안 나?"

"누가 덮쳐요. 건들지 말라고 했지."

"키스는?"

재인이 더 뭐라 입을 열기 전에 다현이 재인의 입을 틀어막았다. 얼굴이 확확 달아올랐다.

"키스 아니고 그냥 입술만 댄 거거든요."

"다 기억하네."

곽다현, 네가 네 무덤을 파는구나. 다현은 눈을 질끈 감았다.

당혹스러워하는 다현의 모습을 보면서 재인은 씩 하고 웃음을 감췄다. 이만하면 봐줘야겠다. 조그만 더 놀리면 얼굴에서 불이 날 듯했다. 뭐, 그것도 귀엽겠지만.

"배고프다. 밥 먹자."

"냉장고 텅 비었다니까요. 아니 어떻게 이렇게 살아요? 냉장고가 장식도 아닌데."

"집에서는 잠만 자니까."

집은 잠만 자는 곳이 당연하다는 듯 재인이 말했다.

이 넓은 곳에서, 이렇게 좋은 시설을 갖추고 잠만 자다니. 낭비도 이런 낭비가 없었다. 이게 재벌의 일상인 건가?

"아침은요?"

"호텔에서."

"아침을 호텔에서 먹어요?"

재인의 간단명료한 대답에 다현의 눈이 휘둥그레졌다. 아무리 자기 직장을 사랑해도 그렇지 뭘 아침까지 호텔에서 먹는단 말인가.

"응. 준비 다 됐으면 가자. 배고파."

"가긴 어딜 가요. 우리 둘이 이 시간에 거길 가면 정말 광고하는 거거든요. 한집에서 잤다고."

잡아끄는 재인의 손을 다현이 기겁해서 뿌리쳤다. 물론 그렇다고 해서 재인이 순순히 놓을 사람은 아니었지만 그녀는 일단 거부 의사를 확실히 했다.

이 새벽에 둘이 나란히 호텔에서 조식을 먹자고? 어림도 없었다.

"한집에서 잔 건 사실이잖아. 남들 눈이 뭐가 중요해."

이 남자가 정말. 다현이 가늘게 눈을 뜨고 노려봤지만 재인은 정말 아무렇지도 않은 표정이었다.

"어차피 다현이가 누군지 몰라."

"나야 그렇지만 재인 씨는 알아볼 거 아니에요."

"난 누가 뭐라 해도 상관없어."

"어련하시겠어요. 여자가 하나둘이어야지."

장난인 듯 진심인 듯 툴툴거리는 다현의 손목을 재인이 휙 하고 잡아 세웠다.

"호텔에서 아침에 나란히 조식 먹은 여자는 우리 어머니뿐이야."

"그럼 다른 여자들이랑은 룸서비스 시켰어요?"

그의 진지함에도 불구하고 반성은 전혀 하지 않는 다현의 질문에 재인은 헛웃음을 지었다. 하여튼 그냥 넘어가는 법이 없었다.

"아니야. 직장에서는 그런 짓 안 해."

"아, 그럼 다른 호텔을 이용……."

다현의 계속되는 질문에 재인이 키스로 그녀의 입을 막았다. 한참 계속된 키스는 다현이 숨이 차서 색색거릴 즈음 끝났다.

"아침 먹기 싫으면 여기 계속 있어도 되고. 난 그것도 나쁘지 않은데."

그가 이마를 맞대고 중얼거렸다. 호흡이 다시 입술 끝에 전해진다.

"밥 먹으러 가요."

다현은 새빨개진 얼굴로 급하게 가방을 들고 거실을 나섰다.

〈2권에 계속〉

1%의 어떤 것 1

초판 1쇄 인쇄 2016년 12월 15일
초판 1쇄 발행 2016년 12월 30일

지은이 현고운 | 펴낸이 강성욱 | 책임 기획 전주예 | 기획 편집 송진아 김혜정 | 디자인 김선경
일러스트 홍예림 | 로고 김미현 | 교정 서진영 류혜선
펴낸곳 테라스북 | 등록 제25100-2013-000012호
주소 (134-826) 서울특별시 강동구 동남로 65길 13 2층
전화 070-4794-5826 | 팩스 0505-911-5826
블로그 http://terracebook.blog.me | 전자우편 terracebook@naver.com
ISBN 978-89-94300-65-8 (04810)
ISBN 978-89-94300-64-1 (SET)

ⓒ 현고운 2016 Printed in Korea

테라스북은 오름미디어의 임프린트 브랜드입니다.

잘못된 책은 구입하신 곳에서 바꾸어 드립니다.
이 책의 전부 또는 일부 내용을 재사용하려면 사전에 저작권자와 오름미디어의 동의를 받아야 합니다.

이 도서의 국립중앙도서관 출판시도서목록(CIP)은 서지정보유통지원시스템 홈페이지(http://www.seoji.nl.go.kr)와
국가자료공동목록시스템(http://www.nl.go.kr/kolisnet)에서 이용하실 수 있습니다. (CIP제어번호: CIP2016030165)